JN247775

2020年の恋人たち

島本理生

Amantes en 2020

Rio Shimamoto

中央公論新社

２０２０年の恋人たち

2018 spring

母が亡くなった晩、私はバーの窓ガラス越しに、落雷の中の東京タワーを見ていた。そばでは黒いドレスの女性がピアノで『Change the World』を弾き語りしていた。雷の音は店内までは届かず、遠くの空を光で割っていた。びしょ濡れの東京タワーが淡く滲(にじ)んでいた。

母の到着が遅いことが気にかかり、バッグからスマートフォンを出したら、知らない番号からたくさん着信があった。

そして知った。羽田空港からこのホテルへ向かう途中で、母を乗せたタクシーが事故にあったことを。

心肺停止、という単語が吹き込まれたメッセージを耳にして、三十二年間生きていて初めて、その言葉が死を指すのか、それともぎりぎりの生を指すのかを自分が知らないと気付いた。

Baby if I could change the world

まるで、皮肉のようだ。あるいは、なにか、啓示のようなものだったのだろうか。そのときは深く考えることはできなかった。

あまりに混乱していたから、耳に残った歌詞が移動中も勝手に頭の中をめぐっていただけで。心肺停止の直接の原因は、首の骨を強く打ったことだった。病院に到着してすぐにタクシーの運転手は亡くなったことを告げられた。

明け方には母も息を引き取った。

早朝の病院のロビーで方々に連絡をしていたときに、偶然、幸村さんからメールが入った。

『親子水入らずで楽しんでますか？　果乃さんに俺からも、誕生日おめでとうございます、と伝えてください。』

私は一瞬手を止めてから、母は事故で亡くなりました、と返した。

すぐに電話がかかってきたが、私は出られなかった。

手の中で暴力的なくらいに繰り返し光るスマートフォンを見つめたまま、どこからともなく消毒液の匂いがする院内の空気をかすかにふるえながら吸い込んだ。

母を見送った日の午後は、めまいがするほど晴れていた。

火葬場の近くには大きな川があり、喪服の上に羽織ったコートが無意味に感じられるくらいに、強い風が吹き抜けた。

会葬者への挨拶を済ませて、控室での談話にぼんやりと相槌を打っていたら、四歳の波瑠を足に張り付けた瑠衣が近付いてきた。

「このたびは……ご愁傷さまです」

ぎこちなく頭を下げた彼女は、姿勢を戻すと、ふっと表情を崩して

「おねえちゃん、こんなことになるなんて、本当に」

最後まで言い終えることができずに、遠慮がちに抱き付いてきた。私はあやすようにその背中を叩いた。まだ二十代半ばの体は華奢なわりにびっくりするほど体温が高い。

瑠衣の父親がトイレから戻ってきたので、私たちは軽く離れた。瑠衣の、塗りつぶしたように黒目がちの瞳。艶やかなショートヘア。童顔ではあるが、顎の線なんかはすっかり大人の女性らしくなってきた。

上等そうな革靴と喪服に身を包んだ初老の父親が、瑠衣の隣に立った。まわりの会葬者たちは、瑠衣と私に向けていた視線をさりげなく彼へと移した。実際、傍目からはずいぶんと奇妙な光景に映っていただろう。

「本来なら、私は葬儀に参加させてもらえる立場ではないのに、葵ちゃん、ありがとう」

稲垣さんは浅黒く大きな両手のひらで私の手を取り、強く握りながら、張り詰めた表情を向けた。見開かれた目はうっすら濡れているが、それ以上に眼光の鋭さが目立っていた。自力で社会的に成功した男性の強さが宿っていた。母が死ぬまで囚われていた光を垣間見た気がした。

「いえ、稲垣さんには母も私も大変お世話になりましたから。今まで、ありがとうございます」

私はそう礼を告げた。まわりの同情している気配から、咎めるような視線まで、一身に受けながら。

にわかに疲労を覚えたら、壁際の幸村さんと目が合った。気遣うような眼差しを向けられたので、意識的に表情を消すと、稲垣さんが口を開いた。

「これからも、きみのことは大事な娘の一人だと思っているし、なにか困ったことがあれば、いつだって相談してもらいたいと」

「いえ、私のことは大丈夫ですから。もう十分に自立できていますし」

「そう言わないで。葬儀代は私のほうで負担するから、詳しいことは」

お父さん、と瑠衣が小声で咎めた。私はとっさの判断で幸村さんに視線を投げてしまった。彼が弾かれたように壁際からこちらへとやって来た。頭の芯が痺れて、強く目を閉じてから、その横顔に

「お金の話になりそうだから、ちょっと、お願いしてもいいですか？」

と頼むと、幸村さんは察したように、もちろん、と即答した。

ほかの会葬者が遠巻きに様子をうかがう中、私は椅子に腰掛けて冷めた緑茶を一口だけ啜った。

貫禄ある義父と細身の幸村さんとの組み合わせは対照的で、なんだか象徴的でさえあった。母と私の違いを見ているようだった。

葬儀が終わると、会葬者たちを順番にタクシーで送り出し、最後には幸村さんと二人きりになった。

なにも考えたくなくなって、防波堤へと歩き出す。背後から彼がついて来る足音がした。散歩でもしていくのかな？　と問いかけられて、上の空で、はい、と返して階段を上がっていく。

枯れた芝に覆われた防波堤にたどり着くと、空が青すぎて、今にも天地がひっくり返ってしまいそうだった。

放射状に白い光を放つ太陽が、水面へと傾いていく。風はいっそう強かった。意識が遠くなりかけた私の腕を、幸村さんが摑んだ。

強く見返すと、彼は眼鏡(めがね)越しに眉を寄せて、ごめん、と怯(ひる)んだように手を離した。

「いえ」

と私は静かな声で告げた。さっきはありがとうございます、とも。

「俺は、君の役に立てるなら、どんなことでも嬉しいけど。だいぶ疲れてるみたいだから心配だよ」

疲れて見えますか、と私はほとんどひとりごとのように呟(つぶや)いた。

「うん。果乃さんが亡くなってから、ろくに寝てないだろうし。稲垣さんがああいうふうに申し出てくれたから、お金のことは気にせずに、少し会社も休んだらいいよ」

先回りするように言葉を並べる幸村さんの目元には、私よりも濃い隈が浮かんでいた。年齢によるものもあるだろうが、感傷的な彼らしいと思った。

「ありがたいけど、稲垣さんにとっては最後まで愛情を示す方法がお金なんだな、と思って」

幸村さんは考えてもみなかったという顔をすると

「でも、それは仕方のないことだし、葬儀代のことは本当に好意からだと思うから、素直に受け取ってもいいと思うよ」

とフォローした。私は苦笑して、そうですね、とだけ答えた。

そこで打ち切ろうとしたとき、彼が割り込むようにして

「だけど、港(みなと)君が来ないとは思わなかった」

と言ったことで、感情がふいに逆立った。

「あいかわらず部屋から出ないので」

幸村さんはまるで身内のように、そうか、と呆れまじりの息を吐いた。

「同棲している恋人の母親の葬式にも来ない男に、君はいつまで、期待し続けるのかな」

「期待？」

私は裏返った声で訊き返した。

「私は誰にも期待したことなんてないですよ」

そう言い切ったことが、かえって言い訳めいて響いた気がして、私はすぐに口を閉じた。

沈黙を拒絶と受け取ったのか、幸村さんは少し恥じ入ったように声のトーンを落とすと

「……そういえば、果乃さんの店の入っていたビルが、老朽化で取り壊されることになった話。あれから移転してリニューアルの準備中だったはずだけど、君、どうなるか聞いてる？」

と言い出した。

知らないです、と答えて芝の上に座り込む。黒いストッキング越しに揺れる芝の先が刺さる。幸村さんもつられたように腰を下ろして、膝を開いた。

水面はもう青というよりも黄金色に近く、沈もうとする太陽の残光を飲み込んでいた。

「オープン前だったなら、そのまま、べつの人が使うのかな。私には関係ないといいけど」

「たしか、稲垣さんの持っているビルの貸店舗だったはずだよ。内装工事はほとんど終わっていたみたいだから、居抜きで貸すか、あるいは新しい店長を探すか」

引っかかって、顔を向ける。

「稲垣さんのビル？　うちの母親、そういうのは嫌がってたのに」

「年齢的な不安もあったんじゃないかな。赤の他人に家賃を払うくらいなら、稲垣さんに払った

ほうが、合理的だろうし」

「そこを一緒くたにすることが、本当の意味で合理的かは分からないですけどね。じゃあ、リニューアルと言っても今までどおりの店を続ける予定だったんですか？」

私は足を軽く伸ばして言った。

「や、そこは変えるつもりだったらしい。元々、ブルゴーニュやボルドーなんかのワインは稲垣さんの趣味で、新しいお店では果乃さんの希望で日本ワインにシフトするっていう話だったから。場所の客層も考えて、そうするつもりだって」

「日本のワイン？」

と私は少し興味を持って訊いた。

彼は、うん、と相槌を打った。横顔に差す西日が眩しいのだろう。細めた目は少し感情が読みづらい。

「ビールの代わりにシードルの生樽も置いて、男性向けから、女性向けのワインバーにシフトしたいって言ってたよ。だから食事も増やそうとして、ああ、君にも週末には料理作りにきてもらおうか、なんて言ってたけど」

「なに、それ。全然聞いてない。あいかわらず勝手な人」

思わず笑ってしまってから、不思議な気持ちになって、笑顔をといた。

真っ白な死に顔を確認して納棺まで見届けたというのに、母がもういない、という実感は奇妙に薄かった。むしろ今日も会えるけど疲れてるから先に帰ってしまおう、とさえ考えそうになるくらいに。

立ち上がると、互いの裾に枯れ草が付いていた。幸村さんの手が伸びてきて、私は身を引いた。傷ついたように宙に浮いた右手が、軽く拳を作ってから、すっと下りた。

「私には、触らない約束です」

とはっきり伝えると、彼は分かっているふうに首を横に振って

「落ち着いたら、一度、話そう」

と言った。

なにかを考えている気配だけは感じ取ったけど、それがなにかは分からなかった。

それぞれに言葉を飲み込んだまま、私たちは防波堤を下りた。

母とは特別に仲が良かったわけではない。

私が学生の頃はお店を手伝うこともあった。母は気が短く、バイトで女の子を雇っても、少しでも物覚えが悪かったり要領を得ないと、すぐに解雇してしまうからだ。

けれど大学を卒業して就職してからは、会社員の私と女手一つでワインバーを切り盛りする母とでは、生活の時間帯も逆転していたので、物理的に疎遠になっていた。

とくに三十代になってからは、社内で任される仕事も増えて、土日に出勤するときもあったので、電話で話す機会すら減っていた。

母の近況を教えてくれるのは、もっぱら幸村さんの役目だった。

幸村さんは、私が高校生のときから、母がやっている曙橋（あけぼのばし）のワインバーに通っていた常連客だった。

カウンター九席の小さなバーにしてはグラスワインの種類が豊富で、母の気前の良さも手伝って価格的にリーズナブルだということもあり、幸村さんは週に二、三回は来ていたと記憶している。

混雑する週末に母に呼ばれて、私がカウンターの中でスナックを用意したりチーズを切ったりしていると、彼と目が合うことがあった。

文庫本のページを捲る手を止めて嬉しそうに笑う彼を見ると、親戚の兄さんのようだな、と思った。ジャケットの下にラフなストライプのシャツを着て蔓の細い眼鏡を掛けた幸村さんは、常連客の年齢層が高い店内では特別に若々しく見えた。

稲垣さんは時々、接待のためにお店を借り切って、知り合いを連れてきた。

欅と白黒の内装で統一された店内で、当時四十歳にもなっていなかった母が間接照明の下でワイングラスを手にしていると、まるでヌーヴェルヴァーグ時代のフランス映画のようだと表現する人もいた。色のない世界に、母の黒々とした睫毛と物憂げな瞳だけが輝いていた。

もっとも閉店後の母は品のない酔っ払いで、ワイン一杯でしつこく居残っていたお客のことを、口が臭いだとか、千円札君、などと悪しざまに言っては、私をがっかりさせた。

稲垣さんの存在は一応伏せられていたので、常連客の中には母目当てで通ってくる男性も少なくなかった。

誕生日になると、常連の紳士たちから贈られた花束がカウンターを埋め尽くした。

母は、そういうお店じゃないんだけど、と笑いつつも、隙間をなくすように花瓶を並べた。稲垣さんと最後まで一緒になれなかった母は、毎年、大量の花に囲まれることで不足しているものを補っていたのかもしれない。

母には男性向けの接客の才能はあったものの、お金に関しては大雑把だったので、いつの頃からか、そういう一切を幸村さんに相談するようになっていた。

一定期間、企業に出向いてアドバイスや仲介役を請け負うコンサルの仕事をしている彼にとって、小さなバーへの助言は片手間でもできるらしく、ほとんど無償で受けてくれていた。その代わり、母もお代はもらわないようになっていった。

そんな関係が年単位で続くうちに、いつしか身内のような距離感が出来ていた。

あれは、私が成人式を迎えたばかりの雪の深い夜だった。

店内に常連さんしかいなかったこともあり、シャンパンを開けて、お祝いしてくれた。妙に照れ臭くて、母が煽ったこともあり、勢いでたくさん飲んだ。

終電間際の電車が雪で止まってしまって、幸村さんがタクシーで送っていくと申し出た。母は店の片付けがあるというので、私だけが乗せてもらった。

暗い車内で、酔った私はいつもよりも饒舌だった。自分の冗談で変に笑ってしまい、恥ずかしくなって真顔に戻ったら、幸村さんが眼鏡越しにこちらをじっと見ていることに気付いた。

座席に片手をついていた私は、かすかな痺れを指先に覚えた。頭の隅から酔いを取り払っていくような緊張が少しずつ満ちていく。

慎重にハンドルを切っている運転手の背中。闇の中、雪に霞む路上の明かりは色が混ざって溶けているようだった。

その眼差しの意味をはかりかねていた私は、ようやくはっとした。

年齢差があるから気に留めていなかったけれど、もしかして彼は母と付き合っているのではないかと。個人的な感情もなく無償で手助けをするなんて、よく考えたら道理が通らない話だ。そんなことを思いながら視線を落として、指輪のない彼の左手を見た。

その瞬間、その手が探るように私の指を摑んだ。や、と反射的に小声が漏れた。それでも幸村さんは強く押さえ込んだまま離さなかった。

絡んだ指の熱と異様な湿度を、十数年経った今でもはっきりと覚えている。

そして彼は打ち明けたのだ。私も知らなかった秘密の話を。

「ずっと、葵ちゃんのことが好きだった。君が大人になるまで待ってた」

怯えて逃げるようにタクシーを止めて降りようとした私の背中に

と訴えかけた幸村さんの絞り出すような声も。

玄関のドアを開けると、当たり前のように廊下は暗かった。

お清めの塩を肩に振りかけて、靴を脱ぐ。パールのイヤリングを引っ張って外しながら、通り過ぎようとした扉の前で、やはり立ち止まる。

「港。今、帰ったよ」

返事はなかった。扉の向こうからはうっすらとカップ麺の匂いがしたので、ひとまず生存確認はしたことに安堵して、リビングへと向かう。

ダイニングテーブルの上には、いつものように置き手紙だけがあった。

『洗濯物は浴室乾燥しておきました。掃除機はかけられませんでした。真上の階の犬がうるさかったです。』

軽く思考停止してから、最後の一文はもしかして世間話のつもりだろうか、と疑ったが、直接問いただすこともできないので諦めた。母を亡くした私へのなけなしの気遣いかもしれない、と考えるのも深読みに過ぎないので、やめた。

寝室に引っ込み、部屋着に着替えて、セミダブルベッドに潜り込んだ。未だに二つ並んだままの枕の片方に、ヘアワックスで髪をまとめた頭を預けて。

取引先のお客さんと打ち合わせしている間も、昼休みに毎週頼む火曜限定の酢豚定食を食べている間も、どこか現実感がなくて、感情は砂が煙ったように茫漠としていた。

午後から半休を取っていた私は、会社を出ると、中途半端に混雑した山手線に乗った。

まだ蕾の閉じた桜が目立つ目黒川沿いを歩いていくと、パン屋を兼ねたカフェがあった。イースト菌の香ばしさが店の外まで立ち込めている。

木戸を押し開け、店内のカフェスペースのほうに向かうと、窓際の席で波瑠にパンをちぎっていた瑠衣が笑った。

「おねえちゃん、ごめんね、急に。仕事は大丈夫だった？　私、勤めたことないから、会社のことはよく分からなくて」

と言う瑠衣は子連れだというのに膝の出る真っ白なワンピースを着ていた。汚されたらクリーニング代がもったいないという概念のない彼女を、遠いからこそ純粋に眩しく眺める。

「うん。私も週末に出勤していた分、どこかで休みを取らなきゃいけなかったし。そのランチプレート美味しそうだね」

クラムチャウダーと大きなクロワッサン、鶏肉のローストに海老(えび)とアボカドのサラダという組み合わせだった。

「葵ちゃん、こんにちは」

と小首を傾(かし)げて笑う波瑠の仕草には、大事にされて育っている子のあどけなさが滲んでいた。

「こんにちは。それで、瑠衣、今日はどうしたの?」

やって来たウェイターにコーヒーだけ頼んでから、彼女に向き直る。

「お昼、もう食べちゃったの?　せっかくごちそうしようと思ってたのに」

と言われたので、私はかぶりを振った。

「一人分だと面倒だから朝を抜くようになっちゃって。代わりにお昼を早めに済ませちゃうんだ」

そう、と瑠衣は心配げな声を漏らすと
「じつはね、お兄ちゃんがおねえちゃんと話したいって言ってるの。果乃さんのお店のことで」

と言い出したので、思わず、げ、という声が漏れてしまった。波瑠が高そうな子供靴を履いた両足をばたつかせながら、げ、げ、と笑って真似した。

「ごめん。でも、私、あの人と話すと気分悪くなるんだよね」

「うん……だから、最初に私が少し様子を聞こうと思って。絶対に断るなら、わざわざ会う必要もないかなって。お兄ちゃん、私と違って、果乃さんのことはあいかわらず許してないみたいだから」

その言葉で微妙に生じた気まずさを受け流すために、水の入った小さなコップを手に取る。

それは仕方ないよね、と私が言いかけたら

「ただ、お父さんはできればおねえちゃんにお店を任せたいんだと思う」

と瑠衣が付け加えたことで、少し話の先が読めなくなった。

「いや、無理でしょう。たしかに大学を出るまではお店を手伝ってたこともあったし、会社はたしか副業禁止ではないけれど。私、ワインの資格を持ってるわけでもないし、平日は普通に出勤しないといけないし」

そうだよね、と呟く瑠衣もいまいち状況を分かっていないようだった。元々彼女は現実的なことに関しては清々しいほど疎い。

「それなら、たとえば幸村さんに手伝ってもらうのは？　あの人、たしか趣味でワインエキスパートの資格なら持ってるんでしょう」

私は小さく笑ってから、彼は無理だよ、と言い切った。

「あちらも仕事があるし。それにお世話になっていたのは母であって、私じゃないから。むこうはまだ話したいことがあるって言ってたけど、事務連絡じゃないかな。今後は関わることもなくなると思うよ」

瑠衣は不思議そうに首を傾げると、腑に落ちないという顔をして

「変なの。お葬式のときだって、幸村さんとおねえちゃん、長年連れ添ったパートナーみたいだったけど。それに幸村さんがおねえちゃんのことを好きだったのは、私だって知ってるくらいに周知の事実だったのに」

と続けた。

「まあ、お葬式のときは、事情を一番分かるのが彼だったから。でも、それも、もう、おしまい」

明るさを装って断言すると、さすがに瑠衣も質問を重ねることはしなかった。

それでも帰り際、ウェイターがお会計の伝票と数千円をレジへ運ぶ合間に、瑠衣がこれだけは知りたいという口調で
「だけど、本当にどうしておねえちゃんは幸村さんと付き合わなかったの？　正直、港さんよりはずっと」

と言いかけたのを、私が、瑠衣、と小声で遮って諭すと、彼女は軽く臆したように言葉に詰まってから
「こういうとき、おねえちゃんって、なにも言わせないんだから。そういう強いところ、私にもあれば良かったな」

実感のこもった声でこぼすと、見下ろした波瑠と手をつないだ。

雅叙園の桜の蕾の間から光の落ちる坂道を、本当の姉妹のように寄り添って三人で上った。

幸村さんから電話がかかってきたのは、あと十五分で午後の仕事が始まるというタイミングだった。

私は渡り廊下を歩いて、部署の人間がいない別館まで移動した。

別館に入った途端、白い廊下と壁が目立つようになり、突き当たりにひっそりとした螺旋階段

が現れる。建築時の用途はいまいち不明だが、たまに広報誌の撮影などで使っているらしい。だけど休憩終わりに、二十五階建てのビルのエレベーターではなく階段を利用する社員はまずいなかった。

私は螺旋階段の途中の踊り場で立ち止まって、右手のスマートフォンを耳にあてた。

もしもし、という呼び声は、存外、響いた。

「ごめん、勤務中に。果乃さんの生命保険の件で、ちゃんと確認できたかと思って」

ああ、と私は思い出して頷いた。

「おかげさまで。正直びっくりしましたけど。母は保険なんて無頓着そうだったから」

そんな大事な話を幸村さんには生前に伝えていたことにも驚いた。母は本当に彼のことを信用していたのだろう。

一会社員の自分にとってはけっして少なくない受取額は、港も含めた老後の資金として貯金するつもりだった。

電話越しに沈黙が訪れた。

足元には、窓から柔らかな午後の日が差し込んでいる。だけどどこかつま先から冷えていくようだった。

「そうか」

幸村さんが小さく呟いた。なにかを確かめるように。

「なにが、そうか、なんですか？」

彼は半ば笑い声混じりに、言った。これで港君との生活もしばらく困らないなと思って。

「ああ、ところで、よかったら今日の夜にでも会えないかな」

という声には先ほどまでとは異なる湿度が滲んでいた。

「すみません、それは、ちょっと」

私が断ると、彼は変に刺激されたように食い下がった。

「いい和食の店を見つけたから。個室もあって、話もしやすいし」

「幸村さん。ご用件は」

そう冷たく突っぱねると、ふと、潮が引いていくような気配がした。

「分かった。じゃあ、手短に。じつは今、知人に紹介されて何度か会っている女性がいる。正直、結婚を考えてる」

じりじりと暮れかけていたはずの夕方が、突然、夜になったような、あっけなさだった。

「俺ももうじき四十二歳だし。だから、もう君に連絡するのはやめるよ。約束も、なかったことにしよう」

右のこめかみに強い痛みを覚えて、ざらりとした凹凸のあるコンクリートの壁に頭から突っ込みそうになり、螺旋階段の手すりを強く握り直した。

どれだけ勝手なんだと罵倒しかけた気持ちを、ここは会社だというぎりぎりの自制心で押さえつけて、私は息を呑んだ。

「どうぞご自由に。あなたのことは死んだものと思います」

そう言い切った途端、螺旋階段を上がってくる音が響いて、電話を切った。

いそいで渡り廊下へと引き返したので、誰かに聞かれていたかどうか確かめることはできなかった。

就業時間を終えると、人がいるのに無人のような自宅に帰り、港の部屋の扉越しに、ただいま、を告げる。いつもどおり返事はなかった。

ダイニングテーブルの上に、手紙はなかった。これで今夜は生きているのかさえ分からなくなったな、と思う。

冷蔵庫に残っていた豆苗（とうみょう）とキノコとササミを炒めて、缶ビールを開けて一人で少しずつ飲みながら、スマートフォンに残っていた幸村さんの番号とメールをすべて消去した。

瑠衣からのメールが入ってきて、手が止まる。そこには、やっぱり稲垣さんはできれば私にお店を任せたいようで、そうしない場合にはどこまで店の物を引き取るかといった問題もあるから、一度、義兄と話してほしいということが書かれていた。

どうして放っておいてくれないのだろう、と私は煩（わずら）わしさを持て余してため息をついた。

母の残したものの中途半端な大きさが恨めしく、半ば破綻したプロジェクトの事後処理をする感覚で、空いている日程を書き送った。

水滴の滴（したた）るビールジョッキを片手にしばし考え込んでいたら

「前原（まえはら）さん。なに悩んでんの？」

部長に声をかけられて、私は顔を上げた。テーブルの端ががたつく。

「すみません。ちょっと、寝不足で」

「なに、海外ドラマにでもはまってんのか。最近、なんだっけ、あの弁護士の」

「そっちよりもゾンビのやつのほうが熱いですよ」

「それまだ観てんの？」

などと男性たちが勝手に盛り上がり始めた。

会社の目の前にある老舗(しにせ)居酒屋の店内は、男性の太い笑い声ばかりがよく響く。そもそも女性客は私一人だ。

私はちらっとテーブルの下でスマートフォンを確認した。港からなんのメールも届いていないことに軽い胸騒ぎを覚えつつも、気を取り直して、部長に言った。

「私が、今、指導中の前園(まえぞの)君ですけど、ちょっと自分で抱え込むクセがあるので、三月に辞めちゃった八木(やぎ)君みたいにならないように、具体的なコミュニケーションを取っていきたいと思ってます」

部長はうっすらと茶色がかった目を細め、穏やかな笑みを浮かべて頷くと
「で、具体的ってなに？」

と突っ込んできた。

「うーん。一番は仕事の割り振り方で、あの完璧主義な性格を、無理のない範囲で長所として伸ばしていけたらいいかな。前園君ってスポーツ観戦が好きなので、今朝はサッカーのポジションを例に挙げて、チーム内の役割をイメージしやすいように説明したら、わりと面白がってくれました」

同様にサッカー好きの部長は、いいんじゃないか、と頷くと、両腕をあげて背中を伸ばした。

「じゃあ、アーセナルくらいのチームにのし上がるか、最終的には」

「え、誰がラムジーですか」

「あー、うちには、あのタイプ、いないよなあ。前原さん、そのへんのこと、一度ざっくり面談で話そうか？」

「あ、はい」

「じゃあ、今度の火曜日の午後五時からで、どう？」

私が小声で、あ、と漏らすと、どうした、とまた素早く突っ込まれた。

「ちょっと、親族とのやりとりが、まだあって」

そう濁して伝えると、母が亡くなったばかりということもあって

「それなら仕方ないね。別日にしよう」

「一人娘だと大変だよな。おつかれさま」

と男性陣は口々に労ってくれた。部署内で編成された男性ばかりのチームでの紅一点はやりづらいこともあるけれど、こういうときには優しくされるのでありがたい。

「でも、親族とのやりとりって、もしかして遺産相続とか？」

空気の読めない同期が真顔で訊き、私は眉間に皺を寄せた。部長が驚いたように、こわっと声をあげた。

「すみません……ちょっと、苦手な義理の兄と会うんです」

夕暮れに溶ける新宿を見ながら、なぜ話し合いのためにホテルの高層ラウンジまで来なきゃならないんだ、と私は心の中でぼやいた。

店員には丁寧に席に案内されたものの、隣の席との間隔の空いた大きなソファー席はまるで落ち着かず、早く帰りたい一心で浅く腰掛けて馬鹿高いメニューを眺めていたら

「どうも。ご無沙汰しています」

心ない挨拶が頭上から聞こえてきて、私は素早く立ち上がった。

「こちらこそ、ご無沙汰しております」

肩幅からウエストや袖丈まできっちり合ったスーツを着こなした義兄は、義父とは対照的に色白で陰影の薄い顔に表面的な笑みを浮かべていた。真顔よりもかえって馬鹿にされているような気がして、私は黙ったまま先に腰を下ろした。

テーブル越しに向かい合うと、義兄から

「食事もまだでしたら、遠慮なく」

と言われたので、この兄妹は善意であっても悪意であっても私に食べ物を奢るのが当然だと思っているのではないか、と勘ぐってしまった。

「いえ、大丈夫です。飲み物だけで」

と私は丁重に断った。

コーヒーと紅茶が運ばれてくると、義兄はさっそく本題に入った。軽く膝を開いた足が長く見える。男性の多い会社の営業職という仕事柄、シルエットはたしかに素晴らしいオーダースーツにまだ気を取られていたら

「例の千駄ヶ谷に移転することになっていたワインバーの件、父は多少感傷的になって心を砕いているようですが、あなたも会社があって店なんて無理でしょうし、こちらで新しく人を探そう

と思っています。父も今年で六十歳になりますし、いずれ引退して僕が引き継ぐことになったときに、揉め事は遠慮したいので。それで了承していただけますよね？」

と一方的に畳み掛けられて、私は反射的にむっとして答えた。

「いえ。移転先が千駄ヶ谷だというのも初耳で、私は具体的なお話はなにひとつ伺(うかが)っていない状態なので、そもそも判断もできない段階ですから」

そうでしたか、と義兄はあっさり言って、お店の場所を口頭で伝えた。

その場で検索してみると、駅から徒歩五分程度の鳩森八幡(はとのもりはちまん)神社の近くだった。母の住んでいた牛込柳町(うしごめやなぎちょう)からさほどアクセスが良いわけではなかったので、あの酔っ払いの母がどうやって通うつもりだったのだろう、と訝(いぶか)っていたら

「けど、実際問題、無理ですよね？　収入だって不安定になりますし、上手くいかなかったときに我が家を頼ることになったら、またややこしくなるでしょう。僕の母も、それはもう長いこと父の奔放さに対して胸を痛めながらも、一途に尽くしてきたんです。夜の仕事をされていた女性には、そんな気持ちは分からないでしょうけど、あなたはまだ一般常識がおありですよね？」

小鼻に皺を寄せて滔々(とうとう)と語る義兄は、大学卒業と同時に広告代理店にいったん就職して社会勉強したのちに稲垣さんの会社に戻ったわりには、学生服を着ていた頃とさほど変わっていない。

——あれが親父にたかっている親子か。

昔、義父が入院したことがあり、お見舞い帰りにあちらの家族とロビーで鉢合わせしてしまっ

たとき、彼がこちらを指さして、言い放ったのだ。学ラン姿の義兄はたしか高校生だった。どんな関係性であっても、表立って他人に言っていいことと悪いことの区別がつかない年齢ではなかったはずだ。

ショックを受けている私に、母が冗談めかして

「あれがね、ボンボンって言うのよ。悪いほうの意味の」

と囁いたことも、昨日のことのように覚えていた。

もっとも最初から上にいくことが約束されているなら、彼の天然の上から目線もかえって社内では身分相応の印象を与えているのかもしれない。

自分で手に入れたものでもないくせに、と内心思いつつ

「たしかに母が最初にお店を出したときには、お父様の援助を受けて、その後も大変お世話になりましたけど、私は成人してからお金のことでそちらにご迷惑をおかけしたことはなかったと記憶しています」

と反論した。

「だから、言っているんですよ。あなたのそういうお心がけは立派ですから、父やご自身の感傷に惑わされて不安定な仕事を始める意味なんてないでしょう。お母さんのときにはファンがついていたんでしょうけど、あなたはそういう……タイプでもないわけですし。そんなにムキにならなくても、そもそも最初から女性が気分でやっているような店だったんですよね。その証拠に、お客が少ない月にはなにかと父の人脈を頼っていたんでしょう？」

そういうタイプじゃないってどういう意味だ。

なぜこいつはまともに目の前の相手の話も聞かずに、分かったようなことを言うのだろう。庇い立てするつもりは微塵もないが、私の知る限りでは、母の店は立地が悪いわりには奇跡的に安定して繁盛していたはずだ。

「お言葉ですけど、あなたのお父様がいらっしゃるときは、母は他の予約を断って、お迎えしていたんですよ。こちらから困って頼っていたわけではないかと」

「そりゃあ、美人ママにパトロンがいるなんてばれたら問題ですからね。隠すに決まってますよ」

「経営に関しても、コンサルタントの方に定期的に助言していただいて、利益も出ていましたし」

「利益と言ったって、こちらへのリターンは純利益の一〇パーセント程度でしょう。あの規模なら、どちらにしても父の道楽みたいなものですよ。美人の愛人なんて男のステータスだし、もともと自分に使い勝手の良い場所が欲しくて、お店持たせたんだから。多少売り上げが増減したところで、そんなものは、デルタの範囲内ですよ」

どうやら微々たるものだと言いたかったらしいが、唐突に差分を持ち出されて困惑した。使い方間違ってるんじゃないの、と怪しみつつも、紅茶を飲んで、そうですか、とだけ返した。

「ちなみにその道楽のための新しい店長候補はいるんですか？」

皮肉のつもりだったが彼には通じなかったようで、あっさり返事があった。

「ええ。僕が調べてみたら、以前、あの店に勤めていた女の子が今銀座でホステスをしているようで、独立したがっているので、任せてみようかと。彼女なら勝手も分かっているだろうし、お客も引っ張って来られますからね」

それを聞いて、とっさに声が大きくなった。

「それ、もしかして二年くらい前に母が雇ってた紫乃(しの)ちゃんのことですか？　無理ですよ。母が電話で愚痴(ぐち)ってましたもん。調子がいいだけで勉強嫌いで、カベルネとピノの区別もつかないって」

義兄は出鼻をくじかれたような顔をしたが、それでもあっさりと、そうですか、と返した。

「それなら、もう一人、スタッフを雇いますよ。ちゃんと味の分かる」

そんな予算が、と言いかけて、さては彼女を気に入ったな、とピンときた。たしかに高い鼻の上にしたたかな愛想の良さを載せた美人だったことを思い出す。そういえばどことなくこの義兄に顔が似ていた。とはいえ結婚相手としては差し障りがあるから、店を持たせてそばに置く算段ではないかと理解した。

父親を非難したわりにはやり方がそっくりだな、と考えつつ母の作り上げた場所をそんなことに使われるのかと思ったら、自分でも驚くことを口にしていた。

「二人体制という手があるなら、私が一人雇うことも、ありですよね。それなら昼間に勤めていても、なんとかなりそうですし。そもそも新しい店舗の内装工事諸々の費用って、今回は誰が持ったんですか？　察するに母の自己資金だったから、今この話が一応、私のところにも来ているんじゃないですか？」

独善と結論だけを用意していた義兄の表情が微妙に固まった。

「ということは、営業形態は基本的にこちらの自由ですよね？」

「いや、自由といっても、こちらだって採算取れなければ困るわけで。だいたいあなた、自己資金なんてないでしょう。始まってからの生活なんてこちらは保障しませんよ」

誰が生活の保障をしろと頼んだ、と思ったら

「自己資金なら、あります」

とつい答えていた。

「母の生命保険、使い道としては……一番ふさわしいかもしれないですね」

「ああ、そうですか。それなら見つけてください。そんな勝手も都合も良いスタッフを。こちらも気持ちを慮って黙ってたけど、店を放置しているだけでもコストがかかってるんだから。せめて四十九日が明けるまでには方針を決めて、提示してもらわないと」

義兄は、他人の母親の四十九日を納品期限のように言い切ると、黙った。

私は売り言葉に買い言葉を胸に戻して、深く息を吸い、ゆっくりと喋った。

「分かりました。それでしたら私も一度お店を見てから、二週間をめどに誰か条件に合う人がいないか探してみますね。それで難しい場合は、私は今後一切関わりませんから。お店はそちらにお任せしますね。おっしゃるとおり、私にも私の生活がありますから」

現実的な話に引き戻すと、彼も少し落ち着きを取り戻して、そうですか、とまた繰り返した。

「ちなみに店を継続する場合は、父は今までどおり、純利益の一〇パーセント、という約束をしていたそうですが、千駄ヶ谷界隈の相場を考えれば、家賃を支払ってもらうほうが妥当だと思います。が、一応、こちらも善意で選択肢を用意しました」

「ちなみに家賃は」

と言いかけて、提示された額を見て、私は即答した。

「純利益の一〇パーセントのままでお願いします」

これだから貧乏人は、と露骨に馬鹿にした顔を、私は見ないふりした。博打など負けても楽しい人だけがやればいいのだ。

ラウンジを出ると、同じエレベーターに乗り込むことを避けて

「私は化粧室に寄ります」

と伝えた。

「そうですか。それでは、連絡をお待ちしていますから」

義兄はすぐさま扉が開いたエレベーターに乗り込んだ。

化粧室の鏡を覗き込むと、シャツの胸に火曜限定の酢豚定食の赤いシミが付いていた。義兄の隙のないスーツ姿と比較して、話し合いでは勝ったはずなのに負けた気がした。

ハンカチの端を濡らして、シミを苛立ち紛れにごしごし擦りながら、呟く。どうしよう。堪えたどころか、さっきのは完璧に売り言葉に買い言葉だった。性格はまるで違うのに、女手一つで育てられてきたからか、母に似て頭に血がのぼりやすいところが私にも多少ある。

自宅に戻って、いつものように返事のない扉に挨拶して、洗顔と着替えを済ませてから、眉のない顔で缶ビール片手にノートパソコンを開く。一応やることはやらなければ、と思い、スタッフ急募の張り紙を試しに作ってみた。

条件を綴ってから、ふと、千駄ヶ谷か、と思いついて、最後に一文を書き加えた。

プリントアウトして、飲みかけの缶ビールをシンクに残したまま、トレンチコートを羽織って

廊下に出た。

扉越しに、港、と一応呼びかける。

「私、ちょっと母が新しく移転して始めるはずだったお店に行ってくる。もしかしたら、私が引き継ぐことになるかもしれないから。まだ、分からないけど。一応、母の生命保険も入るから、そこまで生活に困ることはないと思うけど」

こと、と小さな音がした。椅子に腰掛けようとして、また立ち上がったような響きだった。

「港？」

少しの間、待った。

扉の下の隙間にわずかな影が差したかと思うと、ぬるっと生き物のように白い紙が出てきて、思わず後退した。その間に淡い影は、黒い布地をすっと引っ張るようにして消えた。

私は心臓を片手で確認してから、おそるおそる、紙を拾い上げた。

そこにはこう書かれていた。

『葵が分からない。』

私は紙を破りかけて、床に投げ捨てた。それでも堪えきれずに、扉を両手で押して声をあげていた。

「それ、ぜんぶ、私のせいなの？　同じ屋根の下に住んでるのに分からないのは、私だけのせいなの」

だけど扉の下から紙はもう吐き出されてはこなかった。

千駄ケ谷駅に着く頃には、気力を失いかけていた。

それでも駅前に立つと、物珍しさから、軽くあたりを見回した。公共施設や大学に囲まれているせいか、都心の駅前とは思えないほど暗い。首都高が巨大な影を地上に落としていて、本来なら商業施設が建ち並ぶような道を街灯だけが照らしていた。

鬱蒼とした鳩森八幡神社の脇を過ぎると、下り坂になっていた。平日だからか、想像よりも閑散としている。その通り沿いの黒塗りのビルの一階に、明かりのないテナントが見えた。

私は立ち止まり、ガラス越しに中を覗き込んだ。

カウンターと棚が出来上がっているだけで、あとはがらんとしている。クリーム色の壁や、柔らかな木目のカウンターなど、今度のお店は本当に女性向けにするつもりだったようだ。隅っこに積まれている段ボール箱の中身は備品だろうか。たしかワインセラーはちゃんと移したという話だったが。

椅子は壁際に積み重ねられていて、すべてはこれから、という雰囲気だった。

私はガラスから顔を離した。

葬儀で最後に母と対面したときよりも、暗い店内を覗いた今この瞬間、母の不在と気配をいっぺんに感じた。かすかに混乱する。飲み込まれそうになって、自分の選択が間違いだったような気持ちがこみ上げてきた。幸村さんと帰った雪の晩のように。港が引きこもった日のように。

人一倍、真面目に生きてきたはずだった。それなのに私は肝心なところでいつも間違える。

それでも義兄の顔を思い出したら、やけっぱちのような気分でスタッフ急募の張り紙を取り出していた。両面テープの裏紙を剝がし、ぎゅっとガラスに四隅を押し付ける。

私は最後に書き加えた一文を仰ぎ見た。

『２０２０年の東京を、このお店で一緒に作りましょう。』

それが誰の願いで希望なのか、分からないまま、ぬるい夜風が流れていくのを疲れた体で感じていた。

一週間後、私はリビングでベーグルサンドを片手にスマートフォンの履歴をスクロールしていた。この数日間にかかってきた電話を振り返りながら。

飲食店経験者と限定していたのに、張り紙をした翌朝に電話をかけてきたのはバイトすらしたことのない高校生だった。かっこいいかと思って、と言われて脱力した。その次がイタリアで修業したことがあるという四十歳手前の男性で、電話で話しただけで逆に断られた。

あとはかけ直しても出ない電話が一、二件。人手不足でコンビニのバイトだって外国人だらけのご時世に、やっぱり無茶だったかもしれない。そう考えて、ため息をつく。

テーブルの上には鍵の入った茶封筒が置きっぱなしになっている。あれからすぐに稲垣さんが送ってきた店の鍵だった。店の説明書も同封されていて、電気もガスも水道も通っている状態になっている、と書き添えられていた。義兄ならきっと、すでにコストがかかっている、とも付け加えただろう。

食べ終えたベーグルサンドの紙袋を潰(つぶ)しながら、投げ出してしまいたい、と思った。ぎりぎりになってから無理だと義兄に連絡したら、ここぞとばかりに嫌味を言われるだけだ。それよりは仕事を理由にして、早いうちに手を引いたほうが賢明ではないだろうか。

仕事のメールでもチェックしようとしてスマートフォンを見たら、夕方に知らない携帯番号から着信があったという通知が今になって届いた。会社帰りだったからか、上手くつながらなかったようだ。

また折り返しても出ないんじゃないかと疑いつつも、念のため、かけてみた。

「すみません。先ほどお電話いただいたようですが、千駄ヶ谷新店舗のスタッフ募集の件でしょうか？」

私が尋ねた瞬間に

「そうです！　あのーっ、僕、あの募集見て働きたいと思って。松尾還二（まつおかんじ）っていいます。お店も覗いたらいい感じだったし、めっちゃ興味あります。一応、飲食の経験は六年あります。お話聞いてもらえないでしょうか。もしかしてもう決まっちゃいましたか？」

声の感じはかなり若かった。飲食を六年ということは、高卒ですぐ働き始めたとして、二十代半ばくらいだろうか。喋り方もずいぶんとフランクで、人間同士の距離が近い狭小な店の従業員としてはどうかと迷った。

一方で、妙に惹きつけられるものもあった。彼の話し方には変なプライドや威圧感がなくて、心を開いている感じがした。

いつ面接に来られますか、と試しに尋ねてみたら、彼は即答した。

「僕、今は昼間のシフトしか入れてないんで、夜でしたらいつでも大丈夫ですっ。明日でも、来いと言われれば今日これからでも」

扉の鍵を開けると、暗い店内はひんやりとしていた。

軽く放心してから、思い出してブレーカーを探す。壁をぐるりと見回すと、入り口の天井近くにそれらしきものを見つけた。

椅子を踏み台にして押し上げる。それから、電気のスイッチを押した。ガラスのシェードに包まれた照明が淡く灯り、繊細な木目のカウンターが照らされた。

私はカウンターの中に立って、そわそわしつつ松尾君を待った。

来ない可能性も考えていたが、約束の時間の五分前になると、店の前に白いマウンテンバイクが滑り込んできた。

乗っていた男性が振り返る。背は大きくないが体格は良さそうで、ゆったりとしたベージュ色の上着を着ていた。

扉が開いて、少しがらがらしているけれど明るい声が響いた。

「はじめましてっ、松尾還二です。前原さんですか？」

私は、はい、と答えた。

松尾君は丸みをおびた顔に人懐(ひとなつ)こい笑みを浮かべて、よろしくお願いします、と片手を出した。いやらしいところのない、まっすぐな握手だった。

あらためて向き合うと、大きな瞳は快活そうだが、鼻筋は案外華奢で、親しみやすく品の良い顔立ちをしていた。

私は軽く笑いかけて

「今おいくつですか?」

と尋ねてみた。

「僕、先月で三十一歳になりました」

「え、じゃあ、ほぼ同世代」

松尾君がなぜか急に眉根を寄せて、なんですか、と訊き返したので、私はやや声を強めに出した。

「私、今、三十二歳」

「わ、ほんとですか? 偶然ですね」

松尾君は嬉しそうに言った。たしかに三十代にしては若く見えるものの、喋り方からはもっと下を想像していたので、少々面食らっていると
「これ、履歴書です。よろしくお願いします」

と頭を下げられたので、私はひとまず座るように勧めた。

カウンター越しに向かい合い、受け取った履歴書を開く。神奈川県の男子校の中高一貫校を出ていて、大学名まで見た私は言った。

「すごい、国立出てるんだ」

松尾君は屈託なく、はいっ、と頷いた。

「まったくそうは見られないんですけど」

「でも国立大学の社会学部を出て、なんでまた飲食店に?」

純粋な疑問を口にすると、松尾君は途端に熱く語り出した。

「あ、最初のうちは集団っていうものに興味があったんで、大学で社会学やってたんですけど、結局、社会っていっても個人個人の集合体なわけじゃないですか。それってつまり究極は人間を知らないとだめだな、て思って。本当は海外行きたかったんですけど、僕、じつはちょっと耳が悪いのもあって英語のヒアリングがいまいちで、なんで、お金貯めてから日本一周の旅に出たんです」

「え、耳って大丈夫？」

ちょっと難聴ぎみなんですよ、と彼は説明した。だから声が大きいのか、と私は納得した。

「これくらいの至近距離とか、電話なら平気なんですけど。で、飛び込みで農家のバイトしたり配達の仕事しながら旅して。それで都市から離島まで色んな人と接して気付いたのが、人と関わるっていう行為のすべての最終目標は、相手を幸せにすることなんです。結局、コミュニティの良いあり方っていうのもそうで、全部そこがゴールになっていることが重要で、どんなに生産性が高くたって、それが他者の幸福を目指したものじゃなかったらだめなんです。そう思ったときに、じゃあ幸福の中でも汎用性が高いのってなんだろうって考えたら、僕にとっては飲食だったんです」

「はあ、うん」

私はかろうじて相槌を打った。

「それで恵比寿（えびす）のイタリアンに雇ってもらって、四年働いたんですけど、店のオーナーが地元の京都に帰ってやりたいって言って閉店しちゃったんで、あとの二年は和食で厨房やってました。ただ、和食の世界ってほんと上下関係がやばくて、料理人同士のいじめに近い出来事が日常茶飯事で。なにより料理する人間がつらいと思いながら作ったものをお客さんに出すって、どうしても抵抗あったんで、それで、新しいお店を探してたんです」

という自己紹介でおおよその経緯が理解できた。

ところで、と松尾君は楽しげにカウンターの表面を手で撫でた。

「このカウンターいいですね。色とか絶妙にほっとする感じで。あ、ちゃんと表面だけ一枚板に見えるように上手くつないである。こだわって作られたんですね」

「あ、一枚なのかと思ってた」

私もカウンターの中から出て、裏側から覗き込んでみた。

「本当に一枚の板でこれだけのものを探したら、めっちゃお金かかりますから。壁は自分でペンキで塗ったんですか？　綺麗な卵色ですね」

そう指摘されて、私もあらためて壁を仰ぎ見た。

「このお店、じつは私の母がやるはずだったんです」

松尾君は、え、と真顔で訊き返した。

「じゃあ、お二人で始めるはずだったんですか？」

「いえ。あの、母が事故で亡くなったんです。それで、私が後を継ぐという話が出て。だけど昼間は会社員をしているので、実際にはできるかどうか……すみません。わざわざ来ていただいて、申し訳ないんですけど、最初にお話ししておいたほうがいいかと思って」

死んだ人間の店を継ぐ話など、他人には重いだけだろう。内心そう諦めていたら、松尾君が

「それなら、よけいにやりましょうよ。せっかくお母さんがこんなにいい雰囲気に作ったんです

から。もったいないですよ！」

と熱弁を振るうので、不意を突かれた。

「でも、そうなると、一緒に働く方にどうしても負担が」

「いいですよ。僕、一からお店始めるってめっちゃ興味あったんで。本来なら自分で借金して始めるようなことを、こうしていい条件でやらせてもらえるなら光栄です。それにぶっちゃけ軌道に乗るまでの間って、たぶん僕の給料出すので精いっぱいだと思うんで、会社員と両立されるのは、すごくいいと思います。僕、できるだけフォローしますから」

「でも勤務時間も、私は仕事終わってからで、色々不便が」

「それは、全然、大丈夫ですよ。お酒メインのお店ってそんなに早い時間帯から混むことは少ないと思いますし。僕が一人で早番でいいんじゃないですか。前原さんが遅番だと、防犯的に心配なんで、遅めの時間帯から二人体制でやればちょうどいいですし。そこはまあ、フレキシブルに。あと、それなら店は週休二日がいいですかね。体持たないとまずいですから」

「それだと、売り上げとか、お客さんの足が遠のくとか、心配じゃない？」

「最初から決めておけば、お客さんもそのリズムで定着すると思いますよ。前原さんの店なんだから、自分のやりやすいようにやればいいんですよ」

はっとした。初めての単語を教えられた幼児のように、心の中で復唱する。

私の店。

顔を上げる。母の選んだカウンターにペンキの色。だけどまだ誰の気配も染みついていない場所。

松尾君はわくわくした気持ちを隠すことなく、カウンター内のキッチンスペースを覗き込んだり、装飾のない壁を眺めている。

その好奇心に溢れた横顔を見ているうちに、もしかしたらやれるかもしれない、と初めて考えた。

初対面で素性もまだ十分に知らない相手なのに、不思議と希望が湧いてきた。

「じゃあ、前向きに検討させてもらいたいんだけど……本当に大丈夫？　始まったら、週五日とかでがっつり出てもらうことになると思うけど」

松尾君は迷いのない口調で、大丈夫です、と言い切ると、思い出したように扉を振り返った。

「僕、あの外の張り紙の文句を読んで、電話しなきゃって思ったんです」

私はきょとんとして、張り紙の文句って、と訊き返した。

「だって2020年って東京オリンピックですよね？　絶対にこのあたりは大変なことになるじゃないですか」

「ああ、うん。たしかにね。ごめん、あんまりよく考えずに、なんとなく思いついて書いちゃって」

「はい！　なんかそれを感じたんで、僕なんかが少しでも役に立てたらと思ったんです。今この瞬間も東京の風景は勝手にどんどん造り替えられていて、そんな未知数な時期に、少しでも自分が必要としてもらえる場所を探していたときに、あの張り紙を見つけたんです」

私は言葉を探しかけて、口ごもった。

あまりにまっすぐな彼の物言いに圧倒されて、弱気な発言をくり返すことが躊躇われた。

そんな私の逡巡を払うように、松尾君は礼儀正しく頭を下げた。

「話したいことはぜんぶお話しできたので、ぜひ採用してもらえたら嬉しいです！　よろしくお願いします」

私も慌てて同じように頭を下げてから、近いうちにご連絡します、と返した。

会社帰りに寄ったアイリッシュパブで、私は遅れている瑠衣を待ちながら、青いカーディガンを肩に掛けて白ビールを飲んでいた。

店のドアが開いて、瑠衣が入って来た。軽く戸惑ったように店内を見回すと、私を見つけて、安心したように笑った。

「おねえちゃん、ごめんね。お待たせして。シッターさん、電車が遅れたみたいで」

「大丈夫」

ところで、と彼女はセリーヌのバッグを開きながら、訊いた。

「ここはテーブルで注文するんじゃないよね？」

「うん、ここはキャッシュオンだから、そこのレジで先に」

はあい、と答えて、真っ白な長財布を手にしてレジに向かう後ろ姿を眺める。すぐに洒落たスーツを着た外資系風のサラリーマンがさりげなく彼女の後ろに並んだ。

少し心配して様子を見ていたものの、声をかけられた彼女は軽く言葉を交わすと、すぐに首を横に振って、ワイングラス片手にこちらに戻って来た。

「大丈夫？」

「うん。四歳の息子がいるって言ったら、見えないねってからかわれちゃった」

嬉しさと決まりの悪さが半々くらいの笑みを浮かべた瑠衣に、私は、そう、とだけ言ってグラスを掲げ、乾杯をした。

「おねえちゃん、そういう鮮やかなブルーが似合うよね」

と瑠衣が私のカーディガンを誉めた。ありがとう、と笑って答える。

「瑠衣だって白が似合うよ。肌が綺麗だからか、真っ白でも負けないよね」

「つい合わせやすいと思って、なんでも白を選んじゃうんだよね。あ、そういえば昔おねえちゃんが誉めてくれた絵を覚えてる？　白いワンピースの女の子が食卓でナイフとフォークを持ってる絵。この前、波瑠の衣替えを兼ねてクローゼットを片付けてたら、出てきたの。大きくて邪魔だから、処分するか迷ったんだけど」

「え、もったいないよ。たしか高校生のときに美術部で描いた絵でしょう。都の展覧会でも入選したやつ。私だったら飾っておきたいけど」

彼女は、うん、と複雑そうな笑みを浮かべた。

「入選自体は家族も喜んでくれたんだけど。素人の絵を飾ると、インテリアが調和を失って安っぽくなるって、お兄ちゃんとお父さんが」

彼女はさらに言葉を重ねることはしなかった。それでしまい込んだのか、と納得した。

そのエピソードと一緒にまた絵もクローゼットにしまい込みかねない様子だったので
「ね、良かったら、お店に飾ろうか。新しいワインバーの」

と私は提案した。それで瑠衣も思い出したように

「そうだ、新しいスタッフの人が決まりそうなんだよね。松尾さん、だっけ？」

と質問で返した。

「うん。基本的には採用する方向で考えてる。人柄もだけど、条件が良かったからね。ただ、肝心の腕はまだ知らないから、今週末、打ち合わせを兼ねて、またお店に来てもらうことになってるよ」

「そうなんだ。いいな、絵を飾ってもらえるのは嬉しい。それならきちんと包装して、送るね」

「ありがとう。本体が傷つかない程度で、いいからね」

窓辺の席だからか、ガラス越しに伝わってくる夜の空気が少しひんやりしてきた。肩から落ちかけたカーディガンを引き戻す。

ところで、と瑠衣がワイングラス片手に
「その松尾さんって、どんな人だった？　お店で二人きりなんでしょう。好きになったりしないの」

と好奇心を見せた。まだ二十代半ばの彼女は当たり前のように男女間に恋愛を連想する。そういう感覚を羨ましく感じながらも、男だらけの職場に慣れ切った私はあっさり返した。

「や、そういう雰囲気じゃなかったよ。それに二人きりでお店やってて、くっついちゃったら、別れるときに大変そうだし。そういうの、私はいいから」

店の隅で大きな歓声がした。振り返ると、男女混合の外国人たちがサッカー中継を楽しそうに見ていた。

「東京も外国人観光客、増えたよね。表参道のヴィトンも、日本人が全然いないし」

と瑠衣がしみじみ口にした。東京オリンピックで大変なことになる、という松尾君の台詞を思い出す。好感は抱いたが、正直、そこまで人の役に立ちたいという彼を無条件に信頼したわけではなかった。

無償も無条件もこの世にはないのだと、母が生きている間に私は嫌というほど学んだから。

「千駄ヶ谷、私も飲みに行きたいな。いつ頃、オープンする予定なの？」

と瑠衣に訊かれて、私は当座のスケジュールを軽く確認してから

「遅くても三カ月以内には。店内整えて、仕入れ先の相談して、メニュー作って。やること山積みだよ」

と困ったように笑ってみせると、彼女はしばしためらうような素振りを見せてから

「簡単な洗い物くらいなら、港さんも、できるんじゃない？　どうせ働いてないんだし」

と目にかかった前髪を軽く撫でるついでに、言った。

「それは、どうかな。人様の前に出せる状態じゃないと思う」

「人様の前に出すって、それこそご飯じゃないんだから」

港が非難されるかと思ったので、その言葉が私に向けられた戒めだったことが意外だった。きっと問題児を持つ親というのはこういう気分なんだろうと実感する。

港が会社員だった頃は、瑠衣を呼んで、たまに自宅で手料理を振る舞うこともあった。もっとも気分屋で幼いところがある港とお嬢様育ちの瑠衣は、ちょっと似ている分だけ嚙み合わないのか、港は

「俺、あの子、なに喋ったらいいのか分からない。葵くらいしっかりしている女の人が好き」

瑠衣が帰って二人きりになると、私が台所で洗い物をしている横でこぼしていた。

港に初めて会った夜のことはよく覚えている。

原宿のお洒落なだけで料理の不味(まず)いカフェバーで、異業種交流会という名の飲み会に参加した。参加者の大半がカタカナの職業で、港は隅っこの席で居心地悪そうに座っていた。スーツ姿だったのは私と彼だけだった。

どことなく可愛らしい顔をしていることもあって、最初は同世代の女の子たちも港に話しかけていたが、彼が気難しさを隠そうともしないので、自然と離れていった。

私が、精密機器を扱う会社の営業のようなことをしています、と言ったときだけ、彼はまともに関心を示した。

「どんな製品を扱っていて、何年くらい勤めてるんですか?」

という質問に、私は丁寧に説明した。さして面白い話ではなかったと思うが、メーカー勤務の彼には身近な話題に感じられたようで、解散後におずおずと近付いてきて

「自宅、同じ方向でしたよね。僕、酔っちゃったので、タクシー相乗りしてもいいですか?」

と申し出た。私は少し考えてから、いいですよ、と答えた。

白い肌に黒目がち。髪は一度も染めたことがないというだけあって、思春期前の子供のような艶と重さを保っていた。今から思えば、外見が瑠衣に少し似ていたので親近感を覚えたのかもしれない。地味なところや社交性のなさも、そのときには信頼できそうに感じた。

帰りの車内では、意外にも港のほうが饒舌だった。参加者の悪口を一通り言って、最後は無防備な笑顔を見せて

「また一緒に飲んでください」

と頼まれた。おとなしいわりに好き嫌いが激しいタイプだからこそ、いったん懐くと、展開は早かった。

付き合って半年後には、夜会えないと淋しいと言い合って、同棲することを決めた。

母に彼を紹介したら

「いいじゃない。可愛いし、なにより葵のことが大好きなのね。あんたしか目に入ってないみたい」

とからかった。大人の男性にはまるでふさわしくない誉め言葉だったが、母に認められたことは、まだ若かった私たちにとって喜ばしいことだった。

同棲を始めてすぐの頃は、今までもらったことのない愛情をむさぼるように、二匹の獣のように寄り添って片時も離れない時間を過ごした。柄にもなく恋愛に溺れる私を、それなりに親しかった同性の友人たちは若干冷めた目で見始めた。それが煩わしくて、いつしか自分から距離を置いてしまった。港がいればいい、世界で彼だけが私を必要としてくれていると、たしかに信じていた時期があった。

なんでだろう。めまいがするほど幸福だったはずなのに、今振り返ると、どこか痛々しくもある。

少しずつ港が余裕をなくし始めたことには気付いていた。

私は社内での仕事も増えてやる気を増す一方で、港は会社の経営不振で部署内の人手が足りなくなり、じょじょに疲弊していた。彼を気遣いながらも、つい自分が上手くいっている話をしてしまった。

夕食の途中、港がご飯を残したまま席を立つ回数が増えていった。単純に忙しくて体調が悪いのだと言い張るので、私も眠る前には彼の足を揉んだりした。港は、ありがと、と小さく言って、ちょっとだけ気を緩めた。そして二人で眠った。

港の会社が吸収合併されて、大幅に社員を減らすことになり、彼もその一人として解雇されたのは二年前のことだった。

新緑が美しい初夏の晩に、近所のビニールシートの掛かった焼きとん屋でその話を聞いた。港は泥酔するまで飲んで、会社の悪口を散々言ったけど、最後には強がって笑い飛ばした。素直に落ち込んだり悲しめる性格じゃないことを知っているからこそ、上手く励ます言葉が見つからなかった。

会計のときに値段の安さにびっくりして、それから港が今日にかぎってこの汚い店を選んだ理由を察した。

帰り道で、お金のことは心配しなくていいから、と私が言ったら、彼はびっくりするほど毛を逆立てた猫みたいな目になって
「今、それ、言うの？」

と言い返してきた。私は傷ついて、それから数秒遅れて、それなら二人の生活のことは実際どう考えてるんだ、と責めたくなったけれど、口に出せる雰囲気では到底なかった。

あの晩に、私たちは話し合うという手段を失ったのかもしれない。

その半月後に、私は港に無断である決断をした。

それ以来だ。港が口もきかなくなって、本来は二人の仕事部屋だった五畳の洋室に引きこもるようになったのは。

今でも自分の選択は間違っていなかったと思う。でも、恋愛は業務ではない。大事なものは結論よりも過程だと、私はあのとき分からなかった。あるいは分かっていたところで、ほかに選択肢なんてない、と判断したかもしれない。

身勝手な母より、無礼な義兄より、狡(ずる)い幸村さんより、弱い港より、私は誰よりも私が嫌いだった。ずっと。

土曜日の夜に、店に集合した私と松尾君は段ボール箱を開封して、備品をチェックした。

「カトラリーとかグラスはばっちり揃(そろ)ってますね。調理器具も最低限は新しいやつ買ってありますし。調味料や保存のきく食品で期限切れのものはあっちに寄せたんで。あとで確認お願いします」

「ありがとう。ワインのほうはさすがにちゃんとしてあって、よかった。店のオーナーさんから仕入れ先の紹介を受けたから、あとで相談させてね」

床に座り込んだ松尾君は、了解です、と頷いた。それからセラーを開けると、びっくりしたように、わ、うお、と声をあげた。

「シャトー・ラフィット・ロートシルトの2000年の赤じゃないですか。これ今かなり高値で売買されてますよ」

私は後ろから中を覗き込みながら、時々そういうのあるんだよね、と言った。

「そういうのって、提供価格、どれくらいにすればいいと思う?」

「いやいや、気楽に頼める値段じゃないですから。ホストクラブみたいな価格帯になっちゃいますよ。しかし面白いお店だな。今あらためて思いましたけど、どういうお母さんだったんですか?」

私は少し考えて、松尾君にオーナーこと稲垣さんと母の関係を話した。これからの客層にも影響してくるだろうと思ったからだ。

彼は、案外、そういう込み入った事情には慣れているようで

「納得です。これだけのワイン揃ってたら、どういう店だったんだろうって気になるので、話していただいてよかったです」

と言った。

そんな彼に、私は紙袋からまとめて取り出したクリアファイルを手渡した。

「あとこれ、参考になればと思って。母がやっていた頃のお店のメニューとワインリスト」

葬儀の後で母の部屋を片付けていたら、十数年分すべてファイルされたものが出てきて、私の幼い頃のアルバムでさえうっかり捨ててしまうような人が、とびっくりした。ファイルを捲りながら、母の誇れるものはお店だけだったのかもしれない、と思った。

リストを見ていた松尾君が、すげえ、やっぱりいいワイン置いてましたね、という感想を漏らした。

「でもこれグラスで出すと、けっこういい値段になりますよねー。セラーのものは基本的にボトルのみで提供するとして、僕らがやるんだったら、客層も若くなっていくと思いますし、基本は

グラスで高くても一杯千二、三百円くらいの価格設定になりますよね。ワインの方向性、どうしましょうか？」

「あ、それだけど、うちの母親、日本ワインにシフトしていくつもりだったみたい」

松尾君はメニューを捲る手を止めて、日本ワイン、と復唱した。

「そっか。僕も旅してたときに国内のワイナリーはいくつか見学させてもらって、飲み疲れしないし、よかったんですけど、ちょっとまだ味と値段のバランスが伴ってない印象はあるかな……気軽に飲むなら、やっぱりニューワールド系か、価格そこそこで安定感優先なら欧州か。すみません。僕も厨房だったんで、えらそうなことは言えないですけど」

「いや、それも、分かる。そうだよね」

「ただ、和の食材とは相性いいんで、検討してみるのもありだと思います。あとはなんかありますか？」

私は、幸村さんとの会話の記憶を手繰り寄せた。

「生ビールじゃなくて、シードルの生樽を置きたいって言ってた」

「マジかーっ。生ビールなんて鉄板なのに、攻めますね。前原さんのお母さん」

と松尾君が笑った。そのフランクな言い方に、私も力が抜けて笑った。

「でも、日本ワインもシードルも詳しい人の間ではけっこう熱いんで、さすがだと思います」

「あ、そうなの？」

「はい。とくに日本ワインは、以前はたしか譲渡か売買しか認められていなかった製造免許がここ数年で一気に発行されたこともあって、国内のワイナリーが増えたんですよね。試飲会やってるかな。春と秋に多いんで。ちょうど今の時期だったら、いけるかも」

彼は立ち上がって、どこかに電話をかけた。私は片付けを続けながら、ふと店の外の通りを見た。向かいの小料理屋の看板が灯っていて、気付く。

「そうだ。店名、考えなきゃ」

そう呟くと同時に松尾君が
「ありがとうございます！　またご連絡させてください。はい、どうもー」

と電話を切った。

彼はこちらを向くと
「日本ワインの試飲会、最初に勤めてた店のときのインポーターさんに訊いたら、一般向けでいいなら再来週の土曜日に赤坂であるって教えてくれました。とりあえず行きましょう！　で、実際に色々飲んでみましょうよ」

松尾君は色鮮やかな水色のシャツによく映える笑顔を浮かべた。

「すごい。松尾君って本当に行動的だね。助かります」

「え、だって楽しいじゃないですか。お酒も食事も自分がいいと思うものを一から考えて提供できるなんて」

私が、頼りにしてる、と微笑(ほほえ)むと、松尾君はなんだか照れたように
「そういえばお腹空きませんか？　僕、簡単なもので良ければ作りますよ」

と言い出した。彼はスーパーの袋からバジルなどの食材をいくつか取り出すと、在庫のオリーブオイルの瓶を持ち上げて

「すみません、これ、使ってもいいですか？」

と訊いた。どうぞ、と私は答えた。

松尾君は調理器具を探りながら、シノワと種抜きはやっぱり欲しいかもなあ、と呟いた。私は思い出して言った。

「そういえば、店名を考えてなかったなと思って。母のときとは変えたほうがいいと思うんだけど」

「ちなみにどんな店名だったんですか？」

と彼は包丁の背でニンニクを潰しながら訊いた。

「母の名前そのままで、ローマ字で、KANO」

松尾君は礼儀正しく、次の言葉まで間を空けてから

「せっかくだから、心機一転で変えませんか？」

と言った。

「私も思ってた」

そんなやりとりをしているうちに、トマトとモッツァレラチーズのパスタが出来上がってきた。

予想よりもシンプルだな、と思いながらフォークを動かして口に運んだ私は、思わず笑った。

「え、想像と違う。なにこれ」

「お口に合いませんでしたか？」

「ううん。美味しい。トマトソースがフレッシュなのに甘くて、香ばしい。どうして？」

「いったん焼いてから、皮だけ取り除いちゃうんですよ」

「へえ。モッツァレラチーズも絶妙な半熟。塩加減とオリーブオイルもいい感じだよ」

「ありがとうございます。ていうか、和の食材の話をしてたのに、ついパスタ作っちゃいましたね」

私が夢中で食べている間に、松尾君はスマートフォンを弄(いじ)り出して、店名の申請ってどうするんだったっけな、と呟いた。

「あ、保健所への申請ですけど、前原さん、調理師免許持ってないですよね？」

「ごめん。今さらだけど、ないです」

と口元を拭(ぬぐ)いながら答えた。

「僕、持ってるんで、とりあえず食品衛生責任者にしてもらっても大丈夫です。それで店始めてから、前原さんも資格取るとかすればいいと思うんで。ワイン絞ったら、メニューの相談もさせてください。そもそもお酒と食事、どっちに比重置きます？」

私は内心感心しながら
「個人的には、食べられるお店がいいな。1・5軒目くらいのイメージで。一人だと、それくらいが一番気楽なんだよね」

と言ったら、松尾君はなぜか一瞬だけ黙ってから、僕もそう思います、と頷いた。

店の戸締まりをして、夜道で別れるときに、松尾君が白いマウンテンバイクにまたがりながら
「前原さんってお母さんと住んでたんですか？」

と思いついたように訊いた。

「や、違うよ。私は同棲している相手がいて」

と答えると、松尾君は急にあらたまったように

「あ、そうなんですね！　すみません、気付かず夜遅くまで僕の喋りに付き合わせてしまって。おつかれさまでした」

と頭を下げた。それでさっき私が一人と言ったときに少し考えるような様子を見せたのか、と納得した。それから、その相手とお店をやらないんですか、とは訊かれなかったことにほっとした。

礼儀正しいけれど適度に砕けた性格といい、女性客に好まれそうな料理の味といい、彼とだったらいい距離感で上手にやれるかもしれないという希望を抱いた。

「こちらこそ遅くまでありがとう。また来週末、よろしくお願いします」

二人で手を振り合って、べつべつの方角へと歩き出す。松尾君の最寄り駅は代々木八幡（よよぎはちまん）なので、私の住む沿線よりも圧倒的にお店に近い。

ホームのベンチに腰掛けて、手帳を取り出す。二週間後の土曜日の空欄に、試飲会、と書き込んでみた。なんだかひさしぶりに前向きな気持ちになって、視界に滑り込んできた満員電車にも怯むことなく、立ち上がる。

バッグを胸に抱えて体を押し込んだとき、腕の中でスマートフォンがふるえて、メールが届いたのが分かった。

両肘をわずかに広げて空間を作って取り出すと、表示された名前を見ただけで、呼吸が軽く浅くなってしまった。

ああ本当にもうだめなのかもしれない、と考えながら目にした文面で、最後の気力を失いなが

ら、それでも私たちはある意味ではやっぱり完璧に合っていたのだと実感した。

『実家に戻りました。無断ですみません。別れたいです。』

懇願のようなメールをすぐさま消去して、帰り着いたマンションの玄関に入るとスニーカーがなくなっていた。そこまで気温が低い晩ではないのに、急激に寒気がして、喉(のど)の奥まで凍りそうだった。

物置の扉が少しだけ開いていた。

がらんと空いた空間を見たくなくて、それでも万が一、やっぱり港がいたらと想像したら銀のノブを摑んでいた。

引っ張ると、なにかが倒れる音がした。身構えた直後、足元に転がったものに気付く。コロナビールの空き瓶だった。いつの間に飲酒していたんだろう、と考えながら扉を開けた私は、放心した。

狭い空間に膨大なゴミ袋と、そこに入りきらなかった食品関連のゴミと、毛玉がついて穴の開いた部屋着や靴下や下着とが散乱していた。人の顔のようなものが見えたので、暗がりのゴミ山におそるおそる手を伸ばすと、破られた週刊誌の袋とじの切れ端だった。今時、大抵の男性が買わずにネットで探すような裸の女の子の写真と笑顔を目の当たりにしたとき、猛烈な嫌悪感と憐憫(れんびん)が湧き上がってきた。

混乱したのは、私が出社している間、彼が共有スペースの家事はそれなりにやってくれていたからだ。それがなけなしの気遣いか、プライドか、扶養してもらっていることに対する怯えだったのか、それすら私にはもう知る手立てはない。

本当に終わったんだ、という事実だけを前にして、涙も出なかった。機能的で無個性なフロントの前を通るときに、おかえりなさいませ、という声だけがやけに懐かしく響いた。

連泊四日目ともなるとこちらもスタッフを覚えるな、と考えながら、カードキーを使ってエレベーターで五階の５０４号室へと戻る。大浴場は今夜も混んでいるのだろうか。ドアを開けると、室内にはデスクとシングルベッドがほとんど隙間なく向かい合っていた。デスクの上には昨晩読んでいた仕事の資料が残っている。

ジャケットをハンガーに掛けて、カバーもシーツも元通りにぴんと張ったシングルベッドに横たわる。薄い白のカーテンの向こうには西新宿の雑居ビルが突き出している。禁煙のわりにはどこか煙草(たばこ)臭く感じられる空間で、寝返りを打つ。

港が出ていった晩、私は朝までかけてゴミを分別し、本当はいけないけれど共同のゴミ捨て場にすべて捨てた。それから衣服や仕事道具をトランクに詰めて、会社には半休の申請をして、マンションを出発した。

そして新宿のシティホテルに泊まっている。出社するための着替えが少なくなってきたこと以外は、とくに不自由はなかった。こだわらなければ自炊するよりも安く食事を済ませられるのが東京の数少ない利点だ。

とはいえ塩分が濃くて単調なチェーン店の味にも疲れてしまい、シャワーだけ浴びて寝ようかと迷っていたときに、知らない番号から着信があった。

もしかしてマンションの管理会社ではないかと、置き捨てたゴミを思い出して警戒しつつも電話に出た。

「葵ちゃん⁉　大丈夫、元気にしてた？」

という声を聞いて

「弓子(ゆみこ)さん？」

私は驚いて尋ねた。

「本当にごめんね。姉さんの葬儀のときにはなにもできなくて。ようやくさっき帰国して、成田空港に着いたの。ひとまず代々木のマンションに戻るんだけど、今バスの時間まで空いたから、どうしても葵ちゃんの声を聞きたいと思って」

「いや、それはいいんだけど、それよりも弓子さんの怪我(けが)は大丈夫？　叔父(おじ)さんも一緒？」

電話の相手は、五年前に叔父の海外赴任についていった叔母(おば)の弓子さんだった。母との縁を切ったまま亡くなった祖父母以外では、私たちにとって唯一の肉親だ。私が早朝に母の死を連絡したときには時差の関係で夜中だったこともあり、動揺して足に火傷(やけど)を負ってしまったのだった。そして葬儀どころか帰国も今日までままならなかったのだから、彼女もまた不運だったと言える。

私の問いに、弓子さんは軽く黙った。妙な感じがして、質問を重ねるか迷った矢先に、彼女は疲れ切ったような声を出した。

「じつは今、叔父さんにね、離婚したいって言われてるの。五年も慣れない外国で過ごして、ほかの奥さんたちとつたない英語で一生懸命社交してきたのにね。だから姉さんが事故にあった夜も、私ね、正直、慣れないお酒で酔ってたのよ。葵ちゃんには本当に申し訳ないと思っていて、話もゆっくり聞きたいし、忙しいだろうけど近々会ってもらえない？」

私はしばし呆然（ぼうぜん）としてから、うん、と小さく声を漏らして告げた。

「いつでも、いいよ。弓子さんが大変じゃなければ明日の夜でも大丈夫だし」


翌日の晩に代々木駅前にやって来た私は、奇妙に雑然とした街並みと、がらんと夜空が広く抜けた交差点前の景色に不思議な心地よさを覚えた。

行き交う人たちは、サラリーマンやモード系の若い女性や観光客らしき外国人と、まるで取り留めがない。山手線沿線とは思えないほど廃れたような雑居ビルが混在しているのも面白かった。

北参道方面に歩いていくと、乱立していたチェーン店も次第に減り、暗くなった。明治神宮と首都高に遮断された道路沿いは、月光さえも届いていない。

少し不安な気持ちになりつつも、裏道に入ると、古いけれどしっかりした煉瓦造りのマンションにたどり着いた。

インターホンを押し、弓子さんの声に導かれて、オートロックのエントランスに入る。巨大な観葉植物といい、管理人さんが常駐している受付といい、ひと昔前の高級マンションの名残がある。

出迎えてくれた弓子さんは笑顔で
「葵ちゃん！　ひさしぶり。平日の仕事帰りにわざわざ、ありがとう」

と言った。昨日までの長いフライトで疲れたのか、コンタクトではなく、いかにも予備という感じの太い黒縁の眼鏡を掛けていた。ゆったりしたグレーのロングカーディガンを部屋着の上に羽織っている。

離婚危機にさらされているわりには元気そうだったので、私はひとまずほっとして

「こちらこそ。これ、来るときに新宿で買ったオランジェット」

とピンク色の紙袋を手渡し、刺繡の施された革のスリッパを履いた。

「ありがとう、ちょうど甘いものでも食べたいと思ってたの。今、お茶淹れるからね」

少し片足を引きずるようにしながらも、彼女は明るい口調で告げた。本当に甘いものの気分かは関係なく、弓子さんは昔からそういう台詞を自然と口にできる人だった。母なら、今は気分じゃない、と平気で言っただろう。

しばらく不在だったと思えないほど、リビングには人の気配があった。カウンターキッチンの中の棚の調味料も最低限のものは揃っていて、テレビ台の前に開きっぱなしのトランクさえなければずっと暮らしていたと言われても分からないくらいだった。

私は湯気のたつカップを持ち上げながら、訊いた。

「怪我はひどいの？」

彼女は笑ってかぶりを振った。

「もう若くないから治りが遅いだけ。セントラルヒーティングがあるのに、酔ってわざわざ電気ストーブなんてつけて眠り込むから悪いのよ」

「いやいや、それだけショックだったんだよ。それにしても、このマンションも、ひさしぶりで懐かしい。日本にいなかったときには、どうしていたんだっけ？」

「夫の遠縁の若いご夫婦に家具付きで貸してたの。最近、新小岩のほうに一戸建てを買うことに

なったから、出たんだけどね」

そこで突然、ばらばらの断片が頭の中でつながった。

「もしかして、お母さん、そのご夫婦と入れ替わりでここに住むつもりだった？」

「あ、そうなの。私が離婚を切り出されて悩んでるっていう相談をしたら、安く貸してくれるなら一緒に暮らそうって言われて、だけど私もまだ帰国の踏ん切りがつかなかったから、保留にしてたんだけどね」

「だから、千駄ヶ谷でもいいと思ったのか。新しいお店」

抜け目がないという一言は、弓子さんにも失礼になるかもしれないので付け加えなかったが

「え、それじゃあ、弓子さん一人でこのマンションに暮らすの？」

と私はまた訊いた。

「そうしたい、わよね。ずっと専業主婦でやってきて、若い頃に仕事だって、あの人が家にいろっていうから辞めたのに、今さら無一文で部屋を借りろって言われたって、どうしようもないでしょう。でも、そういうの、どこに相談したらいいか。おまけにむこうでは毎晩あの人の帰りが遅くなってきて、会えば喧嘩ばかりで、私の物分かりが悪いからだって責められるし。とにかく体がもたないから、姉さんの四十九日を理由にして、無理やり帰国したんだけどね」

「なんか、どこもかしこもひどい話だね」

と私は力なく呟いた。弓子さんが思い出したように、葵ちゃんの彼は元気なの、と訊き返した。

仕方なく顚末を話すと、彼女は私を労るように笑って

「なんだか、似たような話ねえ。でも葵ちゃんの場合は自立してるし、まだ若いから。かえって

すっきりできたんじゃない」

と励ましてくれた。私も、そうかもしれない、とだけ返した。

「弓子さんも、そんな思いをしたなら、しばらく一人でゆっくりできるといいね」

「うーん、どうなのかしらね。私、結婚して実家を出るまで一人で暮らしたことないから、なんだかぜんぶ自分のためにやるっていうのも甲斐がないわよね。姉さんとなら、そのへん、上手くやれるからいいかな、て考えてもいたんだけど……もういないなんて、悲しいっていうより、本当になんだか変な感じよね」

と言いながらも弓子さんが涙ぐんだので、そうだね、と私は小声で言ってから、我が身を振り返った。

自分だったら新しい部屋を見つけるまで二人暮らしのマンションに戻って生活し続ける気力があるだろうか。想像して、即座に無理だと思った。きっと心を病んでしまう。

とはいえ仕事もお店もあるのにすぐに引っ越すのはさすがに無茶だし、と悩み始めていたら、弓子さんが二杯目の紅茶を注ぎ足してくれた。

その蔓薔薇(つるばら)の模様のカップを眺めて

「ああ、これ、昔からあるやつだよね」

そう訊くと、弓子さんはぱっと表情を明るくした。

「そう、よく覚えてるわね。姉さんには少女趣味だって言われたけど、こういうイギリスのカントリー風の食器、昔から好きなのよね。葵ちゃん、うちに来ると、食器が素敵とか焼き立てのパンが美味しいとか、可愛かったわよね。娘ができたみたいで、私も嬉しかった」

そんなふうに言われて、どきっとする。子供時代を愛らしさと共に語られることなんて、めったにないことだから。しっかりしてる。強い。自立してる。まわりが私に対して使うのは、そんな表現ばかりだった。急激に緩んで、濃い紅茶の湯気にも追い打ちをかけられるようにして、唐突に泣きそうになる。

そんなタイミングで、弓子さんが訊いた。

「だけど、そんな状況だったら、葵ちゃん、ちゃんと帰って食べてる？　仕事もあるし、色々と無理してるんじゃない？」

私は小皿の上のオランジェットを一口だけ齧ってから、じつは、とここ数日間のシティホテル暮らしを打ち明けた。

もう、二十年くらい前のことだったか。

母の思いつきで、学校を休ませられて、タイのプーケットに行ったのは。

ビーチで寝転んだときの砂はひどく熱くて、海面からぐっと視界を上げて仰いだ空は、とんでもないくらいに光っていた。

地球が丸いということを、初めて体でなんとなく悟った。水平線はけっして一直線ではなく、中心のほうがせり上がった波がこちらまで打ち寄せていた。

現地の人がビニール袋に入ったローストチキンやスイカをぶらぶらと揺らしながら、買わないかと声をかけてきた。どれも日本円で百円くらいだった。

しょっぱいチキンと、薄くて甘いスイカを交互に齧った。透明な汁が口の端を伝って滴り、砂に染み込んだ。太陽が痛いくらいで、でも焼けていくのが気持ち良かった。

母は、今となっては時代を感じさせるパレオ付きの花柄のワンピースの水着を着て、ビールを飲んでいた。通りがかった現地の男たちにナンパされるたびに、愛想良く喋っていた。

二人とも半日で真っ黒に日焼けして、夜にホテルで眠る前には冷たいシャワーを交互に浴びた。母は酔って冗談ばかり言って笑っていたが、いつしか愚痴になって、稲垣さんと喧嘩したらしいことを子供心に悟った。

帰国してから、仲の良い女子たちにその話をしたら、楽しそう、と口々に言われた。学校をさぼって海外旅行なんてかっこいいね、とも。

私は、楽しかったのだろうか。今でも時々考える。

すべての憂鬱(ゆううつ)をなかったことにしてしまうくらいに強烈な日差しと、異国の地でずっと酔っ払って笑っていた母の横顔。その危うい姿を、心配して見守っていた。食べ物は美味しくて、稲垣さんも愛人契約もない土地で、母と娘だけで朝から晩まで過ごした時間はたしかに嬉しかった、けど。

そんな夢とも思考ともつかない波間から目を覚ますと、窓の外は雨だった。

まだ慣れないシーツの匂いを吸い込みながら、壁の掛け時計を確かめる。もう十時半だった。弓子さんのところに来てから、眠りが深くなったことに気付く。不快ではないけれど体がだるくて、無理に軽くしようとしていた分の重力が戻ったみたいだった。薄暗い床に足の裏をつけると、十分に血が通っているからか、冷たくなかった。

リビングでは、弓子さんがカーペットの上に座って、テレビを見ながら洗濯物を畳んでいた。

「おはよう。なにか食べる？」

その母親のような台詞があまりにごく自然に響いたので、つかの間、放心してしまった。

「あ、まだ大丈夫。それよりも手伝うよ」

私は寝間着のまま、彼女の隣に座り込んだ。大小のバスタオルを畳み、重ねていく。

「なんだか実家よりも、実家っていう感じがする」

思わず言うと、弓子さんは、なんでかしらね、と不思議そうに笑った。

「そういえば、実家といえば、瑠衣ちゃんが波瑠君と遊びに来たいって言ってたんでしょう？」

「ああ、そう。まあ、でも弓子さんが迷惑だったら外で会うよ。心配はしてるみたいだったけど」

「私はいいけど。瑠衣ちゃんって、ご実家と上手くいってないの？　姉さんはあんな調子だったし、血がつながってるわけでもないのに葵ちゃんとそんなに仲良くなるってこと、普通はあんまりないものね。たしか昔、お見舞いに行った帰り、病院のロビーで義兄から失礼なことを言われて、気分を害したまま母と売店に向かったときだった。

ジュースのペットボトルを手にした私は、チェック柄のワンピースを着た少女がすぐそばに立っていることに気付いた。丁寧に切り揃えられた髪や、真っ白なポシェット、服装などの細部がどれも公立の学校の女の子とはまるで違っていた。

こちらを遠慮がちに見つめる顔には、端整とは異なる愛らしさがあった。大事に育てられた女の子特有の世間ずれしていない目をしていた。

「なんですか？」

と私が尋ねたら、彼女はびっくりしたように
「おねえちゃん、ですよね。ずっと、会ってみたかったんです。私、お兄ちゃんしかいないから」

とつたない口調で説明した。私はびっくりして、彼女の顔を見つめ返した。母が不謹慎な声をあげて、まあ、可愛い、お兄さんに全然似てないのね、と言った。

あれから二十年近く経つなんて、まるで実感がなかった。

「懐かしいな。あのとき長男に吐かれた暴言は、今でも一言一句忘れてないけど」

「そう言うけど、葵ちゃんだって、あのお兄さんに言い返したんでしょう。制服の丈にまだ足の長さが足りてないですねって。姉さんが自慢げに話してたわよ」

などと掘り返されて、私は苦笑した。

大人になるにつれて、瑠衣があのとき追いかけてきた理由が理解できるようになった。

「瑠衣は、実家と仲が悪いってことはないけど、いい意味でも悪い意味でも、あの家は、男の人が決定権を持ってるから」

そう説明すると、弓子さんも心当たりがあるように、なるほどね、と相槌を打った。

瑠衣の目にはきっとあのとき女同士でいる私たちが自由そうに映ったのだろう。

畳んだ洗濯物を抱えて立ち上がった弓子さんが
「私はいつでもいいから。今日でも、明日でも」

と言った。私は、たしかに今日も暇だしな、と言いかけて

「忘れてた。今日、午後からワインの試飲会があるんだった」

慌てて壁の時計を見る。弓子さんも足を止めて振り返った。

「何時から？」

「たしか、十四時からだった気がする」

松尾君と打ち合わせていたときにはあんなに盛り上がったのに、すっかり抜け落ちていたことがショックだった。自分がまだまだ弱っていることを痛感して
「人の多い場所に行くの、嫌だな。とはいえ次にいつ機会があるか分からないしなあ」

そうこぼすと、弓子さんは優しく言った。

「新しい知り合いができたり、もしかしたら、いい出会いがあるかもよ。私と違って若いんだから」

「友達はいいけど、男の人との出会いはいいや。仕事に生きる」

「それじゃあ、明日の夜はみんなでご飯にするってどう？　それで、好きなことを喋って気晴らしするのを楽しみに、今日は仕事だと思って頑張ってきたら？」

などと言われたので、きっと毎日仕事で疲れた叔父さんのことも元気づけていたのだと察する。その尊さと、それでもおざなりに扱われてしまう愛情というものの不確かさに、なんともいえない気分になりかけたので、それなら行こうかな、と私はあえて笑ってみせた。

地下の会場前に着いて、ロビーで所在なく待っていたら、ゆるっとしたクリーム色のシャツを着た松尾君が走り寄ってきて

「じゃあ、行きましょうか」

と元気よく私に声をかけた。うん、と頷いて彼についていく。

ワイナリーのブースが壁を埋めるようにして並んだ大広間では、わりにカジュアルな格好の参加者たちがグラス片手にそれぞれの生産者たちと熱心に話していた。

赤坂のホテルだということもあり、一応、光沢のあるネイビーのワンピースを着てきた私は、ここまで気を遣うこともなかったな、と拍子抜けした。

松尾君はカラフルなスニーカーを履いて、ボトムスもコットンパンツではなくジーンズだった。そんな普段着姿でもまわりから浮くこともなく、自由に動き回る背中を見て、不思議な子だな、とあらためて思った。

「これ、どちらも山梨のワイナリーで、白が甲州、赤がマスカットベーリーAです。白のほうはステンレス樽でシンプルな造り方をしていて、赤はオーク樽で半年寝かせたそうです」

松尾君から渡されたグラスの、白のほうは淡い琥珀(こはく)色だった。口に含んで、ん、と私は眉根を寄せた。かなり酸っぱい。どちらかといえばレモンサワーに近い後味だ。

「これ、葡萄(ぶどう)っていうよりもレモンだね」

「あ、まさにワインの酸味ってpH3程度なんですけど、それってレモンと同じくらいですよ。こっちの赤はどうですか。樽香も効いてて、わりといいですよ」

赤はグラスの向こうがかすかに透けていた。傍目には軽そうに思えたが、飲んでみると

「あ、たしかに。タンニンは優しい感じだけど、これはこれで、いいバランス」

と私は呟いた。

「ですよね。白カビタイプのチーズとか、ブルーチーズが混ざっているようなカマンベールくらいだと、ちょうどいい相性じゃないですか」

「ん、ただ、やっぱりマスカットベーリーAは甘いね」

僕あっちの白も取ってきます、と松尾君がグラス片手に動いた。二人分注いでもらって、試飲する。

「これ牧草みたいな香りがしますね」

「青臭さが、ソーヴィニヨン・ブランの中でも、ちょっと強いかな。牧草っていうよりは牛小屋に近いような……」

「前原さん、表現が的確すぎるんで、もうちょっと声のトーン落としてください」

隅のテーブルには一応、吐器のワインクーラーと紙コップも用意されていたが、ソムリエでもないのに口から出すテイスティングにはまだ抵抗があったので、二人でそのまま飲み比べては生産者に話を聞いてメモを取ってを繰り返した。

山梨の土壌がワイン造りに適している理由について。明治時代に水害にあったために、一帯が砂地化したこと。砂地での生産には葡萄が適していたこと。戦後の経済成長によって国が豊かになることで、農作物の中では高価な果物の生産も増えていったこと。土地や国や人間の複合的な流れがグラスの中には沈んでいること。

聞き終えてブースを離れると、頬が熱くなってきたのを感じた。

「そういえば二人で飲むのって初めてだよね？」

私が気付いて言うと、松尾君はまだ余裕がありそうな顔で、そういえば、と同意した。

「今度、勉強兼ねて行きましょうよ。いいワイン揃えてる店が四谷三丁目にあって、僕、前原さんと一緒に行きたいと思ってたんです」

屈託のない笑みに、私は少しだけ動揺していた。瑠衣には恋愛にはならないなどと言ったけど、こんなふうに心を開かれると、つい気を許してしまいたくなったタイミングで

「あれ？　松尾君だよね。ひさしぶりー」

黒い髪をきっちりまとめた、涼しげな顔立ちの女性が笑顔で近付いてきた。タイトなロングスカートにシンプルなグレーのシャツを合わせていて、均整の取れた体型といい、派手にしているわけでもないのに自然と目が引き寄せられる。

「おーっ、どうもおひさしぶりです。前原さん、彼女、友達でバーテンダーの金谷さん。偶然ですね」

「ほんと。松尾君、たち花を辞めたんだって？」

「そうそう。それで、今度、新しくオープンする前原さんのお店で一緒にやらせてもらうことになって」

「えっ？　それって独立？　おめでとうー」

私は、前原といいます、と丁寧に挨拶した。彼女も、よろしくお願いしますー、と笑顔で返すと、松尾君に向き直り

「この後って仕事？　私まだ時間あるから、長嶋さんのお店の二十周年祝いに軽く顔を出そうかと思ってるんだけど」

と誘った。

「マジで⁉　長嶌さん、ずっと会ってないから、会いたいなー。前原さん、この後ってお時間あります？　知り合いのスペインバル行きません？」

金谷さんと目が合うと、彼女はにこっと微笑んだが、積極的に誘う言葉は口にしなかった。部外者の扱いを受けた気分になり、怯む。

勉強にはなるだろうけど、まだ傷が癒えないときにこの三人で移動することを想像したら、なんだか疲れてしまって

「今夜はちょっと妹が来るから難しいかな。松尾君、行ってきて。私は適当なタイミングで帰るから」

と嘘をついた。

松尾君は、そうなんですね、と残念そうに言った。

無言でワインを飲む。ままならない自分の感情が鬱陶(うっとう)しくて、変に黙ってしまっていたら、知り合いらしき男性の集団が金谷さんに親しみを込めた口調で声をかけた。

流れで私と松尾君も初対面の挨拶をして、会話を交わしているうちに、誰がなにを喋っているのか定かではなくなって視界が霞んだ。話しかけられても、答えている自分の声すら聴きとりづらくて、それをごまかそうと変に饒舌になりかけて慣れない冗談を二言三言口にしたのを最後に記憶が途切れた。

我に返ると、目元に柔らかい色気を滲ませた男性が笑っていた。

「起きた？　ここがどこだか分かる？」

シャンパングラス片手の台詞があまりに板についていたので、はっとして、周囲を確認した。

バーカウンターの向こうのガラス窓いっぱいに夜景が映り込んでいた。網膜まで押し寄せてくるような、数えきれない色と光。手元には、半分だけ減っているシャンパングラス。黒服のバーテンダー。からかうように見つめている年上らしき男性——。

「酔ってたみたいだから、俺が休憩を兼ねてバーに連れ出したの。君のこと」

迷惑をかけたのだと悟った私は呆然として、ごめんなさい、と謝った。

「ほかにも私、なにかご迷惑をおかけしましたか？」

彼はなぜかきょとんとした目をした。

「かけてないよ。俺が誘いたかっただけだから。本当に覚えてないの？」

それって、とようやく状況を理解した。信じられないけど口説(くど)かれた、らしい。まじまじと相手を見る。

ジャケット越しでも分かるくらいにがっちりした体格。視線を向けられたときの目尻の長さと、高い鼻にしっかりした唇が印象的だった。

なんでこの人が私を？

そんな問いが頭をめぐる最中も、彼は楽しそうに、戸惑う私を見ている。

「すみません。お名前は」

そう尋ねると、彼は一呼吸置いてから

「瀬名(せな)です。あ、さっき名刺渡してなかったっけ？」

と訊き返した。どうやら今宵(こよい)、二度目の自己紹介だったらしい。

自分のバッグを探すと、隣の椅子にちゃんとあった。中を開けると、名刺入れに数枚の見知らぬ名刺がおさまっていた。

すべて出して、彼の目の前で探し始めたら、笑われて

「君、面白いね」

意外に親しみやすい口調で言われた。瀬名紘一(こういち)、と書かれた名刺を見つけて肩書に驚く。レストランやバーなんかの飲食店を紹介している有名雑誌の副編集長だった。

「すごいですね」

「すごくないよ。副編だもん、俺。ていうか、その雑誌、知ってる?」

「もちろんです」

「あ、そっか、お店のオーナーなんだっけ。君こそまだ若いのにすごいね」

「亡くなった母のお店を継ぐことになったので、私はまだ全然素人です。それで今日も勉強に、あれ、そういえば松尾君は」

思い出して訊いたら、彼はちょっとだけ考え込んだ。

「やばい、置いてきちゃったかも。ごめん、友達だった?」

その言い草があまりに適当なので、つい笑ってしまった。

「彼は厨房に入ってもらう予定なんです。ほかにも知り合いの女性がいたみたいだから、たぶん大丈夫」

「あー、隣にいたバーテンダーの? すごい迫力だから、俺、てっきり嫁かなにかだと思ったよ。笑顔のわりに目が笑ってなかったよね、彼女」

私が一方的に気後(きおく)れしたのかと思っていたので、瀬名さんの言葉を聞いて、ちょっとほっとした。

じっと顔を見られたので、化粧でも崩れているかと不安になって、さりげなくそむけようとした。

「どうして目をそらしたの？」

べつに、とごまかすと、なぜか彼はいっそう興味を抱いたように

「時々いい表情するって、もう言ったっけ？」

と言い出したので、つかの間、あっけに取られた。

「え、あ、さっきのバーテンダーの女性ですか？　綺麗な方でしたもんね」

「違うよ。君だってば。あ、今の顔もいい。青い色似合うね」

「は？」

と私は若干取り乱して、訊き返した。

「ああ、ごめん。顔ばっかり誉めるのって失礼か」

「いえ、そういうことじゃなくて」

もはや頭の中は大混乱だった。鎮めるためだけにグラスのシャンパンを飲み干したら、ふたたび記憶が途切れた。

気付いたら帰りのタクシーの中で、隣には瀬名さんがいた。暗がりの中、笑いかけられると、昨日までの日常がどこかへ行ってしまったようだった。

代々木のマンションの近くで私だけ降りると、彼が片手を挙げて、メールするよ、と言った。

酔いの沈殿した視界から、夜の明治通りを走り去っていくタクシーを見送った。

玄関先でピザを受け取った弓子さんは、箱を抱えてリビングに戻ってくると

「こういうホームパーティはむこうでもよくやってたけど、やっぱり日本語が使えて身内だけだと気楽でいいわね」

とテーブルの上で蓋(ふた)を開けた。

ピザが届く前に、温野菜サラダに蛸(たこ)とアボカドのマリネとタンドリーチキンをささっと手際よく作って色鮮やかな紙ナプキンまで準備する姿からも、ホームパーティ慣れした様子がうかがえた。

私はグラスにスパークリングワインとオレンジジュースをそれぞれ注いで、瑠衣に手渡した。

「波瑠は温野菜って食べられるんだっけ？　チーズソースかける？」

「美味しそう。でも私の分だけで大丈夫。お母さんたちが甘やかすから、偏食なんだよね。あと、ナイフがあったらください」

乾杯すると、スパークリングワインを一口飲んだ瑠衣が

「美味しい。おねえちゃん、一緒に飲めなくて残念だね。まだ二日酔い残ってる？」

と訊いた。

「もう大丈夫。ただ二日連続で飲むと、さすがに明日の仕事に響くから」

「ワインの二日酔いってつらいわよね。いくら日本のワインは体に優しいって言っても、やっぱり飲みすぎると、だめなのね」

「いやあ、それもあるけど、やっぱり港のことがあったし、さらに人の多い場所に行ったのが悪酔いの原因だな。家までタクシーで送ってもらえたから、なんとか帰ってこられたけど」

瑠衣はフォークとナイフでピザをくるりと巻いて、切り分けて食べていた。デリバリーのピザをそんなふうに綺麗に食べる知り合いは彼女のほかに見たことがないな、と思っていたら

「そういえば、帰りは誰に送ってもらったの？　その、松尾さんだっけ」

瑠衣が首を傾げた。私は沈黙してから、じつは、と切り出した。客観的な相手に話すことで、少し状況を整理したかった。

瑠衣と弓子さんは、えー、と声をあげると

「おねえちゃん、どうする？　そんな人に口説かれて。また会うの？」

と瑠衣が質問した。私は首を横に振って、どうもしないよ、と即答した。

「むこうから本当に連絡があるともかぎらないし。酔った勢いで軽く声をかけてみただけで、今朝には忘れてるんじゃない？　売れてる雑誌の副編集長なんて、いかにも忙しそうだし。第一、私には釣り合わないくらいにハンサムだったし」

「でも、それならわざわざバーで奢って、タクシー使って帰るかなあ」

「自分も帰るから、ついでだったんじゃないの？」

「おねえちゃんは、果乃さんがあまりにモテすぎたから、自分なんて大したことないって思うのかもしれないけど、幸村さんとか港さんとか、好きだって言ってくる男の人は今までだっていたでしょう」

「どっちも、もう、いないけどね」

つい自虐的なことを呟くと、弓子さんがふと漏らした。

「でも、そんなに言うなら、よほど素敵だったんでしょう。ちょっと見てみたいわね」

瑠衣が、Google に訊いてみようよ、と言って、波瑠がおもちゃ代わりに弄っていたスマートフォンをその手から抜き取った。ママだめー、という苦情を無視して、検索を始める。

「出てくるかなあ」

「今時、売れてる雑誌の副編集長だったら出てくるよ。瀬名さん……あ、いた！」

瑠衣の声に反応した私と弓子さんは、手元を覗き込んだ。講演会かなにかでマイク片手に話している顔を見た瞬間、おぼろげだった記憶の輪郭がなぞり直された。

「予想以上に……普通にかっこいいね」

「あら、たしかに。ちょっと大陸的っていうか、色気があって、日本人には珍しいタイプの人ね」

そのとき弓子さんがなにかに気付いたように写真を拡大した。

「この人、結婚指輪してない？」

瑠衣と私は同時に、え、と低い声を出してしまった。拡大されたマイクを握る手元には、たしかに銀色のものが光っていた。

「ほら、やっぱり。ちょっと酔って、話しかけてきただけだったんだよ」

私はすっかり夢から覚めて、瑠衣に笑いかけた。

「えー。残念。もう離婚してるってことはないかな？」

「この年齢だと、ないかもねえ。写真も最近のものみたいだし」

弓子さんはすっかりこの話題は終わったというように、空いたサラダの器を片手に冷蔵庫のほうへ歩いていった。

瑠衣が軽く身を乗り出して

「じゃあ、もう会わないの？」

と尋ねたので、少し驚いた。

「だって、結婚してるし。むしろそれで誘ってくるような人だったら、ほかにも女性の影がありそうだし」

「でも、それなら恋愛する必要もないんだから、食事したり飲んだりして、お酒の知識を増やしたり、お店の相談に乗ってもらう分にはいいんじゃない？　おねえちゃん、これからそういう勉強たくさんしないといけないんでしょう」

その意見には一理あったので、軽く頬杖をついて考えていると、テーブルの隅で私のスマートフォンが鳴った。

開いて、はっきりと動揺した。

『昨日は楽しかった。また飲みに誘っていい？　興味あれば、海外の自然派ワインも飲み比べに行こう。』

噂をすればの瀬名さんだった。警戒心は抱いたものの、たしかに会社勤めだけでは身につかない知識や情報を彼なら与えてくれそうだとも考えた。

『大丈夫ですよ。勉強したいので。』

と試しに返してみた。

すぐに届いたメールを見て、確信する。

『行こう。次の木か金は？』

この人はこういうことに慣れている。なんとも言えない想いを抱きつつも、私は瀬名さんともう一度会う約束をした。

夜空を塞ぐようにして頭上に首都高が通っているせいか、六本木の街は眩(まばゆ)いようでいて渋谷や新宿に比べるとワントーン暗かった。今が午後六時半だという実感が薄くなる。

六本木通りに密集したビル群の一角に、店の看板は出ていた。

私は足を止めて、店名を確認した。足元がずいぶんと暗く感じた。

エレベーターに乗り、目的の階に着くと、すぐ目の前に壁と一体化したようなドアが現れた。

こういう隠れ家風の造りは土地柄だな、と考えていると、中からすっと開いて

「いらっしゃいませ」

と出迎えた店員に、私は瀬名さんの名前を告げた。

白木を基調とした内装に、野菜とジビエ中心のメニュー、それに豊富なナチュラルワインといった組み合わせに、会社の人と行くときには絶対に選ばないお店だという感想を抱く。

カウンター席に案内されると、ジャケットを羽織った後ろ姿を見つけた。

こちらから声をかけるよりも先に振り返って

「おつかれ。迷わなかった？」

と瀬名さんは訊いた。私は、すぐに分かりました、と答えた。椅子を引いてもらい、隣に座る。

肩が触れそうな距離に少し緊張したが

「そっか。地図読めるんだね。俺、全然だめ。ところで苦手なものってなにかある？」

と彼は鷹揚な感じでメニューを開いた。

「いえ、どれも美味しそう。鹿肉のタルタルとか、からすみとレモンのパスタも気になります」

「あ、それ美味いらしいよ。俺も苦手なものはないから、そこらへんを適当に頼もうか」

「こちらのお店、前にも来たことあるんじゃないんですか？」

瀬名さんは、ううん、と首を横に振った。

「うちでよく仕事してるフードコーディネーターの女の子に教えてもらったんだ。ドリンクはどうする？」

じゃあまずはビールにします、と告げる。港は私が面倒を見るばかりだったし、会社の飲み会でも気をまわす側なので、こういうふうにリードしてもらえるのはやっぱりいいな、と思ってしまった。

料理は素材の良さを活かして、さりげない味付けに留めた加減がちょうどよかった。白ワインの爽やかさと、パスタの塩気とほろ苦い酸味とが、湿度の上がり始めた今の季節にぴったりだ。

ワインのボトルが空く頃には、力を抜いて喋れるようになっていた。

それにしても、と近くのテーブルをチラ見する。芸能かマスコミ系らしき華やかな業界の雰囲気を醸したお客さんばかりで、会社近くの飲み屋とはまったく客層が異なる。

いつの間にか瀬名さんに横顔を見られていたので

「なにか付いてます？」

と私は言った。

「ううん、横顔もいいな、と思って。なにを考えてたの」

「業界の人って、洋服を羽織るみたいに業界人っていう自意識を着てるな、と思って。一目見てすぐ分かるのって不思議ですよね」

「前回のバーのときは俺もそういうふうに見えた？」

彼に言われて、容姿に気を取られてそれどころではなかったとも言えずに

「どうでしょうね。ところで、さっきの誉め言葉とか、本気で言ってます？」

と混ぜっ返した。だけど彼は無邪気に笑って、うん、と即答した。

「試飲会行ったら、気になる子がいたからさ。君の愛想笑いしない感じ、好きなんだよ。て、俺また失礼なことを言ってるかもしれないけど」

会社ではちゃんとしますよ、と濁しつつ、どこまで真に受けていいものか決めあぐねていると

「気が強そうで、あと、どこか複雑な感じがする子が好きなんだよな。俺、昔から」

と彼が付け加えたので、初めて納得した。

「それなら、ちょっと、分かるかもしれない」

「お母さんって今年亡くなったんだっけ？」

「そうです。空港からタクシーで帰る途中に。その前日の朝まで、どこのワインが美味しかったとか、普通に連絡来てたんですけど」

「大変だったな。お父さんは？」

「いない。ただ、父親代わりみたいな男性なら、います。彼の愛人だったんです。私の母は」

稲垣さんのやっている食品輸入業の会社名を伝えると、瀬名さんはまばたきして
「もしかしたら一度、家飲み特集のときに撮影協力してもらったことがあるかもしれない」

記憶をたぐるように首を傾けた。

「ふうん、世の中、狭いですね。そういう雑誌の企画って、毎回みんなで考えるんですか?」

「や、うちはおおよその年間スケジュールはあらかじめ決まってるんだよ。三月は日本酒で、八月はカレーとか。俺は副編になってから三年目だから、そろそろ東京中のカレーを食い飽きた頃」

笑っているうちに酔いが滲んできた。視界の中に、見知らぬ男性がいる。この人って目が優しいな、と思った。その左手に指輪はなかった。

店を出てエレベーターで二人きりになると、瀬名さんとまともに目が合った。おもむろに背中を抱き寄せられる。その温かさに引き込まれかけて、気を引き締め直して離れたら
「怖い顔してるな。ごめん」

かえって顔を覗き込まれた。表情を少しほどきつつ、勇気を出して訊いた。

「瀬名さん、結婚とかは」

「してるよ」

とあっさり言われて、こちらのほうが言葉に詰まってしまった。

「この前バーで飲んだときにも話したけど、もしかしてそれも忘れた?」

「……忘れてました」

「そうか。ごめん」

と謝られて
「いえ。年上の方だし、そうじゃないかとは思ってたので」

とだけ私は言った。

「君、年上は嫌い？」

「程度による。何歳でしたっけ？」

俺今年で四十二歳、と言われて、幸村さんと同世代だということを知る。かすかに、心が硬くなる。


二軒目に案内されたのは、麻布の閑静な住宅街の中にあるバーだった。

店内はほとんど真っ暗で、グラスを持つ手元くらいしか見えなかった。

「さっきの店のオーナーは、かなりのヴァン・ナチュール信者だからさ。あの立地なのに、有名どころのワインまったく置いてなかったでしょう。俺は正直、多少農薬使ってても安定して美味いほうが好きだけど、最近の流行だし、自然派ほど数飲まないと当たり見つけるのが難しいから、一度行ってみたかったんだよ」

「あ、でも二番目に飲んだシャルドネ、美味しかったですよ。シチリアかな。酸とコクのバランスも良かったし、深みがあるのにまろやかな感じとか」

「ああ、たしかにあれは美味かったな。エチケット撮り忘れた」

「私、撮りましたよ。必要なら送ります」

頼む、と言われて頷く。

「君、仕事できそう」

そんなことないですよ、と謙遜してから

「瀬名さん、よくこんなところにあるお店をご存知ですよね。私、たぶん自力では二度と来られないです。ここも取材で来たんですか？」

と私は続けた。

「ううん。ここも知り合いの紹介」

「じゃあ、プライベートですか。いかにもデート向けですね」

「信用できない？」

どうだろう、と軽く受け流したら、彼は、絶対に疑ってるな、と笑った。

「彼氏いるんだっけ？」

という質問をしながら顔を近付けた瀬名さんに

「いました。けど、今はいません」

と私は正面を向いたまま返した。暗がりの中でカウンターの上にオブジェのように飾られた、大量のフルーツの盛られた乳白色の磁器の皿がぼんやり浮き上がっていた。

「あの職場の子は？」

「だって雇ってる立場ですよ」

「あー、俺も仕事絡みは嫌だな。こじれるの分かってるし」

「だから私？」

間髪を容れずに訊いたら、瀬名さんが

「君、やっぱりけっこう気が強いよね。そういうところも好みだけど」

と返してきた。まるで信用できずに黙る。軽い人には違いないのだけど、妙に邪気のないところもあって、嫌いになれない。

少し酔って眠たくなってきました、と告げたら、うん、顔が眠そう、と笑った表情は柔らかく、醸された雰囲気も肌触りがよかった。

またタクシーで送ってもらって、マンションがある横道手前の明治通りで停めてもらった。

お礼を言って降りるときに、瀬名さんに呼び止められた。

「さっきさ、間近でスカイツリー見たことないって言ってなかったっけ?」

「あ、はい。言いました」

「分かった。じゃあ、次はあっちのほうに行こう。なんなら車を出すよ」

言葉の真意を問う間もなく、ドアが閉まり、瀬名さんを乗せたタクシーは走り出していた。

音をたてないようにして玄関のドアを開けると、明かりは消えていて、弓子さんは眠っているようだった。瀬名さんと会ったことよりも、弓子さんに友達と飲んでくると嘘をついたほうに小さな後ろめたさを覚えながらも、叔父さん不在の部屋に入る。

着替えようとしてキャミソールを脱ぐときに指先がわき腹をかすったら、かすかに肌が火照(ほて)っていた。

誰もいないリビングの扉を開けると、床にはうっすら埃(ほこり)が落ちていて、流しや水切り籠の食器は乾いていた。

私はもらってきた段ボール箱を三つ組み立て、食器棚を開けた。

お店で使えそうなものや、引っ越し先が決まったら持っていきたいものを梱包して、それぞれの箱に入れていく。三つ目の不用品箱には、港のご飯茶碗や一人暮らしには多すぎるフォークやスプーンを裸のまま放り込んだ。調理器具や調味料も。

台所が終わったら、今度は寝室のクローゼットのいらない衣服をどんどん捨てた。衣装ケースの中をひっくり返すと、二十代のときに港や社内の男性陣から誉められたパステルカラーのワンピースやニットが執念深く残っていたので、道端でミミズでも踏んだように身をのけぞらせてしまった。

洋服も小物もバッグも、数年前の私物はびっくりするほど今の自分から遠かった。すべての物が同じことを主張していたからだ。

可愛くしていれば大事にされるかもしれない。

当時はそれを男性への期待だと思っていた。でも今となっては半ば防衛本能のように映った。自分を守るために、守られるためのものが必要だったのだ。ありったけ。

作業する手を止めて呆然とする。天井ってこんなに高かったっけ、と考えながら。窓の外の桜もいつの間にか葉の数がすっかり増えている。

春になったら、ベランダで桜を見ながら乾杯できるね。

内見のときに、隣の邸宅の庭の桜を見て、港と言い合ったことが思い起こされた。

もっと淋しくなると思っていたのに、引き払う予定の無人の部屋で、私は内心ほっとしていた。この数年間、出社している間も引きこもっている港のことが気にかかって休まるときがなかった。万が一自殺でもしていたら、と想像するたびに、それが愛情からくる不安ではなく、責任を取らなくてはならないという恐れだと気付いては罪悪感を抱いた。

過去の服をそっくり捨ててしまうと、着られるものは減ってしまったけど、胸のつかえが取れた。

初対面のときに青が似合うと言った瀬名さんの言葉を思い出す。瑠衣は美術部だったこともあって色使いに敏感なのは分かるけれど、男性に言われたのは初めてだったかもしれない。

必要な服を畳んで段ボール箱にしまいながら、このままがいいな、と口の中で呟く。どうして男女は触れた途端にすべてが違ってしまうのだろう。

最後に脇に避けておいた紙袋を開ける。手に取ったリブニットは、どうするか迷った。自分では絶対に買わないであろう彩度の高い赤。背中が深く開いているが、袖が長いのと、首元はクルーネックなので、品のない感じはそこまでしない。だけど、私の趣味ではない。

母のトランクを整理していたときに、出てきたものだった。タグが付いた状態で新品だったので、本人用か、あるいはお土産か、判別がつかずにとりあえず持って帰ったのだ。

ふたたび紙袋に戻す。まだ解約までには日がある。

マウンテンバイクでお店にやって来た松尾君は、私の顔を見るなり

「試飲会ではすみませんでした。あの混雑ですっかり前原さんのことを見失っちゃって。お電話もしたんですけど、つながらなかったので先に帰っちゃったのかなって」

と謝った。気にしないで、と私は返した。

「松尾君はどうだった？　試飲会」

と尋ねてから、私も大事な話をたくさん聞いたのにメモだけでまだ頭に入っていなかったことに気付く。

「僕はすごく面白かったです。なんか、行くまでは輸入物だけでいいかなー、と思ってたんですけど。ただ、そんなにワインもフードも品数は多くしないですよね?」

「そうだね。とはいえ母のときよりはちゃんと食事できる店にしたいな、と思う」

ちなみに前原さんのお母さんはどんな感じだったんですか、と訊かれた。

「スナックにドライフルーツ。あと缶詰とかチーズ。以上」

「潔いですね」

「お酒は好きだったけど、食事にはそこまで頓着しない人だったからね。だから私、小学生の頃から食事は本を見ながら作ってた」

「マジですか。どうりで、前原さんってすごくしっかりされているイメージがありますもんね」

それから松尾君がふと思いついたように
「前原さん、お酒が飲みたくなるきっかけって言われてる、HALTってご存知ですか?」

と言った。知らない、と私は答えた。

「Hungry Angry Lonely Tiredの四つで、とはいっても、もともとアルコール依存症に関連した用語ではあるんですけど。でも、分かりません?」

分かる、と私は会社の飲み会を思い出して納得した。

「そうやって考えてみると、ネガティブなきっかけが多いね」

「そうなんです。だからこそ、僕、帰るときにはそうじゃない気分になっているお店っていいなあ、と思って。前原さんみたいに自立されている女性ほど、なんか、そういうふっと抜ける場所って必要じゃないですか。そういうお店のイメージってまだ共有してなかったですよね」

私は試飲会のリストのメモから、軽く目線を上げた。

思えば母のお店は魔力のようなものが強くて、私でさえずっと店内にいると感情が上下しすぎるきらいがあった。だからこそ高級レストランで出すようなボトルワインを頼むお客さんがいたわけだけど、真に健全かと問われたら、疑わしいところがあった。

空腹を覚えて、そういえばこの前のトマトとモッツァレラチーズのパスタは美味しかったなあ、と思い出していたら、松尾君とカウンター越しに目が合った。

「僕のイメージだと、スタート時は、冷菜含めたスピードメニューは五品くらいで、温かいものもそれくらいかな。ちなみに主食ってどうします？　コストとロスを考えると、ご飯ものとパスタ両方はやめて、どっちかに絞ってもいいのかな、と」

「それならパスタがいい。その代わり、トマト系、クリーム系、オイル系でそれぞれ欲しい。その三種で、だいたいの女性の好みに対応できるでしょう。あとお客さんの様子次第ではハーフポーションやりたいな。一カ月間の仕入れ予算は、今具体的に出して渡します。ワインは希望小売価格の七掛けが仕入れ値だから……」

「ちなみに前原さん、音楽って詳しいですか？　ＢＧＭの方向性と、あと観葉植物とか置くなら、定期契約して配達してくれる花屋さんも決めないと」

などと松尾君が言うので、私は思わず笑って、すごいな、と呟いてしまった。

「お店って本当に自分でぜんぶ決めるんだね」

そうですよね、と松尾君が紙に食材を書き出しながら、言った。

「ところで前原さんは、お店やるって前から興味あったんですか？」

私はパソコンを立ち上げて取り込んでいる音楽リストを開きながら答えた。

「いや。私は正直、考えたことなかった」

「そうなんですか。それでこんなにエネルギー使えるって、すごいですね。亡くなったお母さんもきっと、嬉しいですね」

マウスを動かす手が止まったことに気付いたのか、松尾君が、顔を上げた。

「前原さん？」

なんでもないよ、と私は微笑んだ。

月曜日の新幹線の改札は、スーツ姿の会社員で溢れ返っていた。

駅弁とお茶のペットボトルの入った袋を手にして、エスカレーターを軽く駆け上がる。発車一分前のところで飛び乗った。

窓際の席に座って、乗車時間に間に合ったことにほっとした。最近は安眠しすぎるので、こういうときが怖い。

発車してから、景色を目で追った。車窓に映る街は新緑が眩しい。

崎陽軒（きようけん）のシウマイ弁当を食べながら、新製品の資料を見直した。京都にいくつか取引先があるため、年に数回はこういう出張が入る。

出張、という単語に最初こそ高揚していたものの、港と暮らし始めてからは、気を遣って日帰りになるように調整していた。だから今回は今日と明日の両方に打ち合わせを入れて、ひさびさの京都一泊だ。

スマートフォンを取り出す。明け方ごろに瀬名さんから一通のメールが入っていた。

『先週で校了、一段落。再来週まではわりと調整つくので、君が空いているときあればドライブに。』

私はしばらく考えてから、返事をした。

『お誘いありがとうございます。今日から出張で京都なので、戻ったら、予定みてみます。』

とりあえず保留にしておいて、背もたれを倒して寄りかかる。頭の中で今日の予定を組み立てる。飲みに誘うタイプの取引先ではないから、夕方前にはぱっと終わるだろう。いったんホテルに戻ってシャワーでも浴びて、ぶらっと出るか。

だけど京都の飲食店はどこも敷居が高そうで、一人でどこに行けばいいのだろう、と悩んでいたらメールがあった。

『おはよう。会社の仕事？』

まだ眠っているかと思ったので、意外に感じた。

『はい。瀬名さん、寝てなかったんですね。』

『校了直後はむしろ元気。仕事は会食？　どこ行くの。』

うちの業界は会食なんてめったにないので一人ご飯です、と説明すると

『夕食とかバーのリストいる？』

と訊かれて、この人が情報誌の副編集長だったことを思い出した。助かります、と即答したら

『手ごろで美味い和食だったら「浅羽（あさば）」とか、雰囲気重視で鴨川（かもがわ）沿いなら「あさぶき」もおすすめ。バーとビストロも何軒か送る。』

そして本当に値段は手ごろなわりに雰囲気の良さそうな店のURLがいくつか送られてきた。

『バー以外はどこも要予約。俺の紹介って言ってもらっても大丈夫。』

と付け加えられていたことで、軽く気持ちを摑まれかけた。お礼を告げて、現実に戻る。

瀬名さんとは一回デートしただけで、それ以上の関係ではなく、だからこそまだ、薄い。これから深まってしまうかもしれないという危機感が。

私の返信に対して

『どういたしまして。楽しい旅を。』

さらりと締めくくられていたのも良かった。

行きたいお店を絞ってから、少しわくわくしている自分に気付いた。資料を捲る指先もさっきより軽くなっていた。

一人の楽しさなんて、忘れていたのだ。

三十代になって今さら一人になることはとても悲しくて、おそろしいことだと思っていたから。

未だに溶け残った感情を抱えながらも、こんな出張の合間のささやかな夕飯だって、自分がしたいようにできるのは瑞々（みずみず）しいことなのだと悟った。

打ち合わせが終わって烏丸（からすま）通りのスタバ前で取引先と別れると、空はまだ明るかった。

ホテルへ向かっていると、制服姿の修学旅行生らしき団体と擦れ違った。黒い髪をなびかせた少女たちが真面目な顔で歩いている。

ノートパソコンを突っ込んだバッグの重みを感じて、愕然(がくぜん)とする。あの子たちと同じように制服を着ていたのが、もう二十年近く前だなんて。

残業さえも大人の一歩のように感じられて憧れた時代は帰らないのだと思うと、あらためて切ない気分になった。

ホテルにチェックインすると、フロントの男性から

「ちょうどお部屋が空いていたので、グレードアップさせていただきました」

と告げられた。ピンとこないままカードキーを手にしてエレベーターに乗る。

カードキーでドアを開けると、室内にはまだ長い廊下が続いていた。それから扉をさらに開けたら、赤い絨毯(じゅうたん)が敷かれていて豪華なキングサイズのベッドが目に飛び込んできた。ソファーの隣にはアンティーク調の鏡台まで置かれている。普通の出張ではまず泊まる機会のない広さに、複雑な気持ちになる。

ストッキングを脱いでベッドに横になってみると、さすがに寝心地は良かった。

天井を見つめて、いけない、と思い直す。さっそく過去に引っ張られるなんて情けない。一人を楽しむんじゃなかったのか。

ホテルの案内を眺めていると、最上階にスパがあったので、内線で予約した。こうなったら、とことん大人であることを満喫するのだ。

スパはわりに本格的だった。清潔で静かで、空調の音すらほとんど聞こえない。

大浴場で手足を伸ばして湯に浸かると、裸の胸や手足にゆっくりと血がめぐって、ようやく深

く呼吸できた。

バスローブを羽織り、休憩室でリクライニングシートに腰掛ける。目の前の窓越しに夕暮れの京都の街が見渡せた。

運ばれてきたレモングラスのアイスティーで体の内に残る熱を冷ましてから、マッサージの女性に足の裏を揉まれていると、先ほどまでの心許なさが嘘のように眠り込んでいた。


日の落ちた京都市役所近くの裏通りは、真っ暗だった。

自分の影さえも紛れてしまう夜の中では、擦れ違う人がいても、どこか一人きりのようだった。静まった路地の奥には、小さな神社の赤い鳥居。ここは京都なのだ、と実感した。

白い暖簾に「浅羽」と書かれた店を見つけて、立ち止まる。なにも知らなかったら、まず入れないであろう店構えに臆しつつも、瀬名さんの紹介なのだから、と引き戸を開けた。

店のカウンター席は予約の札で埋まっていた。

一番手前の席に案内されて、腰を落ち着ける。和服にエプロンを着けた女将さんがおしぼりを広げて手渡してくれた。

店主がカウンターの中からさっと顔を上げて、なんか分からへんことありましたらなんでも言うてください、と言った。

ビールにお浸し、生麩田楽、お造りを頼んだ。

冷たいビールを飲むと、緊張も仕事のことも抜け落ちた。

「瀬名さんは前から知ってはったんですか？」

と話しかけられて、我に返る。

「最近知り合ったばかりなんですけど、親切にお店を紹介してくださって」

そうですか、と店主は相槌を打った。

「うちの店には、最初に来はってから、もうわりと長うなるかもしれまへんねぇ」

「あ、そうなんですね」

はい、と彼は心のこもった返事をした。

「男の私から見ても、ハンサムで、気さくなええ方ですよね」

そうですね、と頷く。まさか夫婦で来たこともあるのだろうか、と考えていたときに、隣の男女の会話が漏れ聞こえてきた。

「私はそういうの納得できないんです。礼儀がなっていない人は、関係性にかかわらず、根本的なところで信頼できません。この程度でプライドを傷つけられたと思っているのなら、どうぞ、お引き取りください」

思わず盗み見る。ボートネックの水色のワンピースから鎖骨を覗かせた女性が、お猪口を手にしたまま連れの男性を見据えていた。

連れの男性は諦めたようにため息をつくと、席を立った。彼女は平然とお酒を飲み続けた。

店の扉が閉まると、彼女は店主に対して急にすっと頭を下げた。

「せっかく席を用意していただいたのに、お騒がせしてしまって、すみません」

店主は軽く苦笑すると、来はったときから、そうなんちゃうかと思てましたわ、と言った。彼女を非難する感じではなかったので、きっと普段から通っている人なのだと思った。

ふいに目が合う。彼女の口が、あ、という形で開く。

「お一人で飲んでたんですね。ごめんなさい、怖がらせてないですか?」

私は笑って、大丈夫ですよ、と答えた。

「京都の方じゃないんですね」

と彼女は軽く首を傾げて訊いた。

「はい、東京から。今日は出張でこちらに」

「へえ、珍しい。地元の人以外がこのお店に来るの」

私は、詳しい人に紹介してもらったんです、と説明した。彼女が納得したように頷いた拍子に、耳たぶのピアスが揺れた。細かなカットの入ったガラスビーズはすっきりとした横顔に似合っていた。

「その方、いい趣味ですね。似たような雰囲気だと、『川しま』なんかが有名ですけど、こっちではぼったくり割烹(かっぽう)って呼ばれてるんですよ」

「そら芹(せり)さんがそない呼んではるだけでしょ」

店主が困ったように諭した。彼女はそれには答えずに、お猪口にお酒を注いだ。

「京都の方ですか?」

と私が尋ねたら、彼女は、出身は横浜です、と言った。

「だから、いけず、は使えません。言いたいことはぜんぶ口に出しちゃうんです」

思わず笑った。彼女がメニューを指さした。

「ここの湯葉豆腐、名物だから、食べたほうがいいかも」

「あ、ありがとうございます。頼もう」

湯葉豆腐ならやっぱり日本酒かと思ったが、メニューに日本の甲州ワインがあったので、勉強もかねて頼んだ。

小鉢が運ばれてきて、いくらが数粒載った湯葉豆腐を箸ですくう。とろとろだった。

「濃厚」

「でしょう。見てたら食べたくなっちゃったから、私にも同じものをください」

ワイングラスに口をつけると、湯葉はよかったが、いくらの生っぽさが強調されすぎた。白でもワインと魚卵はだめかと諦める。和食の生ものにはやっぱりワインは合わないかも、と悩んでいたら

「お名前はなんていうんですか？」

そう訊かれて、前原葵です、と私は名乗った。

「可愛い。女性らしい雰囲気に合ってますね」

瀬名さんには気が強そうと言われたばかりだったので、ちょっと苦笑した。彼女の名も尋ねると

「松浦(まつうら)芹です。名刺もあるんですけど、出すと、かならず下の名前を斧(おの)って空目されるんですよ。ひどくないですか？　いくら言いたい放題だからって、女にそんな名前をつけるわけないじゃないですか」

つい吹き出してしまった。あはは、と声にしてから、ひさびさに無防備に笑ったことに気付く。

「それなら、下の名前で呼ばれるのは苦手ですか？」

「え、そんなことないですよ。音が短いところとか、歯切れの良さとか、名前に似合うようになりたいって思います。前原さんは？」

「私は、正直、可愛すぎる名前かもしれないって思うときがあるかな。母が名付けたんですけどね」

「そうなんですね。お母様は、可愛らしい人なんですか？」

「いいえ、奔放で酒癖のわるい人でしたよ。三十年以上も結婚している男性と付き合い続けて、この春に、事故で他界しました」

出会ったばかりなのにそんなことまで喋ってしまったのは、出会い頭に男性との喧嘩に遭遇したせいかもしれない。彼女のあけすけさにつられて不躾なことを言った、と反省しかけた。

彼女は、それは急なことでしたね、とお悔やみを述べると

「でも、そんなに長い間、一人の男性を思い続けるって、奔放の真逆だっていう気がしますけど」

とふいに真顔で呟いた。ああこの人は正直な人だ、と感じた。こういうときに忖度して無難な言葉を使わないのだ。

ワイングラスが空いたので、甲州のワインで違う種類のものを探す。試飲会でも見かけたワインの名があったので、それと牡蠣の昆布蒸しを頼んでみた。ますます合わないかもなあ、と思いつつも、酔ってきて、しっかりとした旨みが恋しくなっていた。

牡蠣は小ぶりだった。ワインを口にして、手が止まる。うんとドライで、どことなく、シャブリの後味に似ていると気付く。思い切って、牡蠣を口に含んでみる。

合う、と確認した瞬間は、まるで新しい生命を発見したような気分だった。

「ワインお好きなんですね」

と芹さんに言われたので、私は嬉しくなって思わず

「この日本のワインが意外と牡蠣と合うので、びっくりしてたんです」

と報告した。彼女は私の手元とメニューを見比べて、興味深い発見ですね、と頷いた。

そんなふうに少し離れたところから言葉を交わしては、好きなものを食べて、自然と顔を向けて話すということを繰り返した。彼女の言葉遣いはストレートなわりに、距離感は妙に礼儀正しいところが面白かった。

「そういえば、さっきの男性とはなにかトラブルでもあったんですか？」

酔いも手伝って尋ねてみたら、芹さんはまた口を開こうとした。

だけど店主が申し訳なさそうに、すんません、ぼちぼち次の予約のお客さんが来はりますんで、と言った。

彼女は軽く黙ってから

「良かったら、もう一軒行きません？　京都ってじつはいいバーが多いんですよ」

と提案してきた。

店を出てほんの一、二分歩いたビルの二階にあるバーは、広々とした店内とチーク材をふんだんに使用した内装から英国風のＰＵＢとホテルのバーの中間のような印象を受けた。カウンターの中の酒棚には今なかなか手に入らない年代物の国産ウィスキーから個性的なデザインのリキュ

ールのボトルまでもが整然と並んでいる。いかにもオーセンティックという表現が似合う趣だったので、思いの外、若い客層とバーテンダーたちが目を引いた。

テーブル席で芹さんと向かい合うと、バーテンダーの男の子たちがこちらまでやって来て

「お酒お好きなんですか？」

「女性同士、よく飲みに行かはるんですか？」

などと必要以上に愛想良く話しかけてきた。芹さんは柘榴(ざくろ)のカクテルを素早く注文すると

「バーに来て、お酒が嫌いって言ったらどうします？」

と真顔で返した。冗談だと受け取ったのか、男の子たちは朗らかに笑った。

彼らがそれぞれの持ち場に戻ると、芹さんが神妙な口ぶりで

「葵さんってイケメンは好きですか？」

と訊いたので、また吹き出しそうになった。

「嫌い、ではないけど。なんでですか？」

「あ、そうなんだ。このバーってフルーツのカクテルが美味しくて気に入ってるんですけど、やけに若い男の子たちが過剰接客してくるのが面倒で。私、イケメンにまったく興味ないから」

私はお通しの無花果(いちじく)のドライフルーツを摘まみながら、そうなんですね、と笑った。

「じゃあ、さっき帰した男の人は、どうですか？」

と私は質問してみた。芹さんは驚いたように

「それこそ、あの人は全然」

と首を横に振った。

「そっか。男女で喧嘩していて、礼儀がどうのって言ってたから、ちょっと恋愛に近いトラブルなのかなと思って」

「どんな間柄でも礼儀は大事でしょう？　それにあの人は仕事相手なんです。発注した商品と違う物をよこして、お詫びに食事でもなんて言って、その挙句に口説こうとしてきたから我慢ならなくて」

私は考えてから
「それは、礼儀に反してますね」

と言った。

ね、と彼女はグラスを持ち上げた。ピアスとお揃いのガラスの指輪を嵌めている。高価な宝飾品とはまた異なる無邪気な輝きは、少女時代に好んだお菓子の指輪を連想させた。とはいえ台座の細工などはさりげなく凝っている。

「ちなみに芹さんは、どんなお仕事をされてるんですか？」

「セレクトショップの店長です。主に若手の作家さんのジュエリーとか、あとは工芸品だったり。このピアスと指輪も作家物です」

言われてみれば、彼女の服装や言動にはそんな雰囲気が滲んでいる。

「じゃあ、彼と進展することはなさそうですね」

「もちろん。仕事で接客するのは好きですけど、それ以外のプライベートではあんまり他人に興味ないんです、私」

と一蹴されてしまった。そんなに無関心というわけでもなさそうだけどな、と内心疑っていたら、メニューを差し出された。

「葵さん、もう少し食べられます？」

「いいですよ。どうせなら普段なかなか自宅で作らないものがいいかな」

「あ、もしかしてご結婚されてます？」

と彼女が思いついたように質問した。その先端が果物ナイフのように細い指を見て、カクテルグラスの似合う手だな、と心の中で思う。

「ううん。むしろ同棲を解消したばかり。今は叔母と一緒に住んでます」

「へえ。叔母さんとって珍しいですね。じゃあ、さっきのお店を紹介してくれたのは」

「それは、最近知り合った男性で。結婚してる人ですけどね」

そう付け加えると、芹さんが

「それって、不倫？」

と間髪を容れずに訊いた。

「なにもしてないですよ。一度、デートしただけで」

「どうして？　見た目がいまいち？　イケメンじゃないから？」

三段階の問いかけに笑った。私は首を横に振る。

「素敵な人ですよ。だけど、そう、始めなければ戻れると思って」

頬杖をつく。お揃いで頼んだ柘榴のカクテルの小さな種が奥歯に残っていた。とびきり酸っぱいのに蜂蜜みたいな甘さが沈んだカクテルは、たしかに美味しいが、半分飲んだところで急激に酔いがまわってくる。種をこっそり噛み砕く。

「そうですか？」

という一言で、引き戻された。

「戻れることなんて、なくないですか？」

「ないのかな」

水を飲みかけて、やっぱりやめると、芹さんが不思議そうな顔をした。

「水を飲むと、お酒が不味くなるから。食べるものが来てからにしようと思って」

「あ、そういえば。私も前から不思議だったんです」

「誰でも渋く感じるようにできてるんですよね。水の後のお酒って。だから、食べ物を挟んだほうがいいって」

詳しいんですね、と芹さんが感心したように言った。

「死んだ母が教えてくれたんです。元々、女手一つでワインバーをやっていて。今度、私が継ぐことになったんです」

「へえ。女性一人でお店なんてすごい」

「あ、でも従業員の男の子は一人います。イタリアンと和食で修業したっていう子で、真面目で明るくて、すごくいい子なんです」

「ふうん。でも、その人も恋人ではないんですね」

「いやあ、松尾君はそういう感じじゃあ、ないかな」

ぽろっと名前を呼んでしまったら、芹さんの表情が虫を見つけたときの猫のように止まって
「松尾君？」

と訊き返した。

「あ、ごめんなさい。その彼の名前が」

彼女はなぜか戸惑ったような様子を見せて
「まさか、なんですけど」

と切り出すと
「その松尾君って、『Buono』で働いてた松尾君じゃないですよね？」

と真顔で質問した。

「ブオノ……？」

「元々、東京の恵比寿にあったお店なんですけど、今は京都に移転して」

私は目を見開いて、そういえば、と相槌を打った。

「言ってた。そんなことを。え、なんで」

彼女は表情を曇らせて、信じられない、と呟いた。

「『Buono』はうちの親戚がやってるお店なんです。私もあちらに行ったときにはよく食べに行ってたけど、え、松尾君って葵さんのところでは上手くやれてます？」

今度は私が微妙な表情を作る番だった。ちょうどグラスも空になったので、それぞれモスコミュールとジンライムを注文した。

ひとまず二人とも喉を潤すと
「話が中断しちゃったけど、さっきのってどういう意味ですか？」

と私はあらためて質問した。

「だってあの子、けっこう深刻なパニック障害があるでしょう?」

飲み込みきれなかったアルコールが下唇を伝ってこぼれた。私は口元を拭いながら、知らないです、と眉根を寄せた。

「素直だし勘もいいけど、お店に来るときに電車に乗れなくなっちゃったり、厨房で倒れちゃったりするから、けっこう大変で。ただ、料理人としては感覚が鈍るから、やっぱりあんまり薬に頼りたくないっていうのもあって。『Buono』が移転するときも、本当は京都に来てもらうっていう選択肢もあったんですけど、東京にすごくいい先生がいて、ずっと通ってるからって結局あっちに残ることにしたんですよ、彼」

「あの、全然そんなこと」

と言いかけて、彼がいつも白いマウンテンバイクで移動しているのを思い出した。

芹さんは

「症状が落ち着いたのかもしれないですね。私が最後に会ったのは数年前のことだし」

と締めくくった。

二杯目のグラスも空いて、さすがに二人とも酔ったので、帰ることにした。

ひとけがなくなって涼しい風だけが抜ける京都の路上で、連絡先を交換して、それじゃあ、と言い合ってから

「また京都に来たら、連絡ください。私もそちらに行くときには連絡します」

と芹さんは笑顔で告げて、踵(きびす)を返した。知り合ったばかりだけど、まっすぐな後ろ姿が彼女らしいと思った。

千鳥足でホテルに戻り、冷蔵庫のミネラルウォーターをごくごく飲んだ。

適当に下着を外して、ガウンだけの格好でふわふわのソファーに寝転がる頃にはすっかり淋しさも消えて、不思議な夜を反芻(はんすう)していた。

エプロンを着ける松尾君の後ろ姿に向かって、芹さんの話題を持ち出してみたら

「え⁉　あの松浦さんですか。すげえ、びっくりした」

振り返った彼は、想像していたとおりの反応だった。

「けっこう親しかったの？」

と私は試しに訊いてみた。

「や、業種は違うんで。しょっちゅう会ってたわけじゃないですけど。でも、ほら、ああいうフランクな方だから、仲良くなって、たまに従業員含めて飲みに行ったりはしましたけどね」

病気のことを訊こうか迷っていたら

「僕のことってほかになにか言ってましたか？」

と松尾君のほうから尋ねてきた。

私は慎重に言葉を探してから

「松尾君って、体調とか、一時期崩したりしてた？」

と訊いてみた。

彼は黙り込んでしまった。

肯定するような沈黙が続いた後に、彼が心を決めたように

「すみませんでした。黙っていて」

と言った。

「それはいいけど、私が接してるかぎりでは、正直、分からなかったから」

「だいぶ、良くなってきてはいるんですけど。閉鎖空間では症状が出やすいんで、厨房ががっつり仕切られていて人が多いところだと、ちょっと」

そうか、とようやく腑に落ちた。彼のやる気と人懐こさがあれば、もっといいお店に勤めることだってできたはずだ。うちを選ぶということは、それなりの事情があっても不思議じゃなかったのだ。

「たしかに、うちくらいの規模なら、そのへんは心配ないから」

「や、でも、それはやっぱり違うんです！」

と松尾君は片手を挙げて否定した。

「たしかに大きくて忙しい店だと不安だっていうのはありますけど、僕はそういうのは抜きで、このお店の募集に惹かれたんです。そこはやっぱり誤解してほしくないです」

そう言い切ったので、私はなんだか胸打たれた。

「分かった。もちろん私は松尾君にいてほしいし、なにか困ったことがあれば、そのつど臨機応変に対応していけたらと思ってるから」

「ありがとうございます。ご迷惑かけないように気をつけるのでよろしくお願いします」

と彼は深く頭を下げると

「これ、春の終わりに苺(いちご)が手頃な値段になると、よく作るんです。よかったら」

思い出したように取り出したのは深紅色の小瓶だった。とろり、とした苺が詰まっている。

「わ、ありがとう」

「前原さん、朝食はパン派だって言ってたんで」

また、ありがとう、と言いかけて、私は素早く付け加えた。

「そういえば私、引っ越して、今は叔母の家に居候（いそうろう）してるんだ。ちょうど叔母も離婚するって言ってて、部屋が空いてたから。代々木だから近くなったよ」

「え、そうなんですかっ。いいですね。代々木なら徒歩でも自転車でも通えるし」

私は、そうそう、と笑って、小瓶をいったん冷蔵庫にしまった。しゃがみ込んだついでに

「先週、調味料の棚と調理器具を掛けておくところがないって話してたけど、一応、ハンズで木材とフックを買っておいた。このサイズで大丈夫かな？」

足元の紙袋から木の板を何枚か出した。松尾君は頷きながら、手に取った。

「僕、棚、作りますよ。釘はこれ使っていいですか？」

「うん、じゃあ、私はフックのほうを取り付けます。店名決めて、看板も作らないとね」

私は作業しやすいようにカウンターの上に新聞紙を敷いた。ふと手のひら越しに振動が伝わってきて、視線だけをスマートフォンに向ける。

『京都から帰ってきた？』

そういえばお店を紹介してもらったお礼がまだだったことを思い出して

『はい。今は開店準備です。京都のお店、すごく良かったです。ありがとうございます。』

と瀬名さんにメールを返した。

そろそろワインの仕入れ先も決めないとな、とメジャー片手に頭を悩ませていたら、続けざまに連絡があった。

『千駄ヶ谷だっけ。今仕事で近くに来てるから、飲まない？　いい店教える。』

私はちょっと考えてから

「松尾君、私、ちょっと、この後でリサーチかねて軽く飲みに行ってくる」

と伝えた。

「あ、分かりました。ていうか、僕もこのへんの飲食店まわったりして挨拶しなきゃと思ってたんですよね。客層とか、なにか発見あれば教えてください」

「そうだね。飲食店同士のつながりとかもあるもんね」

そう答えて、瀬名さんにおおよその終わる時間を告げた。仕事して待ってる、と彼は返してきた。

店を閉めて、坂道を上がっていくと、薄暗い鳩森八幡神社の前でぶらぶらしている人影を見つけた。

声をかけると、片手を挙げた瀬名さんの表情だけが明るかった。

私は、おひさしぶりです、とかしこまって挨拶した。

「ん、緊張してる？」

見抜かれて、動揺する。すっと自然に寄り添ってくる。

彼は神社の鳥居を仰ぎ見た。

「行ったこと、ある？」

ないです、と答えると

「地元の神社に商売繁盛祈願しなくていいの？」

と訊かれたので、たしかに、と頷く。

小さな鳥居をくぐると、思いの外、境内は広かった。立派なご神木のそばに御社殿やお稲荷さんがあり、小さな富士塚まであった。

夜を流れてくる春の残り香が、懐かしさを呼び起こした。歩くたびに瀬名さんの影が重なっては、離れる。

「そういえば小さい頃、親が夕方になっても帰ってこないと、近所の神社のたこ焼き屋にお小遣いを持っていって、買って食べてました。懐かしい」

「へえ。そんな時間に子供が神社なんて、怖くなかった？」

と瀬名さんが気に留めたように、尋ねた。

「なんとなく、神社って悪い人が来なそうなイメージがあったから。その神社が坂の上にあって、帰りにまだ新しかった都庁が見えたんです。すごい大きくて、光っていて、東京ってすごいな、て思ってた」

「都庁ができたのが、たぶん、三十年近く前だから……夜に出歩くにはちょっと年齢的に早くない？」

と瀬名さんに指摘されたことで、初めてその考えに思い至った。

「そう、ですね」

今では都庁は見慣れた新宿の背景の一部で、あの頃はスカイツリーもなければ、日に日に巨大になっていく新国立競技場もなかったのだ。

思いつきで、新国立競技場がどうなってるか見たい、と頼んだら、瀬名さんは面白そうに、いいよ、と即答した。

外苑西通りに出ると、都会とは思えぬほど足元が暗かった。車のエンジン音が行き過ぎるたび、妙に不安な気持ちになる。

ぽっかりと夜空の広がった敷地に、競技場の鉄骨の断片が浮かび上がっていた。土台が人目にさらされた状態の建設現場は、骨を剝き出しにされた生き物のようだった。

「新しいのに、墓地みたいですね。こういう現場って」

と呟くと、あながち間違ってないかもね、と瀬名さんがさらっと同意した。

「永遠に作っては壊していく場所だからな」

生まれれば代わりのものが死んでいく。東京とは、そういうところだ。

瀬名さんの知っているお店に向かうために、Uターンすると

目前に近付いてきた、オレンジ色の明かりが漏れるトンネルを指さされた。

「あそこ、知ってる？　お化けトンネル」

「東京オリンピックのときに、道を通すために無理やりお墓の下をぶち抜いたんだよ。この近くに出版社があるんだけど、なぜか駅から向かうと、もっと近くて分かりやすい道があるのに、霊感のある人だけがこっちのトンネルに来ちゃうんだって」

俺は見たことないけど、と微笑む瀬名さんの腕を恐る恐る取ると、間があってから、そっと手を握られた。

トンネルをくぐり終えると、私はすぐに手を離した。彼が

「もしかして、本当に怖かっただけ？」

と意外そうに訊いた。頷いたら、笑われた。

目的のワインバーの扉には『本日貸し切り』の札が掛かっていた。瀬名さんが頭を掻いて、ごめん、と謝った。

「ううん。貸し切りは仕方ないですよ」

「どうする？　もうちょっと探してもいいけど、疲れてない？」

私はちょっと考えてから、帰ろうかな、とスマートフォンを出そうとした。時間を見るためだったが、手を突っ込んだバッグの中にはそれらしきものはなかった。ごそごそと両手でゆすってみてから、たしかに今日は妙にバッグが軽かったことに気付く。

「すみません、私、お店のカウンターにスマホを忘れたみたい。取りに戻ります」

そう伝えると、瀬名さんが

「あ、それじゃあ、ついていっていい？　俺、興味ある。君の店」

と言い出した。開店前とはいえ彼に評価されることを考えると少し緊張したが、いい宣伝になるかと、了承した。

明かりの消えた店に戻ると、ブレーカーを置き傘で上げようとした私の手を軽く押さえて

「俺、やるよ」

と瀬名さんが手を伸ばして、簡単に押し上げた。すぐ背後に体温を感じた。明かりが点く。

彼は軽く店内を見回すと

「いい感じだね。座っていい？」

と隅にあった椅子を見た。私は、どうぞ、と言った。一杯くらいは出したほうがいいかと思い
「なにか飲まれます？　といってもビールなんかはないので、ボトルのワインでも。今日は特別にグラスで提供しますよ」

と訊いてみた。

「シャンパンある？」

「はい」

「ボトルでいいよ。特別にお店を見せてもらったから、開店前祝い」

ありがとうございます、とここぞとばかりにお礼を言って、シャンパンのボトルとグラスを出した。ボトルのエチケットを瀬名さんに向けてから、ワイヤーを外す。

コルクを握り、軽くボトルを斜めにして、静かに栓を抜いて、注ぐ。

「お待たせしました」

と告げたら
「君も、良かったら」

と言われたので、自分の分のグラスも出して注いだ。

乾杯、という声がカウンター越しに響いた。カウンターの中に立ったまま飲むシャンパンは、高級な味だけど、どこか親しみやすい。

そういえば、と思い出して、冷蔵庫を開ける。

小瓶から苺を一粒取り出し、そっと味見してみる。砂糖控えめの、優しい甘酸っぱさがいい感

じだった。

母が愛用していた深緑色の植物柄の小皿に、サワークリームと苺を塗ったクラッカーを盛り付けて出した。

「簡単なもので、すみません」

瀬名さんはクラッカーを齧ると、美味いよ、とお世辞か分からないけど言った。

「君、飲食店の経験ないって言ってたけど、本当に？　手慣れてる」

その言葉で、母の店のことを振り返った。思えば今夜は自然にあの頃を再現していたのだった。

「開店したら、また来るよ。店の名前はなんていうの？」

「じつは、まだ決まっていないんです」

彼のグラスにシャンパンを注ぎ足しながら、私は言った。

「そうなんだ。ちょうど時間もあるし、ここで今決めようか。企画会議」

思いがけない提案だった。私は軽く腕を組んだ。

「母のときは下の名前だったけど、私はちょっと嫌だな。スナックみたいですし」

「葵だと、たしかに、そうか」

初めて呼び捨てにされて、どきっとする。そもそも下の名前を覚えていたことすら、今知ったのだ。

「この皿とかは、君の趣味？」

「いいえ。母のです。そういえば母って果物とか植物とか、そういう自然のモチーフが好きだったんですよね。新しい店も、日本ワインとシードルでいくって言ってたし」

「ふうん。グラスのステムなんかも、元々は茎や木の幹っていう意味があるしね。そもそも酒自体が自然からの恩恵だから」

瀬名さんの言い方に実感がこもっていたので、この人の中には飲食に対する思い入れがちゃんとあるのだ、となぜか今さらのように悟った。シャンパングラスをそっと手にする。面倒なときには母が食洗機を使ってしまっていたので、一見しただけでは分からなくても注視すると傷を発見し、買い替えないと、と心の中で呟く。

「ワインはそのままの方向性でいくの？」

と彼に訊かれた。

「うーん、あれから自分なりに勉強はしているんですけど。あまりに奥深すぎて、私はソムリエでもないですし、どうしても自信が」

瀬名さんが発見したように言った。

「君、真面目なんだね」

そうですよ、と私は憮然として言い返した。

「ごめん、からかったんじゃなくてさ。自分が好きとか、根拠はないけどピンとくる、みたいなものはないの？　さっきのシャンパンだって、ベタじゃないけどいいやつ置いてるような店で揉まれてきたんだから、それだって十分に経験だし、自信を持ってみたら？」

私はまばたきもせずに彼を見つめていた。

「知識をやみくもに増やすだけじゃなく、直感を楽しむことも店の個性として大事じゃないの」

と瀬名さんはシャンパングラスを傾けて、言った。

母は、と私はこぼした。

「母はワインといえば、やっぱり赤ワインだって言って、私もいいものをたくさん飲ませてもらったんですけど、本当は白のほうが好きで」

「ああ、そういえば、この前の店でも君はそうだったな」

彼も思い出したように相槌を打った。

「ドイツやアルザスのリースリングみたいな甘くて軽やかなものとか、シュール・リー製法でちょっとクセを付けた白も面白いし、夏だったら、柑橘(かんきつ)系みたいなギリシアのワインとか、それこそ海が見えるような爽やかな味もいいし。ああ、それこそ京都で飲んだ甲州も、シャブリみたいなドライな酸が感じられて面白かったです。和食との組み合わせって、日本ワインの新しい可能性かも」

なんだ、と瀬名さんが明るい顔で言った。

「ちゃんと好きなもの、たくさん、あるんだ」

ちら、と彼を見る。

「言ったら、いけない気がしていたんですよ」

と私は空いたグラスを洗いながら、漏らした。

「好きなことを？」

「それよりは、嫌い、とか、私には違う、とか、そういうことかな」

「君はなにが嫌いなの？」

ずっと横並びに座っていたから、上目遣いに見てくる表情にはっとする。こんなに深いところまで話せる人だったのか。内臓が軽く疼(うず)く。照明の下で、陰影が消えた顔は優しい。

「母のまわりの」

べつの意味で内臓が軋む。

「男の人たち」

「君にワインを教えた男？」

どうして分かったんですか、と訊き返すと、瀬名さんはあっけらかんと、知識重視は基本的に男の発想だから、と指摘した。

「この話はやめましょう」

だから恋愛は嫌なのだ、と私は考えながら締めくくった。

帰る準備をして、立ち上がった瀬名さんの椅子を片付ける。また、俺がやるよ、という台詞と共にブレーカーが落ちた。

扉の前で、薄明かりが差す中、彼と目が合った。

白夜、と、彼が突然呟いた。

ん、と私は訊き返した。

「白がフランス語で、ブラン。白ワインだと、ヴァン・ブラン。白夜は、Nuit Blanche で、眠らない夜っていう意味もある」

「もしかして、店名？」

と問いかけると同時に、抱き寄せられた。奇妙に穏やかな腕の中で、不思議と罪悪感は生まれなかった。ぬくい肌が隙間なく触れる。闇は柔らかく湿っていた。

彼が前かがみになって、顔を覗き込まれる。百年ぶりにキスしたみたいだった。

「店名、採用？」

また抱きしめられて小声で訊かれたので、私は、いえ、と首を横に振った。

「漢字一文字で、白、にしようと思います。アイデアはありがとう」

やっぱり気が強い、と笑った声があまりに優しくて感情が揺らいだ。数分前までは、まだよく知らない男の人、という括り(くく)の中に置けたのに、もう今は、私はこの人と出会ってしまった。

芹さんの、戻れることなんてなくないですか、という問いかけが、囁くように耳の奥で響いていた。


三日間続いた雨は、代々木界隈の道路を水浸しにした。

起きると朝なのに薄暗かった。カーテンを捲ると、路面を洗い流すように雨が流れていた。

部長と外回りの日なのについていない、と思いながら、濡れても平気なように薄化粧だけしてシャツの袖のボタンを留めた。

午前中の打ち合わせが終わると、新橋(しんばし)の雑居ビルの地下街に飛び込んで、お昼にすることにした。

通路は濡れたスーツと揚げ物の臭いとが入り混じっていて、混雑した蕎麦屋の店内に入ると、傘立てがいっぱいになっていた。

部長と小さな座卓越しに向かい合い、天ぷら蕎麦を啜っていると
「前原さん、また京都出張行ける？」

見開いたほうが不思議と鋭くなる目が、こちらをうかがう。

「あ、はい。来月くらいですか？」

「そう、上が代わったから、一度、俺も挨拶に行かないとな」

それなら芹さんに連絡してみようかな、と思いついた。京都から戻る新幹線の中で、昨夜はありがとうございました、と丁寧なメールをもらったことを思い出す。たとえるなら信念に近い正しさを持っている彼女は魅力的だった。

「そういえば」

と部長が氷のない水を飲んでから、言った。

「前原さん、前に螺旋階段のところでなんかトラブってた？」

びっくりして部長の顔を見つめる。色素の薄い目が、茶化すように細くなった。

「真面目。そんな顔するなって。べつに休み時間に彼氏ともめてたって査定には関係ないよ」

数日前の、真面目、と言われた夜が蘇り、私はとっさに

「いえ、それは、違うんです。ただ部長がいたとは思っていなかったので」

そう言い訳すると、彼は、ふうん、と頷いた。私は我に返って

「というか彼氏でもないです。あのときは、あの、義理の兄と電話していました」

飲み会のネタにされてはたまらないので嘘をついた。

彼はまた、ふうん、とだけ言って、おもむろに足を組みなおすと

「俺、なんとなく前原さんって天涯孤独なイメージがあったよ」

などと言い出した。私はふやけた天ぷらの衣をすくいながら、なんでですか、と訊き返した。

「そりゃあ、そうだろう。お母さんの葬儀のときだって、社内からは誰も来ないでほしいって言

ってたし」

たしかにそのとおりだと思ったので、私は話題を変えた。

「まあ、色々あって。部長こそ、どうなんですか。ご実家のご両親とは会ったりします？」

「ああ、うちはまあ、俺が結婚しないこと以外はそこそこ孝行してると思うけどな。この前も父親の誕生日にゴルフクラブ買い直したしさ」

そんなことを言う部長はたしかに社内で異例のスピード出世だったこともあり、肩書や収入には困っていないのだろう。将来的な役員候補として名前があがっているという噂も耳にする。まだ三十代後半で独身ということもあり、部署が違う女性社員には人気があったりもするが

「じゃあ、肝心の結婚はいかがですか？」

「まあ、運命の相手がいればね」

なんて言動にはとらえどころがなく、私はいつも少々返事に困るのだが、話題がそれたことにはほっとした。

やっぱり濡れた足が気持ち悪かったので、席を立ち、店外の通路の隅っこにある化粧室に向かった。

狭い個室で、錆びた給水管の劣化は目立つわりにそこだけ真新しい便座に腰掛けて、ストッキングを脱いだ。ペディキュアも塗っていない足先は冷えて爪まで白くなっていた。

スマートフォンがふるえて、部長かと思って、素足をパンプスの上に乗せたまま確認する。

『今夜会える？』

右手の人差し指がつかの間、迷った。無防備な脚を撫でられたかのような錯覚を抱いた。

『取引先と会食かもしれないので、ちょっと、分かりません。』

瀬名さんの返事は簡潔だった。

『そっか。また誘う。』

濡れたストッキングを捨てて、鏡の前でリップだけ塗り直す。ずっとボブにしていた髪が、そろそろ肩につくくらいの長さになっていた。

女子トイレのドアを押して湿度のある通路に出たら、今度は松尾君からメールがきた。

『おはようございます！　前原さん、牛、好きですか？』

うし、ときょとんとして呟いた。なんのことだかまったく分からない。

『食べるほう？』

『そうです！　親戚から神戸牛が一キロ届いたんですけど、僕だけでは食い切れなくて。お店使ってもよければ、すき焼きしませんか⁉』

ビックリマークが多用された文面を眺める。松尾君の威勢の良い喋り方は耳が少し不自由だからかと思っていたが、元々の性格によるものかもしれない。

『嬉しいけど二人でも無理じゃないかな。』

『無理ですか⁉　前原さん、意外と食欲旺盛なんでいけるかと。』

いけるわけがない。育ち盛りの男子高校生じゃないんだから、と指摘しかけて、思いついた。

いそいで弓子さんに連絡する。

『弓子さんって、すき焼き好きだっけ？』

瑠衣が玄関で銀色のフラットシューズを脱ぎながら、おじゃまします、と声をかけたとき、松尾君はもう台所にいた。

「おねえちゃん、これ、お父さんから」

「葵ちゃん、こんにちは」

と波瑠が言った。

私は、こんにちは、と返して、手土産のお菓子とワインの袋を受け取り、彼女と波瑠を居間へと招き入れた。

彼女は荷物を置いてから、カウンターキッチンの中へと視線を向けた。菜箸片手の松尾君が振り返り、驚いたように

「あっ……はじめまして！　僕、松尾還二といいます」

なぜか声を詰まらせながら名乗った。

「はじめまして。ずっと姉からお話はうかがっていました。なんだか、いい香りがしますね」

「松尾君が日本酒で炊いたすき焼きっていうのを作ってて、その匂い」

私が生卵と取り皿を運びながら説明しているうちに、松尾君が煮えたすき焼き鍋をテーブルへと運んできた。私たちは立ち込める甘い香りに歓声をあげた。

ひらひらと大きな牛肉を溶き卵にくぐらせた瑠衣が

「すごく、美味しい」

一口食べて、目を見開いた。

「本当ねえ。お肉も立派だけど、味付けも上品で」

弓子さんも誉めたので、私まで誇らしくなった。

「松尾君が日本酒の一升瓶を抱えてきたときには、てっきり飲むのかと思ったよ」

「日本酒をけっこうな量使うんで、一人ではなかなかやらないんですけどね。せっかく皆さん集まるから、いいかな、と思って。喜んでもらえて嬉しいですっ」

そう笑って、鍋に具材を足してくれる横顔はなんだかとてもよかった。

「本当に美味しいです。上手く言えないけど、お米の、ほっこりいい香りがして」

瑠衣が一生懸命に言葉を紡ぐと、松尾君は照れたように、恐縮です、と肩をすくめた。それから赤ワインを私たちよりも多めに飲んだ。

食べ終わってワインも日本酒も数本空くと、松尾君もさすがに酔ったのか、会話の合間に船を漕ぎ始めた。

私が見かねて

「少し眠ったら？　あっちの部屋だったら静かだから」

と普段使っている叔父の部屋を指さした。彼は遠慮して、いやいや、とか、いえいえ、などと繰り返していたが、いざ連れていってドアを開けると、ふらふらとベッドに近付いていって倒れ込んでしまった。

私は明かりを消して、ドアを閉めた。

やってきた弓子さんに

「部屋使って大丈夫だった？」

と念のために訊いたら、彼女はまた母親みたいな顔になって

「もちろん、私はいいけど。松尾さんって、普段は一人暮らしなのよね？　あんまり酔って帰すのも気の毒だし、寝かせておいてあげたら？」

と言った。

片付けのために台所へ行った私たちは目を見張った。洗い物はぜんぶ片付いていて、水滴一粒残さずにまわりをきっちり拭いた布巾は、丁寧に広げた状態で流しに掛けられていた。

「お見事。さすが飲食業」

瑠衣まで様子を見に来ると、私に向かって

「松尾さんってすっごくいい人で、びっくりした。おねえちゃん、結婚したら？」

と言い出した。

「そっちこそ。さっき瑠衣に誉められて照れてたし、これがいい出会いになったりしないの？」

私が逆に小声で問い返すと、彼女は顔をしかめて

「初婚でいきなりパパなんてかわいそうでしょう」

とやはり小声で言い返した。その間に弓子さんがポットから急須にお湯を注いでいた。ほうじ茶の匂いが流れてくる。

「じゃあ、瑠衣はどんな人がいいの？」

「うーん、一回りくらい年上で、包容力も経験もあるような人がいいかな。それで、浮気しない人」

私はふいに、その理想はまるで義父ではないか、と思った。ただし浮気さえしなければ、だが。最後にそれを付け足したところに瑠衣の本音を見たような気がしたけれど、考えすぎかもしれ

ない。どのみち私が訊ける立場ではないのだ。

お茶を飲んだ瑠衣が波瑠と帰っていくと、弓子さんと私は居間に戻りながら

「やっぱり牛肉ってお腹にたまるわね。葵ちゃん、寝るなら居間に来客用の布団を運ぶから言ってね」

「ああ、ありがとう、でもソファーで十分だよ」

などと話した。

「瑠衣ちゃんもすっかりお母さんっていう感じね。ちょっと安心したけど。まだ、別れた旦那さんのことは忘れてないのかしら」

私は、そうだねえ、と呟いた。

まだ母が生きていた頃、激しい雨の晩に突然、お腹の大きい瑠衣が店の前までタクシーを乗り付けてきたことがあった。

車から店までは数メートルだったけれど、傘を持っていなかった瑠衣の髪がぐっしょり濡れていて、私と母はびっくりしてカウンターから出た。

タオルを持ってきて渡すと、瑠衣はうつむいて、ありがとう、と受け取った。その涙袋が赤くなっていることに気付いて、隠すために濡れたのかもしれない、と悟った。親には見せたくない姿だから、私たちのところに来たのだろう、とも。

瑠衣の元夫はまだ三十代前半の青年実業家だった。共通の友人のパーティで知り合い、稲垣さんからもいくらかお金を借りて結婚したものの、不正取引で摘発され、逮捕された。

妊娠七カ月だった瑠衣とは、当然、離婚することになった。弁護士を雇ったのも、最後に話を

つけたのも稲垣さんだ。

産後、瑠衣は実家で育児と家事手伝いをしながら、落ち着いたら、再婚を考えるように言われていた。だけど元夫の逮捕という経歴は非常に印象が悪いらしく、同情こそされるものの、積極的に結婚話を持ってくる人は少ないようだった。

義兄には、おまえに男を見る目がないから実家に迷惑をかけて、と面と向かって言われたという。だから恋愛結婚なんてしないでお見合いで落ち着けばよかったのだ、とも。

「昔からお兄ちゃんのことは嫌いだったけど、それは、私の頭が悪いからかもしれないね。なんだかんだでむこうのほうが正しいから」

波瑠の滑らかな髪を撫でながら言った瑠衣を、一度、叱ったことがある。

「そうじゃないでしょう。第一、悪いことをしたのはむこうで、瑠衣は被害者じゃない」

「でも、おねえちゃん。被害者って騙(だま)されやすい人のことを言うでしょう?」

と諦めたように笑った瑠衣はそれから本音を語らなくなった。

歯磨きをして、ソファーに枕とタオルケットを運ぶと、弓子さんは、おやすみ、と告げて電気を消した。

私は暗い天井を仰いだ。中途半端に柔らかい感触になかなか寝付けない。

妙な息遣いが聞こえた気がした。

起き上がると、叔父の部屋のドア越しに漏れてくる。私は忍び足でドアに近付いた。耳をそばだてると、喘息の発作のように乾いた呼吸が聞こえた。

「松尾君」

返事はなかった。

「松尾君、開けるよ」

ドアの隙間から覗くと、真っ黒なものがベッドの上に蹲(うずくま)っていた。

私はそっと近付き、大丈夫、とその背中に呼びかけた。

はい、とひび割れたような声がして、ゆっくり息をして、と私は続けた。一応ネットで調べた程度の知識はあったものの、どうしていいか分からずにいたら、いきなり両手が伸びてきた。その唐突さに一瞬、殺されたらどうしよう、と思った。

私はこの子のことをそういえばなにも知らない。

逃げる間もなく彼の体が倒れ込んできた。驚いて、抱き着いてきた丸みのある体を考える間もなく受け止めていた。溺(おぼ)れた人が藁(わら)をも摑むような必死さだけが汗をかいた背中から伝わってきて、私は気が付くとその背中を摩(さす)っていた。

松尾君の呼吸が整ってきて、最後に、ずるりと崩れるように離れると、膝の上で寝息が聞こえ始めた。

寝顔は穏やかで、睫毛は長く、憑(つ)き物が落ちたようだった。私はまだ少し動揺しながらも動けずにいた。

翌朝、弓子さんとコーヒーを飲んでいたら、松尾君が遅れて起きてきた。

「昨日はすみませんでした！　あそこまで酔うと思わなくて、女性だけのお宅に泊まるとか、本当、ずうずうしくてっ、失礼しました」

と頭を下げたので、もしかしたら昨晩の発作のことは覚えていないのかもしれない、と察した。

「いえいえ、美味しいすき焼きもいただいたし。それよりも二日酔いは大丈夫？　もし食欲があるなら、朝食、一緒にいかがですか？　プロの方にお出しするのは恥ずかしいけど」

と弓子さんが言い、遠慮する松尾君を座らせて、朝食の準備に取りかかった。私はコーヒーを注いであげた。

コーヒーを飲み、焼けてきたトーストの匂いを嗅ぐように鼻を鳴らした松尾君は

「ああ、元気な女性のいる家ってすげえいいですね。なんか、安心感や包容力があって」

そう、しみじみと言った。それから花模様のランチョンマットを見て

「これ、綺麗ですね。深いブルーに赤い花って。実家のやつって大抵、余った布で縫ったようなやつだったんで」

と誉めた。弓子さんはコーヒーを淹れながら、嬉しそうに笑った。

「男の人でそんなふうに誉めてくださるの、珍しい」

私は乳白色のサラダボウルを持ち上げて、そういえば、と呟いた。

「これもうっすらと蔦の柄なんだね」

「あ、そういえば店の食器も植物の柄が多いですよね」

と松尾君が指摘した。弓子さんが思いついたように、それって瀬戸焼のやつじゃない？　と訊いた。

「深い緑色の小皿よね」

「あ、そうそう。なんで知ってるの？」

と私は尋ねた。

「姉さんと一緒に温泉旅行したときに買ったから。たしか、稲垣さんのご親戚が亡くなって、急に行けなくなったからって、私が誘われたのよね。葵ちゃんはちょうど小学校のスキー教室かなにかでいなくて。姉さんってば、すごく腹立てて荒れて、旅館のシャンパンをぜんぶ飲んじゃったのよ。翌朝、会計を見てびっくりしたんだから」

私たちは、うわあ、と苦笑いした。

「豪儀な人ですねえ。前原さんのお母さん」

「豪儀なんていいものじゃなくて、無茶な人だったの。いい歳して親戚が亡くなったからなんだ、て悪口言うから、さすがに私も呆れたけど。今から思えば、姉さんはそういうつながりもすべて捨てて、稲垣さんを選んだわけだから、気持ちは分からなくもないかもね」

私は唐突に店で瀬名さんとキスしたことを思い出した。稲垣さんと出かけられなかった母が購入したお皿を、瀬名さんが使っていたこと。そんなことはただの偶然で深い意味はないと分かっていても、複雑な感情が滲んだ。

「すごい人生ですね。聞いていると、自分のことなんて吹き飛びます」

トーストを食べ終えた松尾君が笑った。

「そういえば、松尾さんのご両親はお元気なんですか？」

と弓子さんが訊いた。

「あ、僕は……小さい頃に母親が死んでるんで、父と祖母に育てられたんです」

思いの外、繊細な口調だったので、私は驚いた。

「え、そうだったの？」

「小さい頃なんて、それなら大変だったでしょう」

女二人で口々に言うと、彼は強がるように笑った。

「や、たしかに大変だったんですけどっ。その分、祖母に溺愛されたんで、いい歳して、甘ったれのクセが抜けないいんですよ。父も喋り好きで明るい人ですし。だから、全然、苦労って感じではないんですけど」

私はそこでようやく思い至った。亡くなった母の店だと伝えたときに、それならよけいにやりましょうよ、と松尾君が強く言い切った理由に。

母の店を娘が継いで、彼がそれを助けるということ。それは彼自身のノスタルジックな願望でもあったのかもしれない。

港と暮らしていたマンションが明け渡しの日を迎えて、とりいそぎ引き取る荷物を出してもらうと、管理会社の立ち合いのもとで精算という形になった。

寝室やリビングをぐるりと点検した背広姿の男性は、こちらは問題なさそうですね、と濃い眉を下げて告げた。私は控えめに、はい、と相槌を打った。

ところが港の部屋から出てきた彼は、表情が一変していた。

「あれは、困りますね。敷金だけで相殺できないと思いますよ」

導かれるままに部屋に入ると、彼が憤然とした手つきでクローゼットの扉を開けた。それを見て絶句する。薄い木の壁に大きな穴が開いていた。しかも物をぶつけたような跡ではなかった。何度か蹴ったり叩いたりしたような傷が何カ所もあった。

「どう見ても、故意に傷つけたものでしょう」

そのようですね、と暗に自分が犯人ではないことを伝えつつ同意するしかなかった。

自分が暴力を振るわれたような気持ちになってマンションを立ち去ると、近所の小さな公園に駆け込んだ。誰もいないブランコに腰掛けて、怒り任せに港の番号にかける。

一度目は無視されたので、二度目はあえてテレビ電話にして、かけてみた。港は昔から想定外の出来事に弱い。臨機応変に対応できず耐久力もないから、仕事も――

「もし、もし」

小さな画面に映り込んだ顔が、あまりにひさしぶりで煩わしいくらいに懐かしくて、私のほうが反射的に黙ってしまった。

「あ……えっと、聞こえる？」

瞳が隠れるくらいに長い前髪は健在だったが、やつれたり、痩せたりはちっともしていなかった。黒目がちな瞳だけが今はもう年齢不相応な印象を与えていた。

「聞こえてる」

と私はかろうじて答えた。

「そっか。あ……引っ越し、おつかれさまです」

「そのことだけど」

と私は単刀直入に言った。港が瞬時に警戒する。怯えている顔が映し出されると、まるで私のほうが悪者みたいだった。

「部屋のクローゼットの中の壁、ひどいね。敷金引いても、まだ足りない。今月末までに振り込んでください」

敷金の全額を請求してもいいくらいの事案だと思ったが、港はとっさに反発するように、訊き返した。

「どうして、俺が？」

地面にしっかり両足を着けていても、ブランコは腰のあたりがぐらぐらする。公園内は花が咲き乱れて美しかった。

「どうして？」

彼がカメラからフェイドアウトした。ごそごそとなにか探すような物音が聞こえてくる。すごく、嫌な予感がした。でも引いたら負けだと思った。心拍数が上がる。

戻ってきた港の背後には昔流行ったバンドのポスターが貼られていた。学生の頃の名残りだろうか。好きだったなんて知らなかった、と、その数秒間だけ奇妙に切なくなりかけた私に向けられたのは、一枚の写真だった。

視界が塞がれたように暗くなる。

「あの日から、俺はずっと傷ついてます」

私は振り切るようにしてカバンからさっき渡された仮の精算書を取り出すと、スマートフォンのカメラに向かって押し付けた。

「なんであろうと、こうして、現実にお金はかかってる。来月末まで待つので、私の銀行口座にかならず振り込んで。未払いの場合は弁護士を通じて実家に連絡させてもらいます」

一気にまくしたてると、頭に血が上りすぎて、呼吸したはずみで激しく手がふるえた。私が、

悪いのか。そんなに私が悪いのか、と泣き出しそうになる既のところで

「……分かりました。親に借金してでも、払います」

借金の罪悪感を私にまで押し付けるな、と反論したいのを飲み込み

「お願いします。退去は無事に済みました」

とだけ付け加えて、こちらから電話を切った。

まっすぐに帰りたくなくて、どうしていいか分からずに駅まで戻った。この前まで毎日通っていた商店街は小売店と飲み屋が混在し、人気のパン屋は今日も混雑していて、ラーメン屋からは動物性のスープを炊く匂いがする。その合間にちょこんとギャラリーの看板まで出ている。山手線沿線ほどお洒落ではないけど、ごく清潔な衣服を着た人たちが行き交う。

都心から、ほんの十数分で、昔と今とが混在した街にたどり着くのもまた東京だ。足早に駅の改札へ入ると、オリンピックの公式ポスターが目に飛び込んできた。そういえばオリンピックまでに結婚したいと言い合う漫画があったな、と思い出す。それはつまり、オリンピックまで生きているると当たり前のように思っているのと同義語だ。

ホームのベンチに腰掛けると、薄曇りの空が目に映った。そういえば雨の気配がほんのり広がっている。頭の芯が重たいのは、そのせいかもしれない。眠たくなってきて、このままどこへもたどり着きたくないけれど、戻って、弓子さんに受け取りを任せた荷物を片付けなければならない。だけどもう一つだって決めたくない。私はあまりになにもかも自分で決めすぎた。

日曜に結婚している人に連絡するなんて、と迷って、半ばひとりごとのようなメールになった。返事がなければいいとさえ思いながら、いったんポケットにスマートフォンを押し込んで立ち

上がる。

人込みに流されたいというだけで新宿三丁目界隈にやって来ると、夕方前だというのにデパートで買い物を済ませた人たちや飲みに来たであろう若者でにぎわっていた。

新宿の街はくすんでいて、これほど色が溢れているのに、どこか灰色混じりで白っぽい。

一人でぼんやり歩く私を、誰もが慣れたように避けていく。曙橋に母のお店があったからか、新宿の東側はなんとなく懐かしくて馴染みがある。

カラフルなミスタードーナツの看板のすぐ奥に鬱蒼とした緑の小道があり、引き込まれるように歩いていた。そこだけ一足先に夜が訪れたようだった。

急に電話があったので、びくっとしてしまった。スマートフォンを耳に当てると、さらりと明るい声がした。

「さっき仕事終わった。メール読んだよ。今、どこにいるの？」

「おつかれさまです。今日も仕事なんですね」

なんとなくほっとして、新宿区役所近くの遊歩道にいました、と伝えた。

「ああ、昔、都電の跡だったところか。俺は今、四谷だから、近いな。そっちに行くよ。どっかいてくれる？」

電話を切ると、私は道の脇の植え込みの煉瓦壁に腰掛けた。どこに行っていいか分からなくて、イヤホンを耳に押し込んで、アマゾンミュージックで流行った曲をランダムに再生した。今年の新入社員の一人に、今ってどんな音楽が流行ってるの、と訊いたら、最近は動画ばかりでそもそも音楽が流行ってないですよ、と言われた。それなら彼らはまぶたを閉じたときに広がる世界を知らずに、目を開け続けているのだろうか。

それはそれで、しんどい気がして、もうじき雨が来る空気の匂いを吸い込んだ。

曲が突然途切れて、目を開ける。鳴りかけた電話がすぐにやんだ。

仰ぎ見ると、瀬名さんが
「探した。待った？」

と笑った。普段着みたいな白いTシャツの上にロング丈のジャケットを羽織っている。立ち上がろうとしたら、当たり前のように手を引かれた。

彼はふいに見つめると
「ああ、珍しくジーンズだからか。さっき座ってる姿を見て、なんだか高校生くらいに見えた」

という感想を口にした。

「さすがに高校生はないですよ」

ろくに化粧もしていないことが急に恥ずかしくなりつつも、そんなことを考える余裕が生まれたことが不思議だった。

「今日はどうしたの、叔母さんのところから家出？」

だから高校生じゃないってば、などと言いながら歩き出す。

緑道を抜けると、小さな店がひしめき合う横丁に着いた。新宿ゴールデン街という名前がついている。どの店も小さくて、雰囲気もばらばらで、等しく入りづらそうだったけれど
「飯食った？」

私が首を横に振ると、瀬名さんは慣れたように一軒選んで入った。

鉄板焼きの煙が立ち込める店内で、焼いたトマトやチーズオムレツやイカバターを食べた。食欲をそそるソース味に、とろとろ溶けたチーズ、炒めて甘くなったトマト。瀬名さんとビールジョッキという組み合わせが新鮮だった。

箸を動かす横顔に、そういえばこの人ってわりに食欲旺盛だな、と気付く。そういうところも一緒にいて楽なのかもしれない。

引っ越しの疲れもあって、気負わなくていい店内の雰囲気がありがたかった。弓子さんには帰りが遅くなることをメールで謝ってから、たくさん食べた。

「会社にいたんですか？」

と私は尋ねた。瀬名さんは肘をついて思い出したように話し始めた。

「うん。次、ちょうどワイン特集でさ。土壌の成分の違いからぜんぶ説明しようってやってたら、理科の教科書みたいな誌面になっちゃって。ちょっと直してたところ」

「そっか、休みの日も大変ですね。疲れてないですか」

「むしろ昼夜逆転してるから、ようやく目が覚めてきた。君こそ明日は会社だよね？」

私は、いいえ、と答えた。疲弊することは分かっていたので、念のために休みを取っていたのだ。

「そうか。じゃあ、今日はゆっくり飲んで行こうか」

意味深に響いたが、言い方には含んだところはなかった。私は、始めない、と心の中で呪文のように唱えた。

店を出て夜の風に吹かれると、互いの髪や衣服が焦げ臭くなっているのが分かった。雨は降らずに月が雲の切れ間から見え隠れしている。少し軽くなった足取りで横丁を散策していると、ひときわにぎやかなパブの前を通りかかった。

店内の立ち飲みのカウンターでは、外国人たちがマイクを握りしめている。日本人客もいるが、流れてくるのは洋楽ばかりだ。

なにここ、と私が尋ねると、瀬名さんが中を覗いた。

「あー、外国人向けのカラオケバーか。ここは入ったことないな」

「入ってみます？」

勢いだけで、こちらから提案した。

ごちゃごちゃしたお客さんたちの会話は英語と日本語が入り混じっていて混沌としていた。お酒の入ったプラスチックの軽いコップ片手に、歌の上手さはさておきネイティブな発音のカラオケを聴いていたら

「なにか歌う？」

と瀬名さんが突然、囁いた。

「いいですよ」

すんなり答えると、彼はびっくりしたようだった。

「本当に？　そういうの苦手かと思った」

「母と常連さんによく連れて行かれましたから。カラオケスナックもパブも」

と私は説明しながら検索した曲を送信した。ちょうどさっき聴いたばかりだった。

それぞれが好き勝手に喋る店内を眺めながら、マイクを手にする感覚にはどこか既視感があっ

た。恥ずかしがる私にヤジを飛ばす母や、親戚のように声援を送る常連さんたち。大嫌いで懐かしい記憶が網膜に蘇り、重なる。

Got a long list of ex-lovers

They'll tell you I'm insane

But I've got a blank space, baby

数年前のヒット曲だったこともあり、耳を傾けていたお客さんたちから英語で歓声や拍手を受けた。笑いかけてから、マイクを切って、次のお客さんに手渡す。

空になったコップにお酒を注ぎ足してもらい、瀬名さんのほうを振り向くと

「君、上手いね。びっくりした」

まんざらお世辞でもない口ぶりだった。ありがとう、と素直に受ける。

「リズム感いいし、場慣れしてるから、驚いた」

「瀬名さんは歌わないの？」

「俺、下手だから。どんなに大切な取引先との会食でも、社内のお祝いの会でも、逃げるよ」

堂々と言い切ったところがちっとも大人らしくなくて、呆れつつも笑った。

熱気とアルコールで火照った体のまま大通りまでやって来た。人が減った五丁目の交差点は、新宿随一の見通しの良さだった。

仰ぎ見れば、月のない夜空に呼吸が深くなる。楽しかったね、とまだ高揚を残した声で言われて、私も実感を込めて、楽しかったです、と返す。

「どこか寄っていく？」

と瀬名さんに訊かれて、突然、現実に引き戻された。

「帰ります」

やんわり伝えると、瀬名さんは察したように

「分かった。タクシー拾う？」

と変わらない調子で訊いた。ほっとしたような、それ以上に淋しいような気持ちを持て余しかけて、口を噤む。昼間からの落差とお酒で心が崩れるように乱れていく。

弱いところを見せないように告げた。

「ここで大丈夫です」

「ほんと？　じゃあ、知り合いがまだ近くで飲んでるみたいだから、俺はそっちと合流しようかな。よかったら一緒に来る？」

ううん、と私は笑って、その場で別れを告げた。背を向けて歩き出すと、港との電話のことがいっぺんに蘇ってきて、あっという間に浸水していた。膝からゆっくりと力が抜けていく。

高速で走り抜けていく夜のエンジン音を聞きながら、花園神社の鳥居の前でしゃがみ込んでいた。声もなく涙が出て、膝を抱え込むと、頭上から声がした。

「おねえさん、大丈夫？　具合悪いなら、そこで休む？」

革靴の足が濁った視界に入り込んだ。だけど相手もだいぶ酔っているようだった。大丈夫です、いいです、と繰り返しても立ち去る気配がない。とりあえず危ないから移動しましょうよ、と促す声に奇妙な迫力を感じて、苦しさが怖さに変わりかけたときに

「すみません、僕の連れですから」

さっきまで耳にしていた声がして、私はとっさにふらつく足で立ち上がった。酔っ払いの革靴がすっと消える。大丈夫か、と尋ねる声がして、頷いたけれど

「や、無理そうだから、動かなくていい」

瀬名さんが制するようにして私の腕を摑み、しがみついたら、抱き寄せられて、どちらから崩れ落ちたかは定かではなかった。気が付けば、その場で座り込んだまま抱き合っていた。

穴の底から見上げたように、新宿のすべてが遠かった。

迷惑かけてごめんなさい、と言うよりも先に

「俺が悪かった。ちゃんと送っていけばよかった。ごめん」

そう言われて、私は無言でその首の後ろに回した手に力を込めた。

瀬名さんは急かすことも、人目をはばかることもしなかった。ジーンズ越しのアスファルトに、夜を渡る風。抱えられた腕の中で力が抜けていく。

こんな景色は最初で最後だろうな、とぼんやり考えながら、どこでもない腕の中にいた。

「　前原葵様

お元気ですか？　京都はうんざりするほどの雨です。

先日、『Buono』に行ったときに松尾君の話をしたら、皆、すごく懐かしがっていました。お店のお菓子を同封しますので、良かったら二人で召し上がってください。

それから葵さんに似合いそうなネックレスが入荷したので、ささやかですが、お近づきのしる

しに受け取っていただけたら嬉しいです。

偶然、ご一緒した夜はとても楽しかったです。

葵さんは芯の強さと柔軟さが、同居した人ですね。もしかしたら、ご本人が思っているよりも、複雑なものを秘めているのではないかと感じました。

松尾君のことは弟のようにも思っていたので、少し気がかりだったのですが、葵さんにお会いして安心しました。

情熱がありすぎて、頭に血がのぼりやすいところのある子なので、時々、水でもかけてあげてください。

またゆっくりとお話ししたいですね。そのときには、葵さんの恋の近況も聞かせてください。

松浦芹　」

ギフト用のお菓子の箱を開ける。紅茶のマフィンや苺のメレンゲクッキーやフロランタンなど、代表的な焼き菓子がぎっしり詰まっていた。

細い銀色のリボンが掛けられた小箱の中身を取り出すと、ゴールドのチェーンに小さな深いブルーの石が揺れていた。説明書きが同封されているので、開く。ロンドンブルートパーズという名前がついていた。

さっそく身に着けてみると、松尾君が、似合いますよ、と誉めた。

「はっきりした青と暗い青が一つになってて、ゴッホの絵みたいな色ですね」

という表現にはさりげない教養を感じた。

紅茶の湯気の中で、松尾君はメレンゲクッキーを齧って

「ひさびさに食べたな。この味」

と呟いた。私はちょっと微笑んで、訊いた。

「京都のお店、勧めたかったんじゃない？」

「それは、正直、行きたかったです」

松尾君は頷くと、顔を上げた。切ったばかりの前髪から、賢そうな額（ひたい）を覗かせて。

「でも、東京にいても、きっと面白いことはできると思ったので」

「それじゃあ、ワインの試飲を始めようか」

私は切り替えるように言って、買っておいたワインのボトルをセラーから数本取り出した。

「これ、スタート時のグラスワインの候補。食事とのバランス考えつつ、検討してください」

「はい、了解しました」

抜栓し、松尾君のグラスに注いで、出してみる。

「お、このトゥーレーヌ・ソーヴィニヨン・ブランってあんまり飲んだことない味しますね」

「そう。自然派ワインで、個性はあるけど重たくないから夏向きの味かな、と思って」

「ああ、そうですね。バニラ香がするのに、桃とか蜂蜜みたいな後味がありますね。豊かなのに、いい意味で型にはまってはいないっていうか」

「そう。甘さはあるけど、さらっと飲める。アロマと実際に口にしたときの印象が異なる感じも面白いかな、と思って。あと、このシャルドネ。この価格帯でこのバランスの良さは、ちょっと

いい感じだと思う」

「あー、こっちは綺麗に厚みがありますね。樽の香りと、ミネラル感と、干し葡萄みたいな熟成感が上手く落ち着いてんなあ。あ、シチリアのフィーナか。ここのワイン、僕も好きなんですよ」

「そして、これは山梨の日本ワイン。二人で試飲会行ったときにもあった白」

とグラスに注ぎ足す。松尾君が飲んで、私の顔を見た。

「前原さん、やっぱりこれ、本当にすっきりドライですね。魚とかといけますよ」

「取り扱ってる酒屋さんによって私だとお願いが難しそうな物は、稲垣さんが口きいてくれたから。泡と赤ワインもグラスで一種類は置こうと思ってます。あと私はひとまずワインエキスパートの資格を取ることにしたので、来年の春目指してがんばります」

「お、いいですねー。それなら、僕、赤はいくつか面白いやつ知ってるんで、推してもいいですか」

「もちろん。あとシードルは採算考えて、断念した。やっぱり生ビールにしよう」

「そうですねー。少しずつ蒸してきて、正直、僕も今ビール飲みたいですもん」

などと言い合っていたら、急に店の扉が開いたので、何事かと思った。

まさか瀬名さんでは、と考えながら振り向くと
「なかなか開店しないので、遊んでるんじゃないかと思って、会食の前にちょっと様子を見に来ました」

遠慮のない口調で告げたのは、義理の兄だった。

私が口を開く間もなく、松尾君がさっと頭を下げた。

「オーナーさんの息子さんですよね。僕、こちらで前原さんと一緒に働かせてもらいます、松尾還二といいます。一度こちらからきちんとご挨拶にうかがわなくてはならない立場にもかかわらず、遅くなってしまって、申し訳ありませんでした！」

隙のない礼儀正しさを見せた松尾君に、さすがの義兄もなにも言えず、喉を詰まらせたように短く咳をすると

「どうも、初めまして。よく、名乗る前に僕だと分かりましたね」

とだけ言った。

「はい、これから会社を継がれる予定で、頭の切れる方だとうかがっていたので。雰囲気で、すぐに分かりました。ジャケットすげえかっこいいですね。シルエットとか、ぴったりじゃないですか」

義兄は夏物のブルーグレーのジャケットに軽く視線を落とすと

「僕は痩せ型のわりには骨格がいいみたいで、なかなかオーダー以外ではしっくりくるものがないので。松尾さんは、開店してからも、そういうカジュアルな格好でなさるおつもりですか？」

気軽なスウェット素材の上下を着ていた松尾君は、いえ、とあっさり否定した。

「仕事のときはシャツを着ます。前原さんとも合わせようって相談してたんですよね」

と振ってきたので、そんな話をしていなかったけれど、私も

「そう。ちょうど、そのジャケットみたいな綺麗なグレー系とかいいよね」

と適当に合わせた。義兄はよほど気に入っているのか

「この色は、低価格のブランドでは出せないと思いますけどね」

と一蹴しつつも、珍しく、まんざらでもない様子だった。さらに松尾君は

「今、グラスワインの候補を絞るためにテイスティングしてたんですけど、よかったら、一杯いかがですか?」

と勧めたが

「お気持ちだけで。僕はブルゴーニュ以外は飲みませんから。これから麻布で会食なので、連絡事項だけ伝えたら、失礼します」

義兄は言い切ると、並んだボトルを眺めてから

「白だけですか?」

気にかかったように尋ねた。

「あ、そうです」

私がコンセプトを説明すると、彼は話を聞き終えると同時に

「白に特化するならグラスワインの種類が足りないですね」

と珍しく生真面目な口調で指摘した。すると松尾君が

「あー……それ、じつは僕も少し思ってました」

と言い出した。

「そうですよね。最低でも七、八種類はあったほうがいいと思いますよ」

そう教えてくれた後で、ふいに我に返ったようにお金の話をすると、どこかきまりが悪そうに帰っていった。

私はカウンターに頬杖を突いて

「珍しいー。あんなふうにきちんと話したの初めてだよ」

と思わず言った。松尾君は軽く笑ってから

「メインで使いたい食材は買い出ししてきたんで、ワインに合わせて今夜は一通り作ってみます」

そう言うと、カウンターの中に入って料理の準備を始めた。

私は合羽橋で購入した、LED照明付きの立て看板を床で組み立てながら

「あの義理の兄と上手く話せるなんて、松尾君はすごいね」

と言ったら、松尾君は卵片手になにやら意味深な表情を浮かべた。

「僕、頭が切れる、てあの人に言ったじゃないですか。あれ、じつは、この人すぐブチ切れそうって意味だったんですけど、合ってます？」

作業する手を止めて、噎せた。声をあげて笑うと、松尾君も苦笑した。

「アドバイスはありがたかったですけど、遊んでないか様子を見に来ました、て大人が大人に言う台詞じゃないですよね。前原さんこそ、あのお兄さんとずっと縁が切れないの、すごいですよ」

「縁もなにもないよ。むしろ実の兄じゃなくてよかったと思ってるし。妹の瑠衣なんて、時々、気の毒だもん。小姑みたいに始終小言を言われて」

そこで松尾君はふっと思い出したように訊いた。

「瑠衣さんって、ご実家の近くに住んでるんですか？　ご結婚されてますよね」

私はコンセントにプラグをつないで明かりが点くかを確かめた。

白、という店名が仄かにオレンジ色に浮き上がった。

「松尾君、できた」

「ああ、いい感じですね。目の前の通りにはほかの店って数軒しかないですし、それくらい小さくて道路に直接置くやつでも、十分に目立ちますね」

「瑠衣はね、離婚した」

看板のスイッチをぱちんと切りながら、話を戻した。松尾君の表情が、え、と曇った。

「小さいお子さんもいるのに、大変ですね。原因はなんだったんですか」

「そのあたりは私が話すことでもないから、機会があれば、本人に訊いてみて。もっとも自分からはあまり喋りたがらないと思うけど。今時、離婚なんて普通だと思うけど、なんだかんだでいい家の子だから、プライドもあるだろうし、なにより一般的な幸福から外れたっていうことを気にしているみたい」

瑠衣のことになると、つい喋りすぎる。私が口を噤むと、松尾君がなにか思い至ったようにいった

「そっか。だから瑠衣さんって、前原さんのことが好きなんですね。二人の仲が良いってすごいことだと内心思ってたんですけど。そうかあ」

とひとりごちた。どういうこと、と私は首を傾げた。

「前原さんって、そのあたり、理解とか包容力がありそうじゃないですか。だから、なんていうんだろ。安心するんじゃないですかね」

「そんなことないよ。まあ、たしかに私自身が威張れるような生き方はしてないかもしれないけ

ど」

話の合間に、卵の焼ける香りが漂ってきた。お皿出そうか、と尋ねたときにメールが入ってきた。文面を見て、つかの間、凍り付く。食欲が失せて、胃の奥からせり上がってくるものがあった。不快か、怒りか、あるいは――

『電話で喧嘩別れしてしまったことが気になっていました。新しいお店のオープニングパーティなどあれば、招待状を送ってもらえますか？　お祝いを持って行きたいと思っています。』

もしかしたら、私はずっと、怖かったのかもしれない。

幾分か反省したように、そして当たり前のようにこんな内容を送ってくる幸村さんのことが。

玄関で晴雨兼用のパンプスを履いていると、屈(かが)んだ背中に向かって弓子さんが声をかけてきた。

「葵ちゃん。今日はお店お休みだっけ。ちょっと、今日帰ったら相談に乗ってもらってもいい？」

私は立ち上がって振り返りながら

「いいけど、どうしたの？」

と訊き返した。弓子さんは、ちょっとね、と笑って

「それってレインシューズ？　ずいぶん綺麗ね。一見、普通のハイヒールと変わらないじゃない。今っていい物が出てるのね」

そんなふうに誉めて、話の続きをぼかした。

気になりつつも、普段通りに出社して、残業しないように顧客への返信をまとめて済ませた。あとはクレームさえなければ定時に帰れる。

特にトラブルもなかったので、退社してから寄り道することなく帰宅した。本当は引っ越しで捨ててしまった夏服もそろそろ買いに行きたかったが、弓子さんにはお世話になっているしな、と思い直して、Tシャツにジーンズ姿で居間に行くと、彼女は出前のお寿司を取って待っていた。

「わ、お寿司なんてひさしぶり」

と私は喜んで椅子を引いた。弓子さんが作っておいてくれたお吸い物には可愛らしい手まり麩と三つ葉が浮かんでいた。

「いい香り」

そっとお吸い物を啜り、中トロの握りから遠慮なく頂いていると

「じつはね、夫の弁護士から離婚についての連絡が来たの」

と言われたので、嚙んでねっとりとした中トロが喉に詰まりかけた。すぐに緑茶を飲んでから

「それで、なんだって?」

と問い直す。

「それがね、このマンションを売却して、そこから慰謝料を払いたいっていうの」

「つまり出て行けってこと?」

驚いて訊き返す。弓子さんはあくまでおっとりとした様子で、頷いた。

「まさか、本当にそこまではしないと思ってたんだけど。いくら慰謝料が入るとは言っても、私には収入もないわけだし。もしかして他に好きな人でもできたのかもしれない。今さらだけど」

「……それなら、弓子さんはなんて返事するの?」

「できればマンションにはこのまま住みたい、て伝えようとは思ってるけど。海外にいる夫と離

婚で言い争うなんて、どうしていいかも分からないし、たしかに夫の不動産ではあるし、ほかに方法もお金もなかったら……売るしか、ないのかしらね」

「いやいや。そんな理不尽なことはないでしょう。夫婦の財産は共有のものなんだから。弓子さんも弁護士を雇ったほうがいいよ」

「でも、弁護士ってお金がかかるのよね。しかも最終的に成功報酬ってピンキリでしょう？　インターネットで調べてみたけど、あまりにたくさん人が出てきちゃって、誰が信頼できるのかも分からなかったし」

私は腕組みしてうなってしまった。

「ちなみに叔父さんが浮気してた証拠みたいなのはある？」

「さあ……あの人もいい歳だし、さすがに違うと思いたいけど」

私は弱ったような表情を浮かべる弓子さんを見つめた。黒縁の眼鏡に隠れてはいるが、目元に疲労が浮かんでいる。浮気なんて考えたくなくて言及を避けているのは明らかだった。

天井を仰ぎ見ながら、心当たりを思い浮かべる。

松尾君や瀬名さんが弁護士事情にまで明るいとは思えない。瑠衣はそういう生臭いことには人生一切ノータッチだし、稲垣さんなら弁護士の知り合いはたくさんいそうだが、また父に頼って、と義兄に嫌味を言われることは避けたい。

ふと、思いついた。適切な人を探して、紹介してくれそうな人を。

ある意味では、義兄よりも連絡を取りたくない相手だったけど

「私、弁護士を探してみようか。たぶん心当たりあるよ」

困ったようにぼうっとしている弓子さんに、私は言ってみた。

「ほんとう？　それは、すごくありがたいけど。葵ちゃんの紹介だったら、安心だもの」

私は軽く笑って、席を立った。

部屋に戻り、仕事用のカバンを開ける。スマートフォンを出し、先日届いたまま放置していたメールに、何度も躊躇いながらも返信をした。

『ご無沙汰しております。ご連絡ありがとうございます。新店舗の件とはべつに、ご相談したいことがあります。お心当たりがあれば、ご紹介願えないでしょうか。』

ビジネスメールよりも畏まった文面を、どう受け取ったのかは分からないけれど、返事が届くまでには一分もかからなかった。

『メール読みました。君の力になれることなら、なんでも協力できればと思う。一度ちゃんと詳しく話を聞きたいので、会う時間をもらえませんか？』

私は悩んでから、土曜日の夕方を指定した。それならお店での準備を理由に早めに打ち切れるし、万が一のときには松尾君に迎えに来てもらうこともできる。

彼はすぐに待ち合わせの店のURLを送ってきた。外苑西通りにあるイタリアンだった。カウンター席のみのガラス張りの店内写真は、お洒落だけど気負いすぎておらず、その塩梅がいかにも幸村さんの趣味だと理解できてしまった自分が嫌だった。なにより自分のお店から近かったので、身構える。どうせ彼は母からすでに移転先の住所を聞いていたのだろう。

土曜日の黄昏時になっても、気が進まず、鏡の前で綺麗にならない程度に化粧をした。その甲斐あって、まるで華のない仕上がりに苦笑していると、化粧品の脇に置いたジュエリーケースが目に入った。

　私は最後に芹さんからもらったネックレスをつけた。青い色がさりげなく強いからだろうか。瞳の焦点が急に合ったように感じられた。

　千駄ヶ谷の住宅地は暮れなずんでいて、約束の店に五分前に到着すると、奥の席にいる幸村さんが見えた。私が店に入るよりも先に、ガラス越しに会釈される。微笑んだ顔は嬉しそうで、そのことに、暗たんとした気持ちになる。

　気を張ったまま隣に座ると、彼がこちらを向いてメニューを差し出し

「ひさしぶり。俺は一杯目はシャンパンにしたけど、どうしますか？」

と先回りして尋ねた感じに一瞬だけ瀬名さんを思い出したけど、かえってそのことで二人の差が色濃くなった。瀬名さんはもっと、軽くて、明るい。

　こんなに神経質そうな印象の人だったか、と困惑してから、そういえばいつも私たちの間には母がいたし、たいていどちらかが酔っていた、と気付く。

「私は、白ワインにします。このシャルドネの」

「ああ、それなら今日は岩牡蠣があるそうだから、シャブリのほうがいいんじゃないかな。君、好きだったから」

　表情を窺うように見て、そう告げる幸村さんは以前のものとは違う眼鏡を掛けていて、女性が選んだようなセンスに内心ほっとする。お願いだから幸せにやっていてくれ、私のことなど忘れて、と願いつつ、運ばれてきた目の前の岩牡蠣を飲み込む。濃い潮の味がした。

「もう、そんな季節なんですね」

「うん。もうちょっとしたら、ワインよりビールの季節だな。そうしたら、また飲みにも行きたいけど」

「ところで、叔母の弓子さんの件なんですけど」

と切り出すと、彼もにわかに仕事の顔になって、話を聞いてくれた。

「分かった。知り合いに離婚に強い弁護士がいるから、すぐにでも連絡して紹介しようか。料金も、すごく安いわけではないけど、適正価格だとは思うよ」

「ありがとう。それなら、その方の名前と事務所の連絡先をメールしてもらえたら、連絡します」

幸村さんはさりげなく

「初回は俺が付き添ってもいいけど。時間もだいたい合わせられるし」

と提案したので、私は笑って首を振り

「弓子さんのプライベートなことなので。身内だけがいいかな」

やんわり、しっかりと、断った。

彼は察したように、そうか、と引いた。沈黙の後に言いたいことを飲み込んだ気配を漏らすところは変わっていない。目の前の渡り蟹のパスタは美味しいのに、手が動かない。

やはり松尾君に坂の下まで来てもらおう、とトイレのついでにこっそりメールを打つと、しばらくしてから

『すみません！　熱が出てしまって、今日はお休みをいただけないでしょうか。当日に申し訳ないです。』

という返事が来て焦(あせ)った。

席に戻って、ワインを飲み干そうとすると、幸村さんがすかさずボトルのリストを開いて勧めた。

「よかったら。俺もまだ飲めるし」

「申し訳ないですけど、そろそろ私は」

え、という顔をされて、私のほうがびっくりする。どうして今さらボトルワインなんてゆっくり飲める間柄だと思うのだろう。

「そうか。君は本当に弁護士の件が目的だっただけか」

ひとりごとのように呟かれる。あなたが私に言ったことやしてきたことを考えれば、こんなのは返してもらったうちにも入らない、と心の中で反論しつつも、自分が一番期待していたことを悟る。もしかしたら汚れた信頼も、今日こそ洗い流されて綺麗な形で返ってくるのではないかと。

幸村さんはグラスに残っていたワインをゆっくりと飲みながら

「でも、会社員と店を兼業なんて、よく港君がいいって言ったね」

と呟いた。

「港とは別れたから。それで今、叔母と一緒に住んでいるので、離婚の件も他人事ではないんです」

詮索も誤解も不快だったので簡潔に言い切ると、彼は今日初めて驚いたように

「いつ?」

と訊き返した。

「母の葬儀の後、わりとすぐです」

「全然、知らなかった」

当たり前だろう、と言ってやりたかったが、純粋にショックを受けたように黙られてしまったので、こちらも言葉を重ねることができなかった。なによりさっきから、彼の口元から胃が悪い人特有の生ぬるい香りがすることが気にかかっていた。それを不快に感じるのは、個人的な感情なのか、それとも本質的な生理なのかまでは判別がつかない。とにかく早くこの場から立ち去りたかった。

会計は無理やりこちらの奢りにしてもらった。ごちそうさま、と好意的に受け取ったような笑顔で言われたのも不本意で、足早に立ち去ろうとしたら

「駅まで戻るから」

と説明しながら並んで歩こうとする。自分の店に逃げれば、かえってそのまま押し入られそうだった。暗い通りを歩く薄い肩、羽織ったジャケットの擦れる音。懐かしくて忌まわしくて古いものを押し入れにしまい込んで見ないふりしていたことを痛感したとき、細い路地に小さな看板が灯っていることに気付いた。

「あ、私、ちょっとそちらのお店に用事があるので」

と告げると、幸村さんが不意を突かれたように振り向いた。頭を下げて、砂利道を突き進んで看板の明かりに近付いたとき、背後から腕を摑まれて鳥肌が立った。

「それなら、俺も一緒に」

刹那、ぎりぎりのところで堪えていた嫌悪感が噴出した。

「もう帰ってもらえませんか？」

いきなり突っぱねた私から、彼はぎょっとしたように手を離した。それから憤然として

「突然、感情的になって、なにかと思った」

幸村さんがそう主張したことに愕然とした。そういえば昔から感情を鈍感に押し付けるわりに、他人の拒絶には過敏に反応する人だった。

「君の頼み事だから、俺もこうして時間を作って出てきたのに……追い返されるなんて思わなかった」

京都で芹さんがしていたように、私は姿勢を正して反論した。

「失礼は謝ります。ただ、私はメールだけで大丈夫だと言いました」

分かった、分かった、とおざなりに諭すようなことを言って、幸村さんがふたたび私の手首を取った。振り払おうとしたが、先にがっちりと摑まれていた。

「分かったから、とりあえず、どこかで落ち着いて」

いきなり店の木戸が開いた。

いかにも料理人という風情の白い調理服を着た男性がこちらを見据えた。見るからに骨が強そうな堅固な体つきと眼光の鋭さに気圧(けお)されて、私たちは黙った。

彼は、私と幸村さんを交互に見た。それから視線を、私へとまっすぐに戻した。

だからとっさに告げた。

「私、予約していた前原です」

半ば負けると諦めた賭けのような気持ちで口にした台詞だったが、彼は黙ったまま短く頷くと

「どうぞ。お待ちしていました」

とわりに明朗な声で言った。

「それなら、私も一緒に」

と言いかけた幸村さんへ向けられた彼の目は、思いの外、冷たかった。

「すみません。本日、ほかのお席は予約で埋まっています」

幸村さんが不本意だと言わんばかりに、ゆっくりと私の手首を離した。私は頭を下げると
「今日はありがとうございました」

と彼に告げてから、店主に導かれて、店内へと入った。

店内はL字型のカウンター席とテーブル席が一つだけで、店構えからイメージしたよりもこぢんまりとしていた。予約でいっぱいどころか誰もいなかった。

カウンター席の目の前には銀色のおでん鍋が湯気を立てていた。出汁（だし）のいい香りが漂ってくる。赤く染まった蛸の足が見えた。

おしぼりを出されて、私は手を拭いてから、言った。

「すみません、お店にご迷惑を」

「いえ、ちょうど九時から八名でのご予約が入ってたので、今日はどちらにしても他のお客様は断るつもりだったんです」

納得して、木戸のほうをちらっと振り返ると
「帰るときに、一応、自分が外を見てみます」

と言った。

「……ありがとうございます。でも、お店にご迷惑なので、帰りはタクシーを呼びますから」

ビールの泡はきめ細かくて、泣きそうに美味しかった。

おでんを少し頼んだ。とうもろこし天は、甘い実が口の中で香ばしく砕けた。

「美味しいですね」

カウンターの中の彼はちょっと間を置いてから

「お近く、なんですか」

低い声で訊いた。

「近く？」

「はい。お住まいは」

「あ、はい。代々木のほうです」

彼は無言で相槌を打った。本来はそこまで喋らない人なのかもしれない。

気を遣わせたら悪いと思い、私は話しかけるのを遠慮した。そして、目の前の味に集中する。

出汁といい、盛り付けといい、正統派だけど、それでいてお酒に合う塩気や食感があって、お一人でやっているならいい腕だと、ちらっとカウンターの中を見ると

「お酒は、お好きなんですか？」

あちらから話しかけられた。はい、とまた頷いて

「生ビール、美味しいですね。なにか注ぎ方のコツってあるんですか？」

と訊いてみた。

「コツはないですけど、新しく樽が届いたら、早めに飲み切ったほうが鮮度が保たれるので、あ

とちょっとってときは、自分で飲んでしまいます」

思わず、その顔を見つめる。彼は真顔だった。

一呼吸開けてから、笑うと、彼はなんだか照れ臭そうにうつむいて苦笑した。さきほどはずいぶんと硬派な印象を受けたので、少し、和んだ。

タクシーを呼んで会計を済ませると、彼が外まで先に見に行ってくれた。

店を出て、看板に視線を落とす。『伊藤伊』とあった。

「タクシー来ました」

戻ってきた彼にお礼を告げて、店名の読み方を訊こうとしたけれど、この後に予約が入っているという話を思い出してやめた。また来たときにあらためて訊けばいいのだ。

タクシーの中で、スマートフォンを恐る恐る出す。幸村さんから弁護士事務所の名前と、それとは関係のない想いを綴った長文メールが来ていたので、弁護士事務所だけメモして消した。

メール履歴に並んだ名前を見て、松尾君から風邪の連絡を受けたときに瀬名さんに頼るということが浮かばなかった自分に気付いた。

前日から仕込みをして、当日も間に合うように準備はしたものの、開店一週間前のプレオープン三十分前になると、さすがに緊張してきた。

「今日はもうだいぶ暑いので、とにかく、食中毒だけは気をつけましょう」

「本当に」

合言葉のように言い合って、カウンターに大皿で並べ始めた料理のチェックをしていく。

「三種類のカナッペ、無花果とルッコラのサラダ、魚介と野菜の煮込みのクスクス添え……鴨肉とクレソンの蒸し春巻きと、生ハムとチーズの揚げ春巻きはそれぞれ最後だよね」

「はい。どっちもあと十五分後くらいです」

「芹さんがお祝いで送ってくれたフルーツで作ったサングリアも冷えてるし。よし」

椅子は二つだけ残して、あとはバックヤードに片付けておいた。けっして広くはないが、立ち飲みだったら行き来できるくらいのスペースは確保した。

扉越しに人影が見えたので、最初のお客が来たのかと思ったら、宅配便のお花だった。たっぷりとした白い蘭の花が咲き誇っている。受け取って伝票にサインしてから、贈り主を見た。

「どなたからですか？」

松尾君がカウンターの中から訊いたので、私は花を飾りながら答えた。

「稲垣さんだった。今、海外に行ってるって聞いてたんだけど、あらかじめお花の手配してくれてたみたい」

「あ、そうなんですね。今日お会いできるかと思って、内心、期待してたんですよ」

「残念だけど、その代わりに瑠衣が」

などと噂していたら扉が開いて、まさに瑠衣だった。淡い水彩画のような柄のワンピースを着ている。波瑠は実家に預けてきたらしく、ハンドバッグ一つだけ持った体は普段よりもずいぶんと身軽そうだった。

「おねえちゃん、なにか手伝う？」

と彼女が品良く尋ねたので、私は首を横に振って、パソコンをスピーカーと同期した。

「今日の瑠衣はお客さんでしょう。来てくれて、ありがとう。サングリアか、ワインは白と赤、ビールもあるけど」

「じゃあ、サングリアがいいな」

記念すべき一杯目を出すと、瑠衣は、ありがとう、と微笑んでグラスを手にしてから、ふと壁を見た。

「絵、本当に飾ってくれたんだね。ありがとう」

「その絵、ばっちりですよ。僕もすごく気に入ってます」

松尾君が蒸し春巻きのお皿を両手に持ったまま言った。瑠衣は謙遜したようにさりげなく笑い返してから

「先日はありがとうございました。すごく美味しいすき焼きでした」

と礼を言った。松尾君は照れたように、光栄です！　と笑った。そのやりとりを眺めながら、おや、と内心思った。もしかしたら、この二人はちょっといいかもしれない。とくに松尾君のほうは瑠衣をまったく異性として意識していないわけではなさそうだ。

瑠衣が料理を選んで取り始めると、次々と人がやって来た。

「おお、松尾君、素敵な店じゃん！」

帽子をかぶった茶色いくせっ毛の男性が、お土産らしきワイン片手に陽気な声をあげて入って来た。会社勤めの私のまわりにはいないタイプだな、と思い、少し面白かった。松尾君の知り合いは皆、明るくて喋り好きだ。

途中で、瀬名さんも若い女性連れでやって来た。ストライプのシャツに黒縁の眼鏡越しの顔は

初々しく、社会人でいえば新卒二、三年目くらいだろうか。誰だろう、と一瞬考えたものの、すぐに彼女のほうから

「はじめまして。瀬名と同じ編集部の河瀬(かわせ)と申します」

と丁寧に名刺を出されたので、私も笑顔で挨拶をした。

「河瀬は市ヶ谷に住んでるから、来てみたいっていうんで、誘ったんだよ」

瀬名さんが鷹揚な口調で説明した。河瀬さんは恐縮したように頭を下げた。私と河瀬さんのちょうど真ん中くらいの立ち位置を保ったまま、それぞれに話をふる瀬名さんを見ているうちに、どうも怪しいな、と疑念が湧いた。

あえて気付かないふりをして、ゆっくりしていってください、と私は告げてから、母の時代に常連だったお客のほうへと移動した。

ワイングラス片手に一人でいた年配の常連さんに声をかけると

「この蒸し春巻き、美味しいよ。彼が作ったの？」

と松尾君を見ながら、言った。

「はい。北京(ペキン)ダックをイメージして、洋風にアレンジしたそうです」

「内装なんかは、葵ちゃんが決めたの？」

「いえ、基本的には母が残したものを、そのまま使っています」

「そうか。言われてみれば、果乃ちゃんらしい感じもあるけど、やっぱり、違うな。ベースはそのままでも、その中に立つ人で、店の雰囲気って決まるものなんだねえ」

小柄だけど、まだまだ背筋はしゃんと伸びた彼がしみじみと呟いた。

「ところで幸村君は来てないね」

と言われて、私はさらっと、ちょっと連絡がつかなかったんです、と返した。

「ええ？　そうなの。彼なんて、長かったじゃない。最初は果乃ちゃんのファンだと思ってたけど、あれは、ずっと葵ちゃんが好きだったんだよなあ」

「ああ、でもご結婚されるそうですよ」

世間話を装って告げると、そうなの、と彼は面食らったように言った。

「なんだ、びっくりしたな。だってねえ、果乃ちゃんの葬儀のときにも、彼、身内みたいだったじゃないか」

瀬名さんが、なになに、と軽く酔った笑顔を浮かべて、交ざってきた。振り返ると、さっきの編集部の女子は松尾君と喋っている。

「いえ、私ね、葵ちゃんのお母さんの店の常連だったんですよ。そこで、常連だった男の子が、ずっと葵ちゃんのことが好きで」

「へえ、そんな彼がいたんだ」

「男の子って言っても、瀬名さんと同世代ですよ」

と私は口を挟んだ。

「六十歳過ぎた私から見れば、若いよ。まあ、当時はまだ葵ちゃんも学生だったしねえ」

曖昧に濁して笑うと、瀬名さんと一瞬目が合った。新宿の夜空の下で、崩れ落ちるように抱き合った記憶が蘇りかけて、すぐに表情を消す。

手伝いに戻ろうかとカウンターの中を振り返ると、松尾君がやけに気にしたようにこちらへと視線を向けていた。

食べ物がなくなり始めると、二軒目に流れる人がちらほら出てきた。

軽く店内が空いたタイミングで、瀬名さんが近付いてきて

「今日はもうずっとこのまま店？」

と訊いたので、私は、ええ、と頷いた。

「今日は本当にありがとうございました」

「こちらこそ。俺は知り合いの店に顔出してから帰るよ」

そう言って、編集部の女子と一緒に帰っていった。

瑠衣は松尾君の友人たちから二軒目に誘われていたけれど、どうやら断ったらしく

「松尾君、俺たち、外苑前のMに行ってるけど、終わってから合流できそうなら連絡して」

男性陣がそう告げて出て行ってしまうと、瑠衣は静かになった店内でグラスの中身を飲み切って

「ごちそうさまでした」

とカウンターの上にグラスを戻した。

私は洗い物をまとめてシンクに運び、片付けながら

「瑠衣も、そろそろ時間？」

と尋ねたら、彼女はあっさりと、ううん、と首を振った。

「楽しそうだったんだけど、初対面の人が多くて、少し疲れたから断っちゃった」

「すみません、僕の友達、みんなテンション高くて」

いい人ばかりでしたよ、と瑠衣は答えた。

「このお店、本当にいい雰囲気だね。私も通いたいけど、満席かどうかの確認っておねえちゃんにメールすればいい？」

「えっとね、私は直前まで会社だろうから、お店の電話か、松尾君に連絡してもらってもいい？」

松尾君は、はいっ、と顔を上げると

「もし良かったらっ、連絡先を交換しても、大丈夫ですか？」

と思い切ったように提案した。瑠衣はあっさりと、もちろんです、と頷いた。

それから番号交換を終えると、瑠衣はちらっと私に視線を送ってきた。

「瀬名さん、噂通りの人だった」

私は思わず苦笑して、そう、と答えた。隣の松尾君が片付けの手を止めて

「あの瀬名さんって、試飲会で前原さんのことを連れて行っちゃった人ですよね。あれから仲良くなったんですか？」

と真顔で訊いた。

「ああ、うん。勉強にもなるし、お店の宣伝にもなるかと思って。まずかった？」

「いや！　全然、そんなことないんですけど。や、ただ……」

その松尾君の濁し方で、なんだか嫌な予感がした。とっさに聞きたくない、と思う。

洗ったばかりのワイングラスにグラスクロスを入れて回し拭いているうちに、急速に母の隣に立っていたときの感覚が呼び起こされた。少し酔いがまわった、と私が表情を消したタイミングで、松尾君が口を開いた。

「あの人、試飲会にいたバーテンダーの子の女友達と、ちょっと前に付き合ってたみたいで。でも、たしかご結婚されてますよね。相手の子はそのことを知らなかったみたいで。問いただした途端に連絡なくなったって泣いてたらしくて……だから、じつは前原さんのことも心配してたんですよ。前から業界でも浮いた噂の多い人ではあったそうなんですけど、僕自身はそういうのって本人同士の問題だとは思うんで。ただ、やっぱり自分と近しい人が親しくしてると、気になったんで。もし顔に出てたら、すみません……」

私が背後に立ったとき、瀬名さんはカウンター席でバーテンダーとマティーニの種類について話していた。

「ああ、おつかれさま。片付け、早く終わったんだ。連絡もらったときに河瀬が会社戻るって言って帰ったから、ちょうどよかったよ。君、ウォッカベースのマティーニって飲んだことある？映画『007』の中で登場するっていう話を今してて」

彼は笑顔で説明しかけて、ちょっと言葉を切ってから

「え、なになに。もしかして、君、怒ってる？」

私のために隣の椅子を引きながら、尋ねた。無言のまま腰掛けて、スタンダードなジンベースのマティーニを頼む。

バーテンダーがシェイカーではなくガラスの容器に氷とジンとベルモットを入れて、ゆっくりとマドラーでかき混ぜる。シェイカーじゃないんですね、と呟くと

「シェイカーだと泡で濁るし、水分が出やすいんだって」

とまた瀬名さんが説明した。

目の前にグラスがすっと出されると、私は軽く持ち上げた。

「おつかれさまです」

瀬名さんもウイスキーのグラスを持ち上げて、開店おめでとう、と笑った。私は笑わなかった。

舐めてみると、うんとドライなマティーニだった。気疲れと解放感と怒りとがいっぺんに噴き出し、全身の血に溶け込んで熱くなった。

私は口火を切った。

「ずいぶん軽いんですね」

「え、マティーニが？」

間の抜けた返事があって、この人ってもしかして天然なのかもしれない、と横目で見る。

「あの試飲会のときにいたバーテンダーさんのお友達と、いつまでお付き合いされていたんですか？」

「それは誤解」

と瀬名さんはきっぱり否定した。つまりは心当たりはあるということだ。

私は彼の左手の薬指を見た。さっき店内でも気付いたが、今日はちゃんと指輪をしている。

「べつに付き合ってるわけでもないので、誤解でも事実でもいいですけど、近い業界でごちゃごちゃするのは迷惑です」

「違うよ。その噂になってる彼女とは、飲み友達ではあったけど、そういう関係じゃないし、俺は付き合ってるとは思ってなかったよ。というか、だから、あのバーテンダーの子、俺のことをすごい目で見てたんだ」

「飲み友達なのに、瀬名さんが結婚してることすら知らないってどういうことですか？」

「飲み友達だからこそ、そんなこと、わざわざ言わなかったの。ほかの人間から当然聞いてると思ったし。俺、普段、指輪してないから」

などと瀬名さんは釈明した。

「なぜか今日はしてますけどね。さっきの編集部の女の子も怪しいと思ったんですよね。ほかに何人いるんですか？」

私は淡々と追及した。瀬名さんは困ったような顔をしながらも、いないよ、と断言した。

「たしかに結婚してから、一度もなにもないとは言わないけど、俺から声をかけたことは、ほとんどない」

「むこうから来たときにはノーカウントってこと？」

「本当に違うって。そもそも近いところで手を出したりしないよ」

「そうだ。私は遠いところだから、声をかけたんでしたよね」

瀬名さんは、いや、とはっきり首を振った。

「タイプだったんだよ。葵のことが。そこまで手当たり次第に口説かないよ、俺は」

「少なくともまわりはそういう人だと思ってるみたいですけどね」

「いや、本当に違うから」

さすが修羅場をくぐり抜けてきただけあって、言い訳もし慣れているな、と私は心の中で感服しつつマティーニを口に含んだ。

「どうしたら信じてくれる？」

問いかけられて、私は短く息をついた。ようやく店をスタートさせた晩になにをやっているのだろう。そもそも肉体関係があるわけでもなし、私のほうが出すぎたことをしていると考えたらすべてが馬鹿馬鹿しくなって、半ば終わらせるつもりで

「じゃあ、今夜は一緒にいてください」

と言った。そんなことはできるわけないのだから。

けれど瀬名さんは、空になったウイスキーグラスから手を離すと

「分かった」

と答えた。

びっくりして顔を上げると

「どこでもいいよ。葵の行きたいところに行こう」

彼は言って、バーテンダーに会計を頼んだ。

植物に囲まれたラウンジは、ぎりぎりまで照明を落としていた。夜景と室内の暗がりのコントラストが目を見張るほど美しかった。

そちらに歩いていこうとしたら、ニューヨークバーはこっち、と瀬名さんにさりげなく腕を取られた。

明るい通路へと導かれ、木製の本棚が整然と並んだライブラリーを通り抜けるときに、昔見た映画の場面を思い出した。ホテル専用のエレベーターに乗り換えて、最上階で停まり、扉が開く。

足元まで広がる街の光が、視界を覆った。

思わず息を止めて、手を伸ばすと、すぐには窓ガラスに触れなかった。ちょっとした奥行きに遠近感がおかしくなって、そのまま落ちてしまいそうだった。

怯んでいると、瀬名さんが笑って
「怖い？」

伸ばしかけた私の手を握って、ガラスに触れさせた。この人の手には、独特の柔らかい湿度がある、と思う。

それから瀬名さんは黒服の女性スタッフに人数を告げると
「満席？」

おっとりと意外そうな声をあげた。

彼はこちらに戻ってくると
「ごめん。ここは、予約できないんだよな」

と教えてくれた。その背後から大音量の生演奏が聴こえてきた。大勢の歓声も。

「突然のことだったから」

「良かったら、さっきのピークラウンジで飲んで行こうか？」

私は頷いた。

ラウンジに戻ると、窓際の席が空いていたので、案内してもらう。

深く腰掛けると、客席まで闇に包まれていて、不思議と落ち着いた。静かに飲む人たちの姿もおぼろげだった。映画のスクリーンのような窓の向こうには青い夜空と、濡れた眼球越しに見ているような新宿の光が滲んでいた。

「なに飲む？」

と訊かれたので、私は、グラスのシャンパン、と答えた。この人といると、なんとなくシャンパンが飲みたくなる。

「いいね。俺もそうするよ」

私にとって、彼はけっして日常ではないから、だろうか。

彼は通りかかったウェイターに注文を済ませると、夜景へと視線を移して、すごいな、と呟いた。

「来たことはなかったんですか？」

さっきから自然にアテンドしてくれていたので、てっきり初めてではないと思っていた。

「パークハイアットは初めて。君は？」

もちろん初めてですよ、と私は答えた。シャンパンのグラスを軽く持ち上げて、今夜何度目か分からない乾杯をする。

「瀬名さんでも初めての場所ってあるんですね」

「俺、バブルは経験してないし、就職したときにはすでに弾けた後で、大した恩恵も受けてないから」

私はちょっと考えてから

「たしかに。私が恩恵を受けたのって、それこそ子供のときでしたし」

と言った。瀬名さんが興味を持ったように、へえ、と声を出した。

「お母さんがらみ？」

「そうですね。常連さんに羽振りがいい人がいて、親子で高いお寿司屋さんとか、焼き肉屋さんとかに連れていってもらったりしてました。そういうときに会社の領収書で落としてるのを見てたけど、今なら、絶対にないですよね」

彼は、たしかに、と笑った。その明るい声に、強張っていたはずの空気もどこかへいってしまった。ずるい人だ、と思った。色々と疑わしい人ではあるのに、どこか憎めない。

「ああ、でも入社したての頃に、仕事で担当した有名なカメラマンに帝国ホテルのバーに連れていってもらったときには、大人になった気がしたな。先日ひさしぶりに行ったら、全然変わってなくて。もしかしたら常に変化し続ける東京の中で、一番、時が止まったままの場所かもしれない。こういうバーって」

私は小さく頷いた。

「今日はどうしてパークハイアットを選んだの？」

という質問はなんだか雑誌の副編集長っぽいな、と感じた。

「本当はパークハイアットだったんです。母が亡くなった日に、誕生日祝いをかねて会う予定だったのが」

瀬名さんは続きを促すように、無言のまま頷いた。

「だけど母の気まぐれで、せっかく東京に戻ってくるなら、間近で東京タワーが見たいっていう話になって。急遽（きゅうきょ）、べつのホテルに」

「君はどっちがよかったの？」

母のことを訊かれるかと思ったので、不意を突かれて、考え込む。

「私は、パークハイアットがよかったんですよね、本当は。ベタだけど、前に観た『ロスト・イン・トランスレーション』ていう映画が、すごく好きだったから」

「ああ。孤独を持て余したアメリカ人同士が、日本で偶然に出会うやつか」

「うん。あれ、結婚している男女の話なのに、月並みな不倫にならなくて、もっと淡いっていうか、純粋な感じがして、それがよかったんです」

主演の俳優の、常に少し困っているような表情を思い出す。いかにもという二枚目ではなくて、どちらかといえば中年男性特有の父性が感じられたことも。

「こっちに泊まってたら、お母さん、亡くならなかったかもしれないって考える？」

頬杖をついた手を、そっと外す。この人は時々、奇妙に私の本音を探り当てる。

「それは、正直、少し考えました。でも、そういうのって結局は本人の選択も含めた運命ですから」

「君はそういうところありそう」

私は、そういうところって、と訊き返した。

「自分の身に降りかかったら、どんな運命でも、責任を持ちそう」

ふと思いついて
「瀬名さんは最初から今の仕事に就きたかったんですか？」

と私は尋ねてみた。

「ああ、俺はね、将来の夢は宇宙飛行士ってずっと文集に書いてた。なぜか。文系だったし、物理とかまったくできなかったのに」

そんなことを言われて、私はつい笑ってしまった。

「なにそれ」

「意味分かんないよな」

「でも、瀬名さんらしいかもしれない」

彼が間髪を容れずに

「まだ怒ってる？」

そう質問したので、私は困ってしまった。

「俺はまた会いたい。一緒にいて楽しい」

そうですね、と同意してしまうと、彼は、良かった、とちょっと姿勢を崩した。

私はグラスを持ち上げた。視界に映る植物群のせいか、どこか南国のホテルにいるような気分にもなる。青い、青い夏の前の夜。

瀬名さんがトイレに立ったので、私はスマートフォンを出した。休日だけど仕事の連絡が来ていたので、月曜までに資料を作ったほうがいいな、と我に返る。さすがに体もだいぶ飲み疲れていた。

瀬名さんが戻ってきたので、私はグラスの中身を飲み干した。

「ありがとう。来られてよかったです」

「まだいいよ。ゆっくりしよう」

と彼が驚いたように言った。私は

「満足したから」

とだけ返した。瀬名さんは、送るよ、と言った。

ホテルの前に止まっていたタクシーに二人で乗り込むと、瀬名さんが腕を伸ばしてきて、私の頭を抱え込んだ。

「今度はどこかできちんと食事してから、ニューヨークバーのほうも行ってみよう。今日とは違って、さすがにそこまで遅くなれるかは、ちょっと、分からないけど」

私は頷きかけて、苦笑した。

「どうした？」

「ううん。ただ」

母の人生をすぐ横で見ていた私は、結婚している男性との恋愛がけっして、いいところ取りではないことを知っている。一時の甘さの代償として、精神的な負担の借金を重ねるようなものだと思う。

それなのにどうして続けてしまうのか。そして、どうして自分で選んだことなのに、やっぱり苦しんでしまうのか。ずっと分からなくて否定し続けてきた。

「瀬名さんってお子さんは？」

「いないし、お互いの年齢的にも、もう作ることはないと思う」

「じゃあ、ずっと変わらないんですね」

それなら関係を知られないように気を付けてさえいれば、ある意味では、瀬名さんとの間に重大な局面が訪れるというストレスはないのだ。

なぜなら彼はもう、人生の決定的な選択は済ませた後だから。

母は私がお腹にいたときに、稲垣さんと出会った。直前まで母と付き合っていた男は、私を認知すらしなかった。

裏切られるくらいなら、手に入れないほうが傷つかずに自由でいられる。そう、もしかしたら母は考えたのではないかという問いが浮かんできた。

そして稲垣さんは母に恋をした。愛を語り、最大限、生活の面倒まで見て、足繁く店に通い、「あなたは最愛の女性だ」と言いながら、帰っていく。まるで甘やかされながら虐待される子供のようだと思った。

それでも母はそれなりに楽しんで生きたのだろう。だけど、私にはできない。会う約束をしながら帰る時間の話をされるだけで、矛盾に耐えられないと痛感している私には。

タクシーを降りるときに、瀬名さんと目が合った。キスされる直前で、離れて、告げる。

「ありがとう。今度からはお店のカウンター越しで会いましょう」

瀬名さんはしばらく黙ってから、うん、となんだか男の子みたいに頷くと

「分かった。楽しかった。気が向いたら、またいつでも連絡して」

とそっと握手するように、手を握った。

指先が離れていくときに、わずかに淋しくなって、ああ、人は人に触れることでこんなにもたくさんのものを負ってしまうのだな、と実感する。負の感情も、幸福感も、安心も。

つかの間、触れる相手がいた。それだけで、私はあやうく母と同じ長い道を辿りそうになるほど安心しかけていたのだと。

暗い部屋で、仕事のパソコンを開いたら、スケジュールが目に飛び込んできて、京都出張の文字があった。

芹さんの言う通りでした。戻れないから、進むのをやめました。

胸の内でそんなことを報告しながら、一度だけスマートフォンを見て、なんのメールも来ていないことにうっすら落胆しながら、それ以上に自分でちゃんと諦められたことに納得して、電源ごと落とした。


座席に着いて、発車後にすぐに白いマスクをすると
「なに、風邪っぽいの？」

こちらをちらっと見た部長が尋ねた。

私はノートパソコンを出しながら、いえ、と答えた。

「乾燥してるじゃないですか、新幹線の中って。万が一、喉を痛めると、先方にも迷惑なので」

「まじめー」

真顔で茶化すように指摘した部長に、私は仏頂面を向けた。さらに笑われたのは心外だったけれど
「八木も前原さんくらい安定感あれば良かったんだけどね」

とぼやかれたので、私はキーボードを打つ手を止めた。

車内販売の売り子さんがやって来たので
「部長、コーヒー飲まれます？」

と訊くと、彼は、いる、と財布を出した。

「いいよ。俺、買うよ。前原さんもコーヒー？」

慌ててお礼を言う。二人分のホットコーヒーのカップを私が受け取り、それぞれのテーブルに置いた。

カップを持つ部長の指を見て、長いな、と内心思う。瀬名さんの肉厚で大きな手の感じとは、また違う。

「八木君、やっぱり戻っては来ないんですね」

私もカップを手に取りつつ、訊いた。部長は、おう、と不服そうに答えた。

「まったく、八木が鬱病で退職したのは部署内の構造に問題があったせいだって、俺があれだけ力説して、復帰に反対したやつらを説き伏せて、戻れるようにしたっていうのに、あっさりよそに転職して。本当になんなんだよ」

口は悪いけれど、一度退職した部下が戻って来られるようにそこまで会社に掛け合う上司はめったにいない。

さんざん批判したわりには、最後の最後に

「まあ、あいつが幸せなら、それでいいよ」

と締めくくったところにも、言葉とは裏腹の優しさを見た。

「部下想いですよね、部長って。意外にも」

「まあ、それが俺の仕事だしな」

と彼もノートパソコンを開きながら返した。まだ都内だが、じょじょに大きな川と田畑が車窓に映るようになってきた。

「ほかにも仕事はたくさんあるじゃないですか。仮装とか」

「よけいなこと言うと、次のボーナスの査定評価下げるよ」

それパワハラですよ、と私が焦って突っ込むと、部長は大笑いした。

春の新入社員歓迎会では、毎年どこかの部署が仮装して物まねをするのが慣例になっていた。それが今年はうちの部署の番だったのだが、部長は猛反発して
「個人の尊厳が傷つけられるようなことをするくらいなら、俺、会社辞める」

とまで言い出したために、困り果てた次長と課長が間に入って、とうとう今年から取りやめになったのだった。

「たしかに誰もやりたがらなかったし、今時、どうかと思う慣習だったので、良かったですけど」

「そうだろう。俺はいつだって次の世代のことを考えてるんだよ」

どうも疑わしいな、と思いつつ、ふとメールを読んだ私は
「そっか、残念」

とひとりごとを言った。芹さんは今夜予定があるので、遅くからでも会うのは難しいということだった。

「どうした？」

「あ、いえ」

「さ、今夜はとことん飲むか。前原さんにもちょっと聞いておきたいこと、あるしな」

部長は恐ろしいことを笑顔で言った。

私たちは京都駅からタクシーで、四条河原町にある取引先の会社へと向かった。

四条河原町は飲食店とデパートと土産物屋とが混在していて、人通りも多く、歩けばすぐに鴨川や祇園だ。

挨拶を済ませて、社内の会議室でミーティングが始まると、部長が同席していて気を張っていたこともあり、休憩を挟みつつも、普段よりも圧倒的に密度の濃い数時間が過ぎていった。

「今後ともよろしくお願いします」

と最後に頭を下げると、先方の部長さんから

「ほな、よろしかったら、あしあらいに行きましょか」

と誘われた。私たちは、ぜひ、と笑顔で答えた。あしあらい、とは、慰労会のことだが、初めて聞いたときには

「あ、でも、タオルとか持ってないので」

観光地だから足湯でもあるのかと思い込んで、とっさに答えてしまい、大いに笑われたものだった。

料亭風のすき焼き屋で、たっぷりと牛肉を食べて、ビールを何本も空けると、皆、リラックスして場も盛り上がり

「私が言うのもなんですけどね、このご時世に、うちほど業績伸ばしてる会社、そないありませんで」

などという自画自賛話にも、部長は穏やかな笑みを浮かべて付き合っていた。

最後に、部長は丁寧に挨拶して場を締めくくった。すっと立ち上がって先方を気遣う所作から、まだ余力を残していることが伝わってきた。

店を出ると、川沿いの小道は夜が深くなっていた。街灯も足元までは届いていない。しっとりとした雰囲気の中、部長は通りかかったタクシーを拾うと

「本日はありがとうございました。次はぜひ、さらに奥深い京都を教えてください」

と力強く告げて、タクシーに乗り込んだ。

ドアが閉まると、部長は深く息を吐いて膝を開いた。

「おつかれさん」

「おつかれさまでした。いい会でしたね」

と私は返した。

「どうだろうな。京都人ってどこまで本音だかいまいち分からないから、毎回、妙に緊張するんだよな」

部長がそうこぼしたので

「だから今から飲み直すつもりですか？」

と探ってみたら

「いい部下だね。前原さんは。で、なに飲みたい？」

などと返してきた。やっぱり地酒ですかね、と私は答えた。

部長の好みは肩の凝らない居酒屋だと知っていたので、意外にも若者向けの日本酒バーに連れていかれて、驚いた。

向かい合い、奈良と京都の日本酒をそれぞれ頼むと、綺麗なグラスと共に徳利が運ばれてきた。水茄子(みずなす)の漬物を突(つつ)きながら

「こういうお店もご存知なんですね」

と私は言った。

「前原さん、俺のこと、すっかりおっさんだと思ってるだろ」

「べつに思ってないですよ。それを言ったら、私だっていい年齢(とし)ですし」

「嘘つけ。前原さん、まだ二十代だろ」

私は呆れて、もう三十二歳ですよ、と言い返した。部長はふっと表情を変えて

「じゃあ将来のこととか考える年齢だね」

とふいに柔らかく言った。私はふと思いついて、口を開いた。酔っている今がチャンスだという気がした。

「じつは、部長にご報告があるんです」

彼は思い切り眉根を寄せると

「八木みたいに突然辞める前ふりか？」

と真顔で訊き返した。違いますよ、とかぶりを振る。たしかにひと昔前なら寿退社などもあったとは思うが。どうやら辞めた八木君のことがよほどトラウマになっているようだ。

「そうじゃなくて、じつは私、亡くなった母のお店を引き継ぐことになりまして、夜だけ飲食店をやることになったんです」

部長は驚いたように前のめりになると、それって体力持つのか、と尋ねた。

「体は丈夫なほうですし、もう一人、従業員の男の子がいるので、仕事に影響が出ることはないと思います。ただ、仕事以外の飲み会は今後少し参加できないときもあるかもしれないです。私としても、母の作った場所をできるだけ残していきたいと思うので、ご迷惑をおかけしますけど、よろしくお願いします」

「いや、そういう事情なら、俺は応援するけどさ。なんの店？」

「ワインバーです」

「そっか。お母さん、そういう仕事だったのか。前原さん、前から飲み会でもさりげなく片付けたりするのとか、手際よかったもんな。分かったよ。了解」

誰よりも仕事熱心なわりに、こういうことには柔軟な人で、理解を示してくれたことにほっとした。力が抜けたからか、酔いがじゅんぐりに体内を回っていく。

「それにしても飲食店か。保証のないことに挑戦するタイプじゃないと思ってたから、意外だよ」

私は、保証は、と呟いた。

「保証は、ないことが一番怖いことだって、私自身も思ってました。だけど、最近気付いたんです。無理やり握りしめていた偽物の保証のほうが、ずっと不安を生んでいたって」

「そりゃあね。保証なんていざというときのためのもので、肝心の本人の足腰が不安定だったら、登れる山もないしな」

そんなたとえ話がさらっと出てくるから、この人は出世するんだろうな、と奇妙に納得した。

「そうです。だから、今はその足腰を鍛え直してる最中なんです」

「もともと安定感はあるほうだけどね。前原さんは、なんていうか、他人に過剰な期待や理想を求めない人だから」

「そうでしょうか」

ちょっと意外に感じて、訊き返す。

「そうだろ。女の人のわりに、感情を出さないところとかも、見ていて、面白いよ」

「それは、仕事ですから」

「仕事だって人間同士でやることだろ」

「感情でまわりを振り回したり、一貫性のないことを言ったりやったりする人が苦手なんです」

「それは前原さんの理想っていうよりは、むしろ、嫌悪だね」

淡々と指摘する部長の瞳はかすかに茶色がかっている。瞳の色素が薄い人はどうにも苦手だ。どこを見ているのか、どこまで見られているのか、実際のところは分からない感じがする。

「嫌悪、かもしれないですけど。少なくとも自立した大人のやることじゃないと思います」

「前原さんは自力で生きることに重きを置いてるんだな。でも孤独なんて、誰の専売特許でもないと思うよ」

かっと頬が火照るように熱くなった。思わず苦笑いして、下唇を嚙む。

「自力なんてものは、どんなに頑張っても、ごく一部分でしかない。少なくとも、まわすっていうのは、そういうことだよ。会社も経済も社会も」

刻み付けられた台詞が、心の奥底からべつの感情を引っ張り出しかけた。

散歩がてらホテルに戻っていると、夜の洛中にはまだ昼間の熱がぼんやりと残っていた。

鴨川に目を凝らすと、散歩している人がちらほらいた。なんとなく観光客気分で下りてみようという話になった。

街から外れて、闇に紛れて川べりに立つと、仰ぎ見るものは月だけになっていた。前にも後ろにも、なにもない。風が吹けば、小さな花が揺れるだけだった。

部長の背中を追っているうちに、さきほどのやりとりがじわじわと胸に迫ってきて
「だって、ごく一部って、虚しいじゃないですか」

唐突に吐露すると、部長は面白そうに、ん、と訊き返した。

「どんなに頑張ったところで、自分は巨大な仕組みの中の一部品でしかないって思うの、虚しくなりませんか？」

「なるし、抗おうとするから、サラリーマンの男は三国志とか戦国時代とか、好きなの。恋愛もそうだよ。恋愛にハマる人も、根っこでは同じじゃないのか。部品にだって意味や名前は欲しいものでしょ」

恋愛、という単語に視界がぶれたのは、たぶん、私が傷心だからだ。瀬名さんに心を開きかけていた。

正しいことが、身体に素直なこととはかぎらない。抑制した欲望が矛先をべつのところへと無節操に変えようとしていて、それをまた抑制するものの、酔いと水面の反射とがきらきらと惑わすから、迂闊なことを言いそうになったとき、部長が振り返った。

「帰るか」

神々しいくらいに冷静な声と、タイミングだった。

いっぺんに潮が引いて、私はこっそり今夜何度目かの苦笑いを漏らしてから、はい、と正しく

頷いた。

お通しのスープの鍋をかき混ぜているときに、扉が開いた。

「いらっしゃいませ」

と笑顔で告げる。黒髪の若い女性が、迷ったようにカウンター席を見回していたので
「お好きな席にどうぞ」

そう促すと、彼女はそっと扉に近い席に着いた。

私がおしぼりを広げて、渡す。

「お飲み物は、どうしますか？」

「じゃあ、生ビールでお願いします」

という返事の早さで、やっぱり生ビールの樽は入れておいてよかった、と思う。ビールを注いでくれたのは松尾君だった。母のお店はハートランドの瓶しか置いてなかったこともあり、私も何度か樽から注ぐ練習はしたものの、まだ下手だ。

その間に、私は鶏挽き肉のコンソメスープをカップによそい、黒コショウをがりっと軽く挽いた。松尾君が視線を投げてきて、もう少し、ということを指先の仕草で伝えた。ああ、と小さく声に出してから、女性がこちらを見ていることに気付いて、黒コショウを足してからすぐに向き直り
「お通しの、鶏挽き肉のコンソメスープです」

と器を出した。彼女はスプーンですくって一口飲むと、小さく頷いて、ビールを飲んだ。小さ

く息をつくのが聞こえた瞬間、嬉しさがこみ上げた。今日初めて会った人の、一日の疲れをほぐす一杯を提供したという実感に。

「お近くなんですかっ？」

と尋ねた松尾君の声のボリュームが少し気になった。女性ははっとしたように顔を上げると

「いえ、職場が近くで」

とだけ答えた。

「そうなんですね。うち、今週オープンしたばかりなんですよ」

「あ、そう、ですか。どうりで、前からこんなお店あったかな、て思ったんです」

女性は店内を眺めた。それから無花果とサワークリームのカナッペだけ注文すると、すぐにスマートフォンを弄り出したので、しばらくそっとしていたら、次に来たカップルがわっと喋り出してワインを頼んだタイミングで

「すみません。お会計をお願いします」

そう言われて、私はチャージと料理一品とビール一杯分だけの値段を書きつけた伝票を持っていった。

お皿には、わずかなパンくずが散っているだけで、カナッペは食べ切っていたので、ほっとした。

にぎやかなカップルは酔って三杯目のワインと煮込み料理を半分くらい残して、帰っていった。

客足が途切れると、私は残ったワインと料理を捨てて洗い物をしながら、考えた。たとえ美味しいと自信をもって仕入れていても、ワインを残す人がいるのは理解できるし、母の店でも見慣

れていたけど、やっぱり自分が良かれと思って直接選んでいると微妙に傷つくものだな、と。

松尾君にそれを言ったら

「あー、分かります。それこそ僕はコース料理とか出してる店にいたんで、まあ、食事の廃棄は慣れてるといえば、慣れてますけど。でも僕らが手塩にかけてワイン造ってる側だったら、残すよりも、むしろ味も分からずに一気飲みされたほうが、うちの子が安く扱われた！ て叫びたくなるかもですね」

そう言われて、たしかに、と頷く。

「松尾君はさすが、色々慣れてるね」

と私が笑うと、彼は、いや、と若干戸惑ったように否定した。

「僕、基本的に厨房だったんで、こういう対面での接客って初めてで。喋りかけるタイミングとか、距離感摑むのがまだ難しいですね」

「言われてみれば、そうか。でも迷ったときは、思い切って放っておいてもいいと思うよ。喋りすぎるよりは、むこうが話したいと思って喋りかけてくるまで待つぐらいでも」

「そっか。なんか、そのへんは前原さんのほうが慣れてると思います」

いやいや、と首を横に振りつつ、ふと、あのおでん屋を思い出した。

「対面で接客といえば、私、近所にいいお店を見つけたけど、まだご挨拶に行ってなくて」

「あ、そうなんですか！　今日、店閉めたら、行ってみますか？」

松尾君が言い、私は頷いた。

店を閉めてから、あの路地へと向かうと、この前と同じように看板が灯っていた。伊藤伊、という名前を確認して、引き戸に手を掛ける。

カウンターの中にいた、あの晩の彼が
「いらっしゃいませ」

と真顔で言いかけて、小さく頷くと
「すみません、三十分後にラストオーダーですけど、それでもよければ」

と付けくわえた。

「大丈夫です」

私は答えて、松尾君とカウンター席に横並びになった。そういえば、と軽く宙を仰ぐ。落ち着いたお店なのに、スピーカーからはけっこうな音量でジャズが流れている。

松尾君がおしぼりで手を拭きながら
「めちゃめちゃいい香りしますね。出汁の」

と囁いた。だよね、と私も同意する。

おでんを食べて、ひとしきり感想を言い合ってから、ふっと会話が途切れると、カウンターの中の彼と目が合った。

「すみません、先日は本当にありがとうございました」

松尾君が、おや、という顔をする。

「いいえ。あれから、大丈夫でしたか？」

「はい。あの、じつは私、この近所で今週から『白』という名前のワインバーを始めまして、今日はご挨拶とお礼を兼ねて、来ました」

彼は驚いたような顔をして、ワインバーですか、と訊き返した。私は松尾君に早口で事情を説明した。

「あっ、そうだったんですか。はじめまして。僕、前原さんと一緒にお店をやらせてもらいます、松尾と申します」

「そうですか」

「素敵なお店ですねっ。お一人でやってらっしゃるんですか」

「はい。オープンして三年目になります」

そこで私は気になっていたことを思い出して

「あの、店名って、由来はお名前ですか？」

と尋ねた。

「はい？」

「あ、すみません。店名、変わっていたので、読み方や由来が気になって」

彼は納得したように、ああ、と相槌を打つと、少し間を置いてから

「いといです」

と言った。

「はい？」

「店名」

それから彼はゆっくりと続けて

「自分の名前は、いとう、かい、と言います。ごく平凡な伊藤に、かい、は、海に、名字と同じ

伊です」

　無骨だけど丁寧な説明だった。

「変わったお名前ですね」

「伊という字には、杖を使って神様を呼び出す人っていう意味があるそうです。いわゆる、聖職者というか」

　私は、へえ、と声をあげた。

「父親が漁師だったので、自分も漁師になったときに、海の神様に守られるようにって意味を込めたそうです」

「それ、すごく素敵な由来ですね。いいお父さんですね」

　彼は、どうも、と素っ気なく礼を告げると、一拍遅れて、目だけで笑った。

　奥の席で飲んでいた初老のご夫婦らしき男女が

「海伊君は、腕もいいし、いい男なんだから、あとは素敵な奥さんもらうだけだね」

「本当ねえ。さては海伊さん、理想が高いんじゃない？」

と冗談交じりに言った。皮肉ではなく、親しみが込められた言い方だった。最初は厳しい雰囲気の人だと思ったが、案外、常連さんにはそのストイックそうな人柄もふくめて、愛されているのかもしれない。

　彼は小さく笑って受け流すと

「素敵な方には、もうお相手がいますから」

とだけ返した。

松尾君がトイレに立つと、伊藤さんがビールのグラスを片付けるついでに私に向かって

「お二人は、ご夫婦なんですか？」

と訊いたので、私は驚いて、違います、と笑って否定した。

「もともと母がやるはずのお店を、わけあって私が継いだので。彼は主に厨房を担当してもらうことになってます。といっても狭いお店なので、そこまで区切りがあるわけではないですけど。あ、良かったら、今度ぜひいらしてください。お一人でお店をなさってると、なかなか時間が合わないかもしれないですけど」

などと誘っているうちに松尾君が戻ってきた。いい時間だったので、会計をしてもらいましょうか、という流れになり、私は財布を出しながら

「海伊さんはワインはお好きですか？」

と常連さんの呼び方を参考にして、訊いてみた。彼は金額を計算しながら

「詳しくないですけど、でも、今度行きます」

言い切り、なにかを確かめるように私の顔をしっかりと見た。

店を出て、通りに戻ると、松尾君が白いマウンテンバイクを引いて歩きながら、言った。

「あの海伊さんって、料理人っぽい雰囲気の方でしたね。和食の店で九年修業してたって言ってましたよね。何歳くらいなのかな。僕らよりは年上でしたよね、たぶん」

「うん。だと思う。ただ、そこまで上でもないのかな、とも思ったけど」

「あー。たしかに。ていうか、前原さん、あのお店に行くのって何度目でしたっけ？」

「二度目だって」

すると松尾君は首を傾げながら大きな声を出して

「いやーっ、なんか、ちょっと前原さんのことを気に入ってるのかな、てじつは思ったんですよね。あの海伊さん」

と言い出した。

「え、まさか」

「そんなに饒舌な人でもなさそうだったのに、前原さんにはなんか違うっていうか」

「それは単に男女の違いじゃない？　あと、松尾君とは料理人同士の緊張感がちょっとあったとか」

「ああ、それは、たしかにあるかもしれないですね。それで気を遣うから、飲みに行くときって同業者ってあえて隠したりもしますしね」

と松尾君が教えてくれたので、私は、なるほどね、と頷いた。

私が開店直後で慌ただしくしている間に、弓子さんは幸村さんが紹介してくれた弁護士事務所を訪ねていた。

真面目で温厚そうな年下の男性弁護士だったそうで

「信頼できそうな感じの人で、良かった。今の状況だったら、マンションの権利と離婚後の生活費まで請求してもいいくらいだって言ってもらえたし」

「へえ、それは良かったね」

テーブル越しに向かい合って夕食後の紅茶を飲みながら、私は言った。

「だけど葵ちゃん、本当にお金は大丈夫なの？　私も貯金なら多少あるから、なにも半年分の家賃を前払いしてくれなくても。お店だって始まったばかりだし」

「あ、それは本当に大丈夫。夏のボーナスもけっこういい額が出たし、なによりも港と別れて、本当なら敷金礼金を払って引っ越さなきゃならない分がここにいることで浮いたから。私のほうこそ、お店に近い代々木に住めて、ご飯の支度とか家事までしてもらえて月六万なんて格安なくらいだよ」

などと言い合った。

とはいえ気楽なことばかりではなかった。覚悟はしていたが、開店してすぐに一通りの知り合いが来た後は、客足が不安定になり、一人も来ない日があったかと思えば、唐突に混雑することもあって、まるで読めない日が続いた。客層も手探りで、それには土地勘のないことも影響していた。

地元の男性客などは
「え？　あそこの店、知らないの。俺なんて、二十年くらい前から通ってるよ」

と驚いたように言う人もいた。松尾君が機転を利かせて
「そうなんですよー。だから、僕、地元の方に色々教えてもらいたくて。勉強中なんです」

と返し、かえって喜ばれることもあったが、ワインの話題などはなまじ詳しいお客さんだと
「まだ若いからねえ。もっと勉強しないとだめだよ」

と苦笑いされたりもした。中には、結婚してないの、いい歳でしょう、などと酔って絡んでくる人もいた。品の良い土地かと思っていたが、こういう人はやはりどこにでも一定数いるのだ。

狭い店内で動線もぎりぎりなので、母とは違って他人との共同作業はまだ慣れないところもあり、

多少イライラしてしまうこともあった。

最初の月の売り上げを計算していると、稲垣さんが援助してくれていたとはいえ、女手一つで私を育てた母の実力も再認識させられた。

くわえて会社内でもトラブルが起きていた。まだ四月に入ったばかりの井坂（いさか）君という後輩が、会社に来なくなってしまったのだ。

彼が来なくなる直前、部長と部下数人で会社近くの居酒屋で飲んだ。部長は生ビールを運んできてくれたバイトの男の子をちらっと見ると

「最近の若い男子、髪型が似てるから、見分けるの大変なんだよな。井坂も、ほら、そういう流行りのかっこいい髪型だよね」

と目の上で長めに切りそろえた髪型を指さした。部長の性格を考えれば、どちらかといえば誉め言葉の類だったのだが、井坂君は黙ってしまった。

それから、突然、堰（せき）を切ったように

「見分けるのが大変って言いますけど、べつに流行りは関係なく、画一的なものを要求するのは会社のほうじゃないですか！　就活のときは結局みんな同じリクルートスーツに髪型なんですから、入社したら、また印象が変わるのは当然ですよ！」

などと訴えたので、皆、怒るのを通り越してあっけにとられた。

男女関係なく外見の話題には気を遣わなければならない時代なので、たしかに部長の冗談はやや軽はずみだったかもしれないが、それでも井坂君の主張は完全に食い違っていたので、私も

「そんな言い方しなくてもいいでしょう。今のは単にジェネレーションギャップの話で。たとえ

ば音楽だって、若い子は違いを理解してるけど、私にはだんだん同じように聴こえたりするし」

と諭したが、井坂君は

「や、そもそも音楽って流行自体、今はないので、違う話ですから」

と素っ気なく言った。それはたしか以前も耳にした台詞だった。

部長の目つきが鋭くなって、ゆっくりと腕組みを解いた。

「そこまで言うなら、おまえは仕事で、その個性出すべきじゃないの？」

それだけ言うと、トイレに立ってしまった。傍目にも部長の機嫌がものすごく悪くなったのが分かった。若い部下が上司に反発するのは、ある意味、伝統的なものだが、それよりも部長の機嫌が悪くなるのは仕事仲間への尊敬や礼儀が損なわれたときだ。

その翌週から、井坂君は来なくなってしまった。こっそり訊いてみた同期の話によると、どうも入社直後から起業したいという発言を何度かしていたらしい。

部長はすぐさま井坂君が担当するはずだった仕事をべつのメンバーに割り振ると、私にも

「前原さん、最近、忙しい？」

と振ってきた。こういうときに曖昧に濁して返事が遅れるのも、部長は嫌いだと知っているので

「忙しい、ですけど、あと一つくらいなら、なんとか」

と答えてしまった。

「ありがと。頼む。午後からアポ取ってるから、顔合わせ行ける？　俺も同行する」

「はい」

午後になって会社を出ると、日差しはとびきり強くなっていた。薄着の若い女性たちが行き来する歩道を部長と連れ立って歩く。大人の、ましてや恋人のいない夏には花火もプールもない。しばらくはお店にエネルギーを使いたかっただけに多少不安になった。部長の首筋はもう日に焼けていた。

仕事帰りに五分で牛丼をかき込んで、自分の店に入ると、松尾君が一人でカウンターの中にぽつんと立っていた。

お互いになんだか力の抜けた笑い声を漏らしてしまった。

誰も来ないので少し早めに店を閉めると、帰る頃には疲れ切ってはいたけれど、なんとなく帰りたくなくて、気付いたら細い路地にいた。伊藤伊の看板は今日も灯っていた。

ビールを丁寧に飲んで、温かいおでんを食べる頃には、だいぶ気持ちもおさまっていた。

私以外のお客が帰ると、やけに片付ける音が響いた。ジャズのBGMがなければ、気まずいくらいかもしれず、そうか、それで音量を大きくしているのだと悟った。

気を遣って、そろそろ失礼しようかと思った矢先に、海伊さんが戸のほうを見た。

「雨ですか」

小声で呟いたので、私も視線を向けた。

彼がそっとカウンター脇の小窓を開けると、闇には路地の古い家々が浮かび上がり、ぬるいような冷たいような、初夏独特の雨の気配が流れ込んできた。細い糸のような雨が降っていた。

「まったく気付かなかったです」

私は感心して、言った。海伊さんは、匂いが変わりますから、と答えた。

店内の空気を吸い込んでみたけれど、上等な鰹節(かつおぶし)の香りしか分からなかった。

「今日はもう、誰もいらっしゃらないですね。たぶん」

「それなら、そろそろ店じまいですか？」

彼は手を止めて

「いえ」

と返した。

「ゆっくりしていってください」

はい、と頷く。

薄く切った檸檬(れもん)の沈んだハイボールを飲み、鰹の酒盗を舐めながら、小窓の向こうの雨を見ていた。無音のまま降る雨がかえって網膜に強く残るようだった。

目が合うと、いつの間にか、海伊さんがグラスを手にしていた。

「もしかして飲んでましたか？」

私が笑って尋ねると、彼もちょっと笑って

「内緒です」

と言った。こんな愛嬌(あいきょう)も見せる人なのだな、と思った。

「こういうの、なんて呼びましょうね」

少し酔った私は、訊いた。

「こういうの？」

「雪だったら、雪見酒ですけど」

「ああ、そうだな。なんだろう」

他愛ない話題だったが、彼は真面目な顔で考え込むと
「雨宿り酒、でしょうか」

と呟いた。それから
「良かったら、おにぎり召し上がりませんか？」

と訊いた。私は、食べたいです、と即答した。海伊さんは無言のまま目だけで笑って、背を向けた。頑丈そうな背中だな、という感想を抱いた。松尾君の丸みのあるシルエットとも、瀬名さんの日本人らしくない色気が滲む後ろ姿とも、違う。柔らかい印象はない代わりに、内包した骨の存在感が伝わってきた。

目の前に、ぱりっとした海苔の巻かれたおにぎりのお皿が出てきた。

お皿から手で取って食べる。中には甘い昆布とおかかが入っていた。

「美味しい。こういうお店で、二種類の具って珍しいですね」

「そうですか。昆布とおかかって、単体ではどちらも少し物足りないので。とくに男性のお客さんには」

「男性と女性の比率って、どちらが高いんですか？」

私は口の端についた米粒をそっと取りながら、訊いた。

「うちは、半々です。一人客は圧倒的に男性ですけど。あとは、カップルですね」

私は相槌を打ちながら、おにぎりを食べた。お米に塩が優しくきいていて、甘いとしょっぱいの具の組み合わせはたしかにクセになる。

「たくさん召し上がりますね」

海伊さんがそんな感想を口にしたので、少し恥ずかしくなり
「すみません」

と苦笑すると、彼は驚いたように
「誉めたんですよ」

と続けた。

「お酒ばかりで、食べない方も多いので」

「ああ、飲む人には、そういう人もわりといますよね。私のまわりの男性は、昔から皆よく食べますけど」

そういえば港も幸村さんも瀬名さんも、食の好き嫌いがないところは共通していたな、と気付く。

「自分は、異性の友人はほとんどいませんけど、前原さんは男性のお友達が多そうですね」

海伊さんが言い、名前をさらっと覚えているのはさすがだなと思いながら
「そんなふうに見えます？」

と尋ねてみた。色気がないか、軽く見えるんだったら嫌だな、と思ったけど、海伊さんは確信を持ったように、はい、と頷くと
「お話ししやすいので」

と言った。私はおにぎりと一緒に出してもらった緑茶を啜った。それから、二十歳のときに幸村さんに告白された夜に少し雰囲気が似ている、と思った。あのときは雪だったけれど。

「ごちそうさまでした。今日、仕事でちょっと大変なことがあったんですけど、すっかり疲れが取れました」

立ち上がりながら伝えると、彼は伝票をすっと出した。

「いらしたときに、少し疲れているみたいだと思いました」

私はお金を払って、カバンを肩に掛けてから

「また来ます」

と告げた。

「お待ちしています」

戸を開くと、雨脚が強くなっていた。躊躇ったが、待っても止むか分からないので、寒い季節じゃないし濡れて帰ろう、と決意して飛び出そうとした矢先に

「もしかして傘がないですか?」

背後から声をかけられた。

振り返った私は反射的に答えていた。

「はい」

海伊さんは軽く片手を挙げると、ちょっと待ってください、と奥に引っ込んだ。

それから紺色の傘を手にして、戸口のところまでやって来た。

「どうぞ」

「あ、でも、申し訳ないです」

と言いかけて、目の前に立った彼の背が思っていたよりも高いことに気付く。視界を塞いだ肉

体の、よけいなものをそぎ落としたような男性性に不意を突かれていたら
「自分は、まだ店の片付けがありますから」

と彼は言葉を重ねた。私の顔に向けられる眼差しの強さに、なんだか魅入られたようになってしまって声が出なかった。瀬名さんの世慣れた感じや松尾君の優しさとはまったく違う。かといって港の幼さや幸村さんの狡さとも重ならない。

そんなことを考える私は単に弱っているだけなのだろうか、と疑いながら、恐縮しつつも傘を受け取ろうとしたら
「強くなってきたな。やっぱり十五分待ってもらえませんか？」

彼が唐突に切り出したので、びっくりして、言われるがままに
「え、はい」

と了承してしまった。

海伊さんは店の看板と暖簾をしまい込むと、照明を半分だけ落として、私にはビールを一杯出した。

「飲んでいてください。じつはさっき別のお客さんから、不審者が出たという話を聞いたばかりで。危ないですから、送ります」

そう言ってから片付けを始めてしまったので、私は仕方なく椅子に腰掛けて、ますます妙なことになってきた、と考えながらグラスに口を付けた。

彼は鍋やまな板を伏せて上から布巾を掛けると、いったん引っ込んでから、私服姿になって戻ってきた。小綺麗な黒いポロシャツを着ていて、穿いているジーンズもまだ新しく、急に若くな

った印象を受けた。

「行きましょうか」

彼は戸を開けて、闇夜に傘を開いた。

雨に煙る夜道で、海伊さんの傘に入っていると、なんだか現実感がなかった。傘の柄を握る手は節が目立って大きい。

「濡れてませんか？」

と真顔で訊かれて、私は、大丈夫です、と答えた。

「本当に、すみません」

「いえ」

それから彼は少し間を置いて
「初めていらしたときのイメージが、強かったので。なんとなく、心配になったんです」

と説明した。私は恥ずかしくなり
「その節は、本当に助かりました。いい大人がちゃんと自衛できていなくて、すみません」

そう苦笑すると、海伊さんは茶化すことなく
「危ない目にあう側が、反省するのは、おかしいことですから」

と淡々と諭した。

ふいに気になって尋ねた。

「海伊さんは、ご出身は東京ですか？」

「いえ。福井です」

「あ、それでご実家が漁師」

「はい」

「福井は、出張で何度か。蟹が美味しかったです」

「そうですか。甘えびとイカもおすすめです」

私が、今度食べます、と笑うと、彼も無言で少し笑った。暗い道に落ちた影が水たまりに反射して、足元で光と闇が何層にもなっていると、よけいに変な夢の中にいるようだった。

饒舌な人ではなく、言葉数も多くはない。だけど、その沈黙に滲む優しさや情のようなものが、はっきりと伝わってくるので、緊張しながらも、どこか守られているような気分になった。

首都高が覆いかぶさったような千駄ケ谷駅の明かりが見えると、信号を渡ったところで
「ありがとうございました。ここで」

と私は頭を下げてから、告げた。

「分かりました。俺は歩いて帰るので」

海伊さんが傘を差したまま、会釈する。

「店のほうも始めたばかりで、慣れないことも多いと思いますけど、頑張ってください」

ふいに励まされて、私は黙ったまま強く頷いた。

夜霧の広がったホームで、肩を落として、息をつく。左肩やカバンを手のひらで撫でてみると、二人で傘に入っていたというのに、ちっとも濡れていなかった。

きっと右肩だけを湿らせて帰った海伊さんの気配だけが、私を包んでいた。

日が暮れたスーパーマーケットの屋上は、照明設備が完璧ではないせいか、案外、暗かった。その分、バーベキューの火と夜空に散らばった星々とが明るい。

「下のスーパーで食材を買ったレシートを持って行けば、道具一式は屋上で貸し出してくれるそうです。良かったら、皆さんでご一緒しませんか？　波瑠君も楽しめそうだし」

そう提案してくれたのは松尾君だった。

まわりを見回せば、家族連ればかりだった。肉の焼ける音と、笑い声と、立ち込める煙。炭火は素朴に赤い。

波瑠はトングを手にして、松尾君に教わりながら、恐る恐る肉をひっくり返した。そして焼けた肉から野菜まで、珍しくたくさん食べた。炎が高くあがると、きゃあ、と女の子みたいに叫びながら逃げ出したので、私たちは声をあげて笑った。

お腹いっぱいになった波瑠を連れて、いったん下に降りて冷凍食品売り場でアイスを選んでいたら、瑠衣が

「楽しいね。こういうの、初めてだから、新鮮」

と言った。

「キャンプとか、行ったことなかった？」

「うん。あ、あれは両親と一度行ったけど。グランピング。スタッフの人がすべてやってくれるから、楽だったけど、波瑠もっと小さかったし、うちの親もそこまでたくさん食べられるわけじゃないから、ちょっと、もったいなかったかな」

という回答がどこまでもセレブらしくて、おかしかった。波瑠は迷った末にハーゲンダッツの

クッキー味を手にしていた。

「子供はこういうほうが、いいのかもね。自分たちで考えて、選んで。松尾さん、さすがの手際だよね。あの場で数種類のソースまで作ってくれたのを、隣の家族まで感心したように見ていたの、なんだか、私まで嬉しかった」

私はふと思い出して

「そういえば松尾君とあれからやりとりはあった？」

と訊いてみた。

「うん。じつは、私が美味しいイタリアンを探してるって言ったら、今度、ご一緒しませんか、て誘われて。そんなに深い意味はないと思うんだけど」

「えー、そうなの。それってデートじゃない？」

私はアイスの入ったカゴを手にしてレジに並びながら、目を丸くした。今頃、松尾君は弓子さんの話し相手でもしてくれているのだろうか。

「そうなのかな。おねえちゃん、どう思う？」

私はあきれて、どうって、と言いかけたけど、考え直した。

「松尾君は、男女問わず相手を傷つけたり、裏切ったりするタイプではないとは思う。瀬名さんの話になったときだって、寛容に振る舞ってはいたけど、微妙そうだったし。柔軟だけど、そういう真面目さはちゃんとある人だと思うよ。瑠衣はどう思ってるの？」

「うん。素敵な人だと、思う。だから行くのは全然かまわないんだけど」

「けど？」

レジを打ってもらっていると、瑠衣がすかさず財布を出そうとしたので、私は制した。

「さっきお肉の分を出してもらったから。それで？」

「松尾さんにとって、私ってなにか特別な価値があるのかな、て思っちゃうの」

「えっ、なんで？」

私はレジ袋をがさっと摑みながら、思わず彼女の顔を見た。

「だって、むこうが私にしてくれることはあっても、私がなにかむこうに与えられることって、ないでしょう？」

「瑠衣……だから、妻の実家に借りたお金を踏み倒すような相手に」

と言いかけて、波瑠の前で言葉が悪すぎたと後悔した。幸い幼い波瑠は意味が分かっていないようだったが、瑠衣自身が責められたと感じたように黙ってしまったので、反省して

「その人自身に惹かれて、ただ存在しているだけで嬉しいことが、恋とか愛じゃない？　なにか与えてくれるから好きになるわけじゃないよ」

と言い直した。

瑠衣はふと口を開くと、言った。

「この前読んでいた、ナイジェリアかなにかの小説の中にね、こんな台詞があったの。『どうして人は口では愛してるっていいながら、自分にだけ都合のいいことを人にやらせたがるんだろう？』って。たしかに男の人ってその通りで、だからこそ、私は相手にとって都合の良いことをしてあげることが、愛情だと思ってるのかも。それにね、たぶん私が一番役に立ちたいのは……」

「実家？」

と私は訊いてみた。瑠衣は、そうだね、と素直に認めた。

「いつも頭の隅に、両親を喜ばせられる人、ていう考えがよぎるのは、そうだね。波瑠のことだって、とにかく娘は私一人だからはやく孫の顔を、ていうのがすごくあったと思う」

「それは、分かるよ。私も瀬名さんと会っていたのは、純粋に素敵だと思ったところもあるけど、やっぱり母の影響があったと思う。理解できないからこそ、覗いてみたかったっていうか。本当に手放しで自分らしい生き方なんて、実際は難しいし、その、らしさに気付かないことさえあるから」

「でも、おねえちゃんはやっぱり自分で決めていく力があるでしょう。あれだけ別れることを嫌がっていた港さんとも、きちんと、終われたし」

「あ、それで思い出したっ。港からまだお金返ってこないから、催促しないと」

エレベーターのボタンを押しながら言うと、瑠衣はワンテンポ遅れてから、笑って

「私もうじうじ悩んでないで、松尾さんとご飯でも行ってみようかな」

と前向きな表情を作ったので、私も笑って、そうだよ、と同意した。

扉が開いたとき、私はちょうど新しいワインを出していたところだった。

松尾君の

「いらっしゃいませ、お好きなお席にどうぞ」

という声で振り返って、先に確認しなかったことを悔やんだ。

私と目が合うと、幸村さんはどことなく気弱な笑みを浮かべて、だけどしっかりと椅子の背もたれを摑んで、引いた。

カウンター席に腰掛けたときの、一見穏やかな物腰と、存在感の薄さ。それでいて、眼差しだけは常になにかを要求しているようなところ——主観的に言い切ってしまうならば、遠慮がちな馴れ馴れしさ——は健在だった。

私は気付かないふりをして、最近よく通ってくれる白髪交じりのショートヘアが似合う女性客のためにワインをグラスに注いだ。

「ニュージーランドのソーヴィニヨン・ブランで、『INVIVO』という白ワインです」

松尾君がおしぼりを出すと、幸村さんは目線をその女性客に向けたまま受け取った。

それから

「同じものをください」

と松尾君に言った。仕方なく私は彼の前に立ち、グラスに注いだ。

彼は一口飲んでから

「だいぶ冷やしてあるけど、ほかの温度も試してみた？」

いきなり質問した。私はにっこりして頷いた。

「はい。今日はずいぶん暑かったですし、もともと夏に似合う、瑞々しくフレッシュな味なので、これくらい冷やしても美味しいと思いますよ」

「ああ、ニュージーランドの気候の特徴で、爽やかな酸が立ってるからな。知ってる？」

「一日の寒暖差が激しいですよね。それこそ四季のように」

「そうそう。ちなみに発酵はステンレスタンク？」

「そうですね」

幸村さんは辻褄を合わせるように、ワンテンポ遅れた笑みを浮かべると、蒸し鶏のサラダ、四種のキノコとショートパスタのソテー、生ハムの盛り合わせを頼んだ。

一見雄々しいところのない痩せた体に似合わず、よく食べる人だ、とまた思い出しながらカウンターの上に置いていたワインをしまうと、松尾君が調理に入ったタイミングで話しかけられた。

「開店祝いを送りたかったけど、詳しい日程を知らなかったから。いい店だな。でも、果乃さんの雰囲気はあまりないね。店名の『白』は君が命名したの？」

他のお客さんの前で気安く、君、と呼ばないでほしいと思った。松尾君もちらっと振り返った。

「いえ。私の友人が考えてくれました」

「そうか。てっきり葵の名前から取ったのかと思った。ほら、白い花だから」

葵、という呼び方に親密さを紛れ込ませたのが分かった。話を聞く間は後ろにまわしている両手をほどいて、伝票を差し出し、もう帰ってくださいと言いたいのを堪える。

幸村さんがサラダを半分食べる頃には、ショートヘアの女性客が酔って私に話しかけてきた。これ幸いとばかりに女同士で話していると、今度は松尾君が気を遣ったのか
「以前のお店からいらしていただいてたんですか？」

と声をかけた。幸村さんは、ああ、と目を細めて笑うと
「果乃さんの店には、俺は十年以上通ってたかな。経営の相談も受けていましたから」

松尾君は、そうだったんですねっ、と素直に声をあげて、私を見た。そうなんですよ、とだけ

答えて、洗い物をしようとした矢先に、瑠衣が入って来た。

「こんばんは。さっそく来ちゃったけど、大丈夫ですか？」

とカウンター席を見回した彼女は、驚いたように
「幸村さん？」

名前を呼びながら、隣に腰掛けた。どうも、と彼は丁寧な笑顔を返して、グラスを軽く持ち上げた。煩わしかったが、瑠衣がいることで一対一の親密感が拡散されたことに少し救われる。

瑠衣と幸村さんは世間話を始めた。ショートヘアの女性客が気兼ねしたのか、会計を済ませて立ち上がった。私はしばらく黙ったまま笑って相槌を打っていたけれど
「また皆で飲んだりしたいですね」

瑠衣が口にした社交辞令を、幸村さんはすぐさま受け取って
「良かったら、今日お店が終わった後、軽くどうですか？　先にどこかで時間を潰して待っていても、俺は大丈夫だし」

と言い出したので、私は遮るように言った。

「いいですね。ただ、今日はたぶん遅い時間から来る常連さんがいるので、またの機会にぜひ」

「それなら、来週の土曜日はどう？　瑠衣ちゃんも、休みの日だったら、波瑠君を預けやすいだろうし」

そんな事情にまで踏み込んでくる幸村さんを無遠慮だと感じたのは、だけど、私だけだった。

瑠衣は単純に、嬉しいです、と軽く首を傾けながら笑った。仕方ない。幸村さんを身内のように扱っていたのは母なのだから。ましてや瑠衣はまだ若い。半ば脊髄反射に近い自然さで、目の前

の男性の意に沿うように振る舞う。でも、それは同時に、かつての私の姿でもあった。

母の店でも、会社でも、プライベートでさえ、問答無用で「若い女の子」という肩書を押し付けられていたと今になれば分かる。若いっていいよね、は、若さ以外に優れたところはない、という揶揄と同義だ。本当はそんなことはなくても、あの頃は反論の声をあげることなんて思い浮かばなかった。

私はまっすぐに幸村さんを見た。まばたきののち、ふっ、と機嫌を取るように微笑まれる。適当に上手くあしらえば、たぶんお店としてはいい常連さんになるだろう。彼自身は財布の紐は固いが、コンサルという仕事柄、母の店にはずいぶんといいお客を紹介してくれていた。

でも、ここはもう、母の店ではないのだ。

「松尾君、お店の看板をしまってきて」

彼が不思議そうに、はいっ、と訊き返した。きっと聞き間違えたかと思ったのだろう。

「お店の看板、しまって。ほかのお客さんが入って来ないように」

全員が沈黙したのち、松尾君がおずおずとカウンターから出た。そして指示通りに外の看板の明かりを消して、店の中にしまい込んだタイミングで、私は口を開いた。

「松尾君、急にごめんね。瑠衣も聞いてほしい。どうして、私が幸村さんと付き合わなかったか。そして幸村さん。分かっていると思いますが、もう二度と、ここにはいらっしゃらないでください」

彼は困ったように笑いながら、残っているグラスの中身を見つめていた。そういう人だった、と悲しい気持ちで思い出す。こちらが真剣に語りかけようとしているときほど、笑う。

「分かっている、と言われるほどの自覚はなかった、かな」

「昔、母のお店で、私が成人したお祝いをした晩に、あなたは言いましたよね。母が稲垣さんに内緒でやっていた詐欺まがいの商売で訴えられそうになっているから、返金分の全額を自分が貸したって」

瑠衣が唖然としたような顔をした。もしかしたら、元夫の記憶と重なったのかもしれない。

「母があなたに泣くほど感謝して、あなたは利息すらいらないと言って、ただ、返済計画だけは示してほしいと言ったら、母が、葵にも働いてもらうから、て口走ったんですよね」

ああ、嫌だ、と心底思った。どこもかしこも、愛を盾にしたお金の話ばかり。

「それで、あなたは私に言いましたね。ずっと葵ちゃんが好きだった。君が大人になるまで待ってた。そして大人になったから相談だと。果乃さんのように葵ちゃんが俺の愛人になって、と。なんなら利息分は一回やるだけでもいいと」

「やるだけ、なんて乱暴な言い方は、してないと思う」

「同じことですよ」

彼は静かに椅子から立ち上がった。そして財布を出したので、私は、いりません、と首を振った。

「お店の都合でお帰りいただくので。お代はけっこうです」

「冗談のつもりだったんだよ。俺だって。告白の照れ隠しみたいなもので」

本心なんていいんですよ、と私は薄く笑って、返した。本当は泣きたかった。

「信頼していたあなたが、私を、お金で買える愛人の娘として扱った。それだけで十分でした。

それに結局……キスはしたじゃないですか。タクシーから降りて、あなたが追いかけてきて、連れ込んだカラオケボックスで。一度だけだと言って」

顔を近づけてきたときの呼吸の荒さや、遠慮のない手つきだってぞっとした。でも、なにより も、自分の肉体を金銭に換えられた無力感と自己嫌悪が、私の自尊心を奪ったのだ。

彼は顔を上げて、そうだよ、と抑揚のない、だけど堂々とした口調で言った。

「そんな一度だけのキスで、俺は、利息や秘密もすべて抱え込んだ。そして俺は言ったはずだよ。君には二度と触らない代わりに気持ちが変わるまで待つって」

「とはいえ他に女性がいなかったわけではないですよね？　私だって噂話くらいは聞いてます よ」

彼は答えずに短い笑みで受け流した。なぜかこちらにも非があるような気持ちになりかけて、その後ろめたさを手放すためだけに、だからそのお金は母の保険金で、と言いかけた。だけど違和感があった。なにか変だと。

幸村さんが小声で付け加えた。

「一応、果乃さんからは、万が一のときには保険金からでも、と言われてたけど」

その一言で、やっと目が覚めた。

「お金に関しては私は知りません。あなたと母との間で決めたことです」

万が一のときには私が払うということをチラつかせて先延ばしにした母と、その話を今持ち出した幸村さんに、最後の期待も清々しいほど奪われたことを悟った。

だから私は自力で身を守ろうとしたのだ。今なら、それがよく分かる。

港に問題があることは、会社を解雇される前から気付いていた。それでも、怒りっぽくて偏屈で話の通じない彼が私にくっついているかぎりは、幸村さんも気安く近付いてこられないから。

「正当化するわけじゃないけど、本気で好きだったから、男として最大の譲歩と我慢はしたんだよ。俺だって」

そのとき松尾君が内側から扉を押し開いた。ぬるい風が、張り詰めた空気を破った。

「すみませんけど、僕一人のときにも、入店はお断りします」

幸村さんは塵を払うように微笑んだ。擦れ違いざまに、松尾君が
「男としてとか、代表するように言ってほしくないです」

と呟く声が聞こえた。

幸村さんが帰ってしまうと、私はため息をつき、謝ろうとして瑠衣を見た。

けれど彼女の表情がまるで私を非難するように強張っていたので、戸惑った。

「瑠衣？」

私も帰るね、と彼女は小さな声で言った。

「せっかく来てくれたのに、ごめんね」

「ううん、それは、いいんだけど」

彼女は迷ったように口ごもると、隣の椅子に置いていたフェンディの小さなバッグを摑んだ。

「昔」

「うん」

「母と兄が、おねえちゃんと仲良くするなって言うから、父と果乃さんのことは彼女には関係な

いでしょう、て言ったことがあったの。そうしたら兄が、本人はまともでも、普通じゃない家庭で育った子供のまわりには、おかしい人間や厄介ごとが溢れている、そういうものに一生煩わされるのが育ちというものなんだから関わるな、て」

私は小さくまばたきしてから、瑠衣、と声を潜めて、言った。

「自分がどういう言葉を使ってるか、分かってるよね？」

「うん。でもね、おねえちゃん、私だってべつに傷ついてないわけではないから」

私は黙っていた。彼女がいつかそれを言い出すのを待っていたような気がした。

「でも、果乃さんやおねえちゃんを恨んだって、父が変わるわけでもないし、私が無関係になれるわけじゃない。それなら理解して、仲良くすることで嫌な想いを手放したい、と思っていたことは、間違ってる？」

間違ってない、と私は答えた。

彼女の兄のように分かりやすく私たち母子を馬鹿にしたり見下したりできれば、話は簡単だったのかもしれない。でも、この子はそういう感情で心を汚したくなかったのだ。

さっきの瑠衣の目。母のやったことや、幸村さんの言ったこと。あれは彼女にとって生理的に嫌悪してしまう世界だったに違いない。でも、仕方ない。私はずっとあちら側で生きてきた。

思えば私だって瑠衣とは決定的には分かり合えないと心のどこかで思っていたから、衝突を避けて無難な姉の顔をしていたのかもしれない。

瑠衣が出て行ってしまうと、私は松尾君に言った。

「ごめんね。片付けは私がやるから。ていうか、良かったら瑠衣を追いかけて送っていってもらえないかな？　この前伊藤伊で不審者が出たって聞いて。タクシーが拾える通りに出るまで、ちょっと暗いから心配」

「でも」

と松尾君が言いかけたので、私は、ん、と尋ねた。

「今、傷ついてるのは、前原さんだと思います」

私は笑って、否定した。

「私はべつに昔のことだから。瑠衣のほうこそ自分の言ったことにきっと傷ついてると思うし、それにたぶん別れた元旦那さんのことも思い出したんでしょう。ただでさえ若い女の子が弱っているときって、変な男が寄ってきやすいし」

私が一人きりになりたがっていることを察したのか、分かりました、と松尾君は大人しく言って、外したギャルソンエプロンをカウンターに置いた。

店内が静かになると、なんの感情も動かなかった。偽物だと思っていたものが、すべて、偽物だと分かっただけだ。

洗い物と拭き掃除の途中に、松尾君からメールが入って、ちょっと瑠衣さんの話を聞くのに付き合ってきます、と書かれていた。

私は、ありがとう、と返してから、銀色の冷蔵庫にもたれかかった。母が選んだにしてはシンプルでさりげないペンダントライトが目に入る。きっとこの内装も常連の男の誰かのアドバイスだったのだろう。私が知るかぎり、母に女友達がいたことはほとんどなかった。どこへ行っても、男、男、男。だけど女だけで救い合えれば、すべてが解決するのか。

少なくとも、私と母はそうじゃなかった。そして向き合えば傷つくし、逃げ続ければいつかさっきみたいなもらい事故は起きる。どうしたってかすり傷だけで生きることはできない。

人間でいることにさえも疲れたとき、扉越しに視線を感じて、我に返った。

同年代の男性が休日に使っているようなワンショルダーバッグを身に着け、黒いポロシャツを着た海伊さんがこちらを見ていた。私は慌てて会釈して、中から扉を開けた。

「すみません、今日はもうおしまいで」

「はい。看板が出てなかったので」

海伊さんはそこで言葉を切ると、険しい表情を作った。でも、なにも言わなかった。

「海伊さんは今帰りですか？　今日は早いんですね」

「はい。定休日だったので。店の掃除だけで」

「そうですか。働き者ですね」

と私が笑うと、彼は、独り身で暇なだけです、と頭を掻いた。

それから思い直したように、じっと私を見つめた。

「あの、なにか？」

そう尋ねると、彼は逡巡もせずに、まっすぐに訊き返した。

「泣いてましたか？」

私は否定しかけたが、なんとなく嘘をついてもバレる気がした。同業の彼なら無理に取り繕わなければならない相手でもないので

「すみません。ちょっと、ショックなことが重なって。閉店後とはいえ、顔に出すなんて失格で

すね」

と答えた。海伊さんは私の右肩越しに店内を見ると

「もうちょっとですか？」

と椅子が片付いているのを確認しながら訊いた。私も振り返りながら、あ、はい、と答えた。

「良かったら、軽く行きませんか？　自分も普段は店があって、なかなかこのあたりは顔を出すこともできないので」

その言い方から、また心配して気を遣ってくれたのが伝わってきた。

いいかげん迷惑をかけないように断らなきゃ、と思ったのに、はい、と答えてしまったのは、松尾君には強がってみせても、やっぱり、弱っていたからかもしれない。

終電近くまでやっている代々木の焼き鳥屋は、カウンター席二つがかろうじて空いていた。あとは立ち込める煙に包まれたお客たちがにぎやかにしている。

「すみません。結局、前原さんに案内していただいて」

私は、いいえ、と答えた。冷房が効いていて、ジョッキの生ビールは体をいっそう冷やした。すぐそばに半袖から出た伊藤さんのがっしりとした腕があって、変に緊張した。

襟足を短く刈り込んだ髪型は、うなじがよく見えた。存外、白かった。

「千駄ヶ谷界隈は意外と夜が早いんですよね」

「そうですね。食事する店なんかは、とくに。うちは、臨機応変にしていますけど」

海伊さんはまるで運動後のスポーツドリンクでも飲み干すように、ビールをハイペースで飲み

切った。お酒が強そうな印象は持っていたが、それでも速いので

「お酒、お好きなんですね」

感心して呟く。ごま油と刻み葱たっぷりのレバーはしっかりと胃におさまって、少し、脱力した。海伊さんは黙ったまま二杯目のビールを飲んでいたが

「修業時代の店の社長から、誰よりも飲むといって、気に入られて、明け方まで連れまわされたりはしていました」

こちらを向いて、話してくれた。

「なんだか運動部みたいですね」

「そうですね。年功序列の男社会ですから。親方によく怒鳴られたり、殴られたりもしました」

「ちなみに海伊さんっていまおいくつなんですか？」

と思いついて、尋ねた。

「俺は今年で三十七歳になります」

「あ、意外と年齢近い」

「前原さんのほうがお若いですよね」

私は年齢を告げてから、一応気を遣って、独身ですか？　という質問を付け加えた。

「はい。最後に女性と付き合ったのは、三年前で、それからは一人です。結婚して家庭を持ちたいという憧れはあるんですけど、いかんせん一人で店をやってると、なかなか休みが合わなかったり、旅行にも簡単に行けないので。出会いがあっても、すぐにフラれます」

苦笑した横顔がふいに魅力的に映り、ああ、女性の気配が滲んだからだ、と悟る。

「私は、今年の春まで恋人と同棲していたんですけど、今は別れて、叔母と同居しています。偶然、お店の近くに住んでいたので」

お通しのキャベツにマヨネーズ味噌をつけて、摘まむ。ほんの数カ月前のことなのに、ずいぶんと古い話題のように感じられた。

「そう、ですか。てっきり松尾さんと付き合っているのかと思ってました。喋りも上手で、女性にモテそうですし」

むしろ弟みたいですけどね、と私が笑うと、海伊さんも笑ってから

「前原さん、身内の方の話だと、嬉しそうな表情になるな」

そんなことを指摘したので、私は軽く苦笑した。

「本当の身内が少ないから、よけいに親しみを感じるのかもしれないです」

「そういえば、お店をやるはずだったお母さんは」

「春に事故で亡くなりました。父は、もともといなくて。母は」

と言いかけて、瑠衣の眼差しが蘇る。そういう目で、私はもしかしたら、ずっと見られていたのだろうか。気付かなかっただけで。もっとたくさんの人たちから。世界から。

それでも海伊さんが黙って待っているので、続けた。

「母は、愛人をやっていたので。私も昔、母のべつの知り合いの男性からお金で同じことを求められて。さっき、その知り合いの男性が店にやって来たんです。結局、もう二度と来ないでくれと頼んで、追い返しましたけど。それで、ちょっと疲れちゃって」

「もしかして、あのとき路地にいた男ですか？」

彼が訊いた。ビールジョッキはそろそろ二杯目が空きそうだが、焼き鳥はまだ皿に残っている。私の話に集中していて、海伊さんが食事していないことに気付く。

「あの、召し上がってください」

「ああ。大丈夫です。それより」

私は一度だけ頷いた。

海伊さんの声は低いわりによく通るが、それでも大きくないので、酔った若者たちが騒ぎ始めると、かえって静けさが色濃くなった。それなのに、すぐそばにある肉体の存在感だけが雄弁だった。ずっとこちらに意識が向いているのが分かって、それは今までに私が味わったことのない種類の、関心の寄せ方だった。

「そうです。海伊さんにはなぜか不思議なタイミングでばかりお会いしますね」

なにげなく言うと、彼はこちらを見た。

「前原さんに最初に出会ったとき、頭のいい方だと思ったことを、思い出しました」

「え？　路地であんな修羅場に巻き込まれていたのに？」

私は面食らって訊き返した。

「はい。とっさに機転を利かせたところとか、頭もいいし、しっかりした人だな、と思いました。それに一瞬目が合っただけなのに、なんとなく、俺を信用してくれたのが分かって。正直、今の話はひどいし、そういう男は、嫌いです」

嫌いです、という言葉のストレートな強さに、なにかを砕かれたような想いがした。

閉店時間を告げられて、二人で店を出た。割り勘を主張したけれど、お会計は海伊さんが払ってくれた。

「こういうのは男が出せと教えられてきたので」

黒い革の財布に小銭をしまいながら、説明した。

代々木も深夜は閑散としていて、ひとけもなく、店の明かりも少ない。まっすぐ帰ってもよかったが、深刻な話の直後に別れるというのも心地悪いので、少し散歩することになった。

こんなところがあったのか、と思ったのは、高架下の暗がりが見えてきたときだった。私は普段乗らない小田急線だ、と気付く。陰った自販機の脇には都会とは思えないほどたくさんの夏草が生えている。

今は明かりの消えたコインランドリーの前で、冷たいペットボトルのお茶を買った。

一口飲むと、体中に水分が行き渡った。その場では無理して強気に振る舞う分、私は解放された直後に弱くなる。緊張と動揺と怒りとで作り上げた虚勢がいっぺんに崩れていく。海伊さんが唐突にからかうように
「前原さんもお酒、好きですよね」

と笑った。酔っ払いですけどね、と答えながら、高架下から真っ黒なコンクリートの天井を仰ぎ見る。

「高架下には、秘密があるような気がしませんか」

「ああ。夜は、どこへ行っても、なんだかそんな感じがします」

抜け出れば、狭い住宅地に、満天の星だった。夜空が深くて、夏もすでに後半だ、とはっとした。海伊さんはまるで娘を見守る父親のようにこちらを見ている。そうか、と私はにわかに悟る。

この人の包むような空気。緊張するのに、こうしよう、と言われたら、はい、と幼子のように答えてしまう感じ。

それは父性だった。年齢はそこまで離れていないのに、彼は幻想の中の父性のようなものを内包していた。その空気感は、私をいっぺんに小さな少女に戻した。前の季節までの荷物はもう捨てていっていいのかもしれない、と思えた。

海伊さん、と私は呼んだ。

彼は、ん、と初めて年齢の近い男の人のような声を出した。

「私も本当は嫌いでした。さっき海伊さんが嫌いだと言った男性のこと。友好的にしなきゃと長年思い込んでいたのは、母にとって必要な人だったから。じめっとした感じとか、私を見ているときの雰囲気とか、むこうにとっては恋愛だったのかもしれないけど、私には、性欲でした。そんな彼と親しくしていた母も」

ああ、と喘ぐような吐息が漏れた。

「嫌いだったのかもしれません」

唐突な告白が急に恥ずかしくなって、なんでもありません、と撤回すると、海伊さんが私の手を握った。分厚い手の包容力と力強さに、思考が断線したようになった。

私が顔を上げると、その両手が私の両頬を挟み込んだ。傍目の印象よりも、さらに、大きかった。そして熱かった。鋭い目がいっそう探るように見開かれている。だけど、彼はすぐに

「すみません。なんだか変な気を起こしました」

と両手を下ろした。

私はとっさに彼の両肩を摑んで、抱き寄せるように引き戻していた。驚いたように前かがみになった海伊さんと目が合う。ポロシャツ越しでも肩の張った感じは伝わってきて、この人は他人だ、という実感に怯む。

私が弱気になって顔を伏せた瞬間、初対面の一瞬の視線のように、察した海伊さんにキスされていた。手のひらで頰を包まれたときと同じように、大きな口に包まれてそのまま飲まれてしまうようなキスだった。

離れると、海伊さんが私の頭を片腕で抱え込んで、少しだけ乱れた呼吸を整えながら

「すみません、またお話ししたいと思ってただけなのに、こんなこと」

と途切れ途切れに告げた。私はまだ頭の中が混乱していて、正直、彼のことを好きなのかさえ分からなかったけれど、この強烈な衝動と安心感から離れるということは不可能に思えた。

どうしよう、と小声で呟いた私の体を、海伊さんはいったん引き離すと、やっぱり顔を見ながら

「もう少し、話せますか？」

言い聞かせるように訊いた。

海伊さんが住んでいるのは、踏切の音が聴こえるくらいに参宮橋(さんぐうばし)駅にほど近いアパートだった。小さな商店街のシャッターがのきなみ下りた夜道は、遠くの高層ビル群とは対照的に、ひなびていてどこか懐かしかった。

アパートの外階段は、靴音がよく響いた。

鍵を開けたときにドアが多少軋んだけれど、明かりが点くと、想像していたよりも室内は綺麗だった。玄関には白いスニーカーが一足だけあった。

台所はフローリングだったが、引き戸を開けると、その向こうは和室だった。

畳の上に足を踏み入れる。浅い靴下から覗く指の小股が、妙に無防備に感じられてそわそわする。まだ見慣れぬ海伊さんの後ろ姿を視界の隅に留めながら、冒険してしまったのは夜のせいだ、と思った。

座布団を出してもらい、正座して待っていると、海伊さんが円卓にビール瓶と薄玻璃のグラスを二つ用意した。

「どうぞ」

と当たり前のように注いでもらい、恐縮しつつも、ありがたくいただく。海伊さんにもお酌し返すと、少し間があってから

「たしかに、前原さん、注ぎ方が上手くないですね」

と笑った顔が嬉しそうだったことに、胸打たれた。ビールを飲み始めると、海伊さんはすぐにまた立ち上がった。

「〆、食べなかったから。なにか食いますか」

「いえ、そんな」

と言っている間に、彼は冷蔵庫から葱だの茄子だのを取り出していた。トトッと静かに速く葱を切る手つきが、さりげないけれど、相当に手慣れていて、男性の家に来たというよりは実家に帰ったような錯覚を抱く。本当の実家じゃなくて、象徴、か、憧れ、に近いもの。

鉄のフライパンで炒め物をする間に、鍋の湯が沸いていた。

深めの平皿に盛られたのは、素麺(そうめん)だった。別皿の茄子と豚肉の豆板醬(トウバンジャン)炒めが湯気を立てている。こんなふうに家庭料理も作るのだな、と新鮮な気持ちで思った。

私は炒め物を食べてから、辛(から)いけど美味しい、と思わず笑った。

「辛すぎますか？」

「いえ、ビールとだったら、これくらいのほうが」

素麺もしっかり冷えていた。さっぱりしてから、油をたっぷり吸った茄子と豚肉に戻ると、胃が広がったように食欲が増していく。

「そんなに美味い？」

海伊さんが尋ねた。私は口を噤んだまま頷き、素麺を飲み込んだ。

「海伊さんの味付けが好きなんです、きっと。わりに塩とか、出汁とかも、絶妙に強いところがあって、もちろん丁寧なお仕事ですけど。ごめんなさい。上手に言えないですけど」

海伊さんは頬杖をついて、うん、と頷いた。満腹と酔いで、その手のひらが触れていた記憶がぼんやりと蘇る。またいつの間にか瓶ビールを空にしていた。

彼が手を伸ばしてラジオをつけると、静けさに、芸人たちの笑い声が割り込んできた。深夜ラジオなんて、そういえば受験勉強していた学生時代ぶりだと思った。

足を崩した海伊さんにつられて、私も正座をやめて腰をずらすと、にわかに、強く見られた。

「どうして前原さんは前に付き合っていた男性と、別れたんですか？」

私は反射的に右手で耳たぶを弄りながら、彼が仕事を解雇されてからずっと引きこもってたんです、と答えた。

「それで、私が母の店を継ぐことになったタイミングで、彼が実家に帰りたい、と言って」

「その結論は、二人で？」

いえ、と私は答える。一つ答えを紡ぐたびに、喉が絞められて、胸が切り開かれていく気がした。語ることの苦しさと痛みと解放感とが煮詰まっていく。

「彼が引きこもったときから、話し合うことはなくなりました」

海伊さんから、葵さん、と呼びかけられて、びっくりした。

「どうして名前知ってるんですか？」

「知りたくて、以前、前原さんがトイレに立ったときに松尾さんに聞きました。正直、女性を夜に家に呼んだのもひさしぶりで、迷っています。あなたは、俺のことをどう思っていますか？」

その言葉で、海伊さんは前原さんを気に入っている、と松尾君が言った理由をようやく理解した。

「男性として素敵だとは、思います。ただ私は結婚も出産も考えていないので。さっき海伊さんは結婚願望があるって言ってたから」

「どうして？」

私は軽く言い淀んでから、やっぱり言った。

「前の彼が解雇されたタイミングで、できた子供を、私は相談もせずに堕ろしたからです」

別れ際にスマートフォンの画面越しに港が押し付けてきたのは、そのときのエコー写真だった。

ずっと彼は隠し持っていたのだ。あのときは復讐心かと思ったけれど、もしかしたら、単純に悲しかったのかもしれない。だって子供は、私だけのものじゃない。港の子供でもあったことを、私はずっと認めたくなかったのかもしれない。

「母親になることが、いいことか、分からなかったからです。それに彼は、私が考える父親像からかけ離れていて、私はもう安心できないものは、一つも抱え込みたくなかったんです。分かっています。私は、独断的で、傲慢だってこと。いつだって一人で生きてる気でいる。でも、どうしてそんなこと、訊くんですか。海伊さんは、誰にも見られたくないようなときにかぎって、あなたは」

溜まっていた悲しみや自己否定がなぜかねじれて怒りに転化した。私は右手を振り上げた。海伊さんが真顔で私の右手を制するように摑んだ。左手も振り上げると、やっぱり摑まれた。万歳しているような格好になって、ひどく間が抜けていて、なにもかも嫌になって嗚咽（おえつ）すら漏れないまま、涙だけが流れていた。私は泣きながら海伊さんを睨みつけた。その顔に、海伊さんは口づけた。

鋭い眼差しをほどかぬまま、海伊さんがはっきりとした声で

「ごめん」

と謝った。私は首を横に振り、解放された手で彼の胸を押すように叩くと、あとはもう、吐き出すように、嫌い、なにもかも嫌い、と赤子のように繰り返していた。

弓子さんの家とは異なる枕の柔らかさを感じて、私はふっと目を開けた。

布団の中から見る障子の向こうは真っ青に染まっていた。響き渡るように蟬（せみ）の鳴き声がしてい

る。そういえばアパートの脇に大きな木が立っていた。それで陰っている分、青かった。夏の、水底の明け方。

隣で海伊さんは座布団を敷いて寝転がっていた。しばらく誰とも付き合っていないというのは本当なんだな、と一人分しかない布団セットを借りて実感する。

昨晩はたしか、帰る、送る、二度手間だから悪い……などと押し問答しているうちに、酔いと眠気でこと切れかけて、半ば強引に布団に寝かせられたのだった。

海伊さんが脱ぐところは、口数の少ない人だから、いっそう緊張した。筋肉で張り詰めた肌はたるみもなく、抱き方は静かで強かった。ほとんど一瞬の高波にさらわれるような営みだった。そんなふうに昨晩のことを振り返っていると、急に頭が痺れて、体にかかる重力が変わってしまったようになった。視界が暗くなっていく。なにこれ、と急激な心細さに混乱した。世界中から嫌われたような絶望感に飲まれそうになったとき、海伊さんがなぜか気付いたように振り返った。

「ごめんなさいっ、起こしちゃいましたか？」

私はまだいくぶんか混乱したまま尋ねた。

「いや、それよりも葵ちゃん、どうしたの？」

顔を覗き込まれて、葵ちゃんという呼び名に反応すべきか迷いつつも

「なんだか不安になって、パニックになりかけて」

そう打ち明けると、彼は私の頬に手を添えたまま、考え込むようにしてから

「昨日は色々大変だったし、そもそも店だってまだ慣れないだろうから、体に出たんじゃないか

な」

と指摘した。ようやく、かかっていた負荷に気付く。そういえば会社の仕事だって忙しかったし、松尾君には弱音を吐けない分、お店でも気を張っていた。

「今日は休み？」

と彼が訊いた。

「は、い。うちは日月が定休だから」

「じゃあ、調子が戻るまで、寝ていていいよ。俺は、いてくれる分には嬉しいし」

すっかり打ち解けた喋り方をする海伊さんに、私はまだ少し戸惑いつつも従った。薄い肌着みたいなグレーのTシャツ越しの上半身は頑丈そうで、思わず

「なにかスポーツってやってました？」

と尋ねると、彼はちょっときょとんとしたように、うん、とこもった声で答えた。

「野球なら。よく先輩から殴られたり、理不尽に怒鳴られたな。練習中に笑ったっていうだけで、水の入ったバケツ持って、スクワットさせられたり」

という説明には聞き覚えがあった。男性ばかりの上下関係の中で生きてきた雰囲気が、たしかに海伊さんにはある。

彼が布団から出てシャワーを浴びに行くと、私は枕を抱え込んだ。

濡れた髪で戻ってきた海伊さんはテレビをつけると、水のペットボトル片手に朝のニュース番組を見始めた。うるさくはなかった。むしろ夏休みに田舎（いなか）の親戚の家で安心してくつろいでいるような気やすさを覚えた。

ここにいるかぎり、不自由はないし、守られている。そんな気持ちになって、薄目を開けたり閉じたりして、じっと体を休めていた。

日が高くなって、部屋の中が完全に明るくなると、さすがに蒸してきて、私も起きた。

ぼんやりと所在なく布団の上に座り込んでいる間、海伊さんは台所に立ち、なにか作っていた。

「布団、畳んじゃって大丈夫ですか？」

私はタオルケットをひとまず畳んで隅を合わせながら、訊いた。彼は背を向けたまま、ああ、と短く言った。炊飯器からは湯気が出ている。

海苔を添えた塩むすびと、漬物、豚汁はお店の味を思い起こさせた。

「おにぎり美味しい」

「炊き立てだと、塩だけで美味く感じるよね」

私は、それもあるけど海伊さんの握り方じゃないかな、と付け加えた。

海伊さんは目だけで笑って漬物を齧ると、まだ少し浅いな、と醬油の小瓶を持ってきた。その小瓶を渡すときの右手を見て、なぜか唐突に肌を重ねた実感が蘇ってきた。

私は軽くおかかをまぶして、醬油をかけてみた。

「あ、なんか懐かしい味。田舎のおばあちゃんちみたいな」

「葵ちゃん、田舎があるの？」

「いえ。母は勘当されて、祖母が亡くなるまで会うこともなかったから、適当なイメージ」

あっけらかんと言ったら、海伊さんも短く笑った。

「亡くなったのは、いつ？」

「私が中学生くらいのときかな。あんたはお葬式も行かなくていい、て言われて、母がお店で着ている黒いワイシャツとスカート姿で葬儀に出かけていったから、驚いたな」

朝食を終えると、私がお礼に洗い物をした。ちょっと緊張して、普段より念入りに洗い残しがないようにした。

手を拭くと、肩に手を置かれて、振り返る。海伊さんの距離は昨夜よりも近くなっていた。

「付き合ってる、と思って、いいの？」

彼のほうから言われて、ちゃんと本気だったんだ、と今さら実感した。

「う、ん。ただ、別れた彼のこともあって、ちゃんと恋愛したり結婚するっていうことをしばらく考えてこなかったから、あなたの希望に応えられるかは自信がないけど」

正直に答えると、海伊さんは私のまぶたのあたりを凝視してから、思いついたように

「スペイン行きませんか。一緒に」

と言い出した。私はびっくりして、ええ？　と訊き返した。

「和食の店で俺が弟子っ子をしてたときの先輩が、今むこうで日本食の店をやっていて、一度食いに来い、て言われてたから」

「え、でも、それで、どうして」

「十数時間かけて二人で旅したら、結論も出るだろうし。俺、一人だったら海外旅行なんて一生しないだろうから。葵ちゃんはちなみに英語できる？」

「英語は、多少なら。ていうかスペイン語じゃないかな……ああ」

つい思い出して、声に出していた。ん、と海伊さんが問いかける。

「私、大学の第二外国語、スペイン語だったんだ。もっともほとんど覚えてなくて、数字と挨拶程度だけど」

「ああ、じゃあ、ぴったりだな」

とはいえ会社員で飲食店までやっているのに休みが取れるわけない、と考える最中に、そういえば今年は勤続十年の休暇が取れるんだ、と気付いた。港とはあの調子で、しかも別れた直後に一人旅というのも切ないので、プランを練っていなかったのだった。

「俺もそこまでは店休めないから、日月を使って、ちょっと短いけど三泊五日くらいで、どう？」

突拍子もない提案に、私は呆然としたまま、海伊さんを見上げていた。

脳裏に、静かな教室に響き渡っていたスペイン人の女性講師の巻き舌が、蘇ってきた。ウノ、ドス、トレス……ああ、意外と覚えているものだな、と思ったら、昨晩までまとわりついてきた過去の様々な出来事が浮かんできて、私はもっと変わってしまいたい、ととっさに願っていた。

「分かった」

半ば勢いに巻き込まれるように了解した私に、海伊さんのほうがびっくりしたように

「マジで、葵ちゃん。いいの？」

と砕けた口調で訊き返した。その言葉を聞いたら、海伊さんといることの違和感や緊張感も少し薄れて、ようやく冷静さを取り戻した頭で、スペインか……と私はその国名を反芻していた。

満員の車内で息を詰めていたら、ちょうど目の前の席が空いたので、ワインエキスパート試験のテキストを膝の上で開いた。産地や用語を目で追う。

誰かが肩を叩いたので顔を上げると、吊革につかまった部長がこちらを覗き込んでいたので慌てた。

「なに、なんか資格でも取るの？」

私が適当に濁すと、部長はまたすっと姿勢を正した。

電車を降りてから、私から話しかけた。

「今度のイベントの件ですけど、進行を考えてみたので、あとでチェックしてもらっていいですか？」

おう、と部長は相槌を打った。

「それから、勤続十年の休暇のことでご相談があるんですけど、少しお時間をいただくことはできますか？」

「飲み行くか？　俺、今夜はなんの約束も入ってないから。あ、でも、店って始まってんのか」

彼は青く点滅する信号で立ち止まって付け加えた。近くの大学の学生たちが駆けて無理やりに渡っていく。風のようだと思ってから、ふと、二人の間に吹く本当の風が少しだけ秋の匂いを含んでいることに気付いた。

「はい。まだまだ不慣れですけど、でも、頑張ってます」

そう告げた瞬間、部長はふと視線を宙に向けて

「よかったら、前原さんの店行ってみるか。家庭訪問で」

と言い出したので、私はちょっとびっくりしたけれど、断る理由もなかったので

「分かりました。それでしたら今夜八時以降でも大丈夫ですか？　お席を用意しておきます」

と伝えたら、部長はにやっと笑って

「そっちの仕事にも本腰入ってきたな」

となぜか少し誉めるような口調で告げた。

店に着いた私はいそいでバックヤードで着替えを済ませた。

カウンター席には最近常連になりつつある白シャツの中年女性がいて、松尾君相手に楽しそうに喋っている。手元の綺麗なネイルと個性的な眼鏡のデザインがいかにも千駄ヶ谷らしいお客さんだ。

「前原さん、さっき酒屋さん来ました」

「あ、分かった。ありがとう」

私は頷きながら手を洗った。瑠衣とどうなったのか気になったけれど、それを聞くタイミングではないので、代わりに小声で伝えた。

「八時から予約のお客さんが来ます。会社の部長です」

松尾君は表情だけで驚いてみせると、すぐにまた接客の顔に戻った。

部長は時間きっかりにやって来た。スーツ姿はこのあたりでは珍しいため、けっして広くない店内の雰囲気がそれだけで少し変わった気がした。

部長はさらっとメニューを眺めると、すぐに閉じた。

「俺、ワインをグラスで。前原さんが適当に選んで」

かしこまりました、と答えて、少し考えてからワインのボトルを取り出す。

「こちら、今週のグラスワインで、『K216』という白ワインです。山梨の甲州になります」

グラスに顔を近づけた部長は、お、という顔をした。

「面白い、なんかアーモンド食べてるみたいだな」

「ワインを熟成させる過程でオークチップを漬け込んでいるので、ローストしたナッツのような香りがするんです。個性的ですけど、ウイスキーが好きな男性には親しみやすいかと思います」

「ああ、これ、嫌いじゃないよ。ありがとう」

部長は頷くと、人影がよぎった扉を見た。私も視線を向けると、瑠衣だった。

中に入ろうか迷っているようだった。なんとなく、この前のことを謝りに来たんだろう、という気がした。瑠衣はそういう子だ。

松尾君も気付いたように、あ、と言ったので、こちらから呼びかけようかと思ったけれど一足先に立ち上がったのはなぜか部長だった。

彼が内側から扉を開けると、瑠衣は驚いたようにその顔を見上げた。

「どうぞ。ここの扉、女性には少し重いでしょう」

部長が当たり前のように言ったので、瑠衣もようやく反応して
「あ、たしかに、そうですね。ありがとうございます」

若干戸惑った様子ではあったが、微笑んだ。

「良かったら、どうぞ」

と部長がそのまま隣の席をすすめたので、彼女は言われたとおりに座った。少し妙な展開になってきたな、と内心思った。

松尾君はすぐにお通しの支度を始めたが

「瑠衣さん、なに飲まれますか？」

と尋ねた声には、若干遠慮して距離を取るような響きがあった。

瑠衣がメニューへと視線を落とすと、部長がいきなりなにかを囁いた。瑠衣は驚いたように顔を上げてから、嬉しそうに笑った。

たしかに社内でも独身の部長に気を向ける女性の部下はいるが、仕事上の立場というものがあるから、彼が積極的に女性に近付いている姿を目にしたことはなかった。

実際にカウンター越しに目の当たりにすると、たしかにこの人は女性の扱いに長けている、と実感した。特に瑠衣のような若い女の子には魅力的に映るだろう、と考えながら

「部長」

と私はお通しのスープを出しつつ声をかけた。

「その子は、瑠衣といって、私の義理の妹なんです」

「あ、部長さんなんですね。すみません、ご挨拶なしに。いつも姉がお世話になっています」

瑠衣は我に返ったように言ったが、その瞳はまだ部長の表情へとまっすぐに向けられていた。

部長は意外そうに

「そうでしたか、どうりで、姉妹と言いつつ、あんまり似てないですね」

という感想を口にすると、ふいに

「前原さんは自分で無理してでも立とうって人だけど、妹さんはもっと素直な感じがしますね」

と続けた。私は部下なのでまだ慣れているが、瑠衣はその言い方に多少面食らったようで

「そう、かもしれないですね。姉と違って、私は未だに実家暮らしで両親との距離も近すぎるし、小さい息子もいるから働いてもいないし、自立していないってよく」

とひとり言のように話していたときに

「そうなんですね。でも、それはべつに、いいことじゃないですか？」

と部長が訊いた。いいこと、と彼女は首を傾げた。部長はワイングラスを傾けながら言った。

「僕らは、それなくしては生きられないものほど軽視したがりますから。金もセックスも家族も、必要だということの重みに耐えかねて軽蔑するもんです。だから恥じるのは、それほど自分が大事にしている証拠だと思いますよ」

瑠衣は不意を突かれたように黙り込んだ。部長は混ぜっ返すように

「なんて、中間管理職の蘊蓄（うんちく）だけどね。前原さん、次も任せた」

と言ってグラスをこちらに突き出した。私は、はい、と受け取った。それぐらいしか言えることがなかった。

「で、前原さん。話ってなに？」

と部長が切り出したので、私は、ああ、と言い淀みながらも

「勤続十年のリフレッシュ休暇の時期なんですけど」

と切り出して、会話を止めた。

このタイミングで店に入ってきたのが、海伊さんだったからだ。

「こんばんは」

「ようやく、来られました」

海伊さんはそう言って、瑠衣と一つ空けてカウンター席に着いた。

なにも知らない松尾君がおしぼりを広げながら
「伊藤さん、この時間に珍しいですね」

と言った。

「冷房が壊れて。おでんを炊いたら店内がおそろしい温度になったので、今日はもう早めに閉めました」

というやりとりの間も、部長は気が向くと瑠衣に話しかけていた。それに答える彼女もまだ遠慮を滲ませつつ表情は柔らかかった。

「ああ、でも息子さんがいるんだったな。見えないですね」

ふと部長が思い出したように言った。瑠衣は苦笑すると
「じつは夫が事業で不正を働いて逮捕されたこともあって、妊娠中に離婚したんです。それで、今は息子と実家にいて。だから時間が止まっているように見えるのかもしれないですね」

そう正直に説明したので、私はちょっと驚いた。この数年間、自分からは他人に離婚の話なんてしたがらなかったからだ。

「それは大変でしたね」

と部長はしみじみとした口調で言った。

「はい。でもそんな人を好きになった私が悪いんです。だから今も息子や両親に申し訳なくて」

部長はなにかに気付いたように目を細めると、瑠衣のほうを見て
「むしろ瑠衣さんはその彼のことが、そこまでは好きじゃなかったんじゃないですか?」

と言い出した。

「どういうことですか？」

瑠衣は困惑したように訊き返した。

「好きなものを全力で信じたなら、裏切られても、まわりに申し訳ないなんて思うことないでしょう」

「え、普通は逆じゃないですか？　信じたものに裏切られたから、後悔するんじゃなくて？」

「終わったことに悩む必要ないだろ。それとも、もしかして責任を感じてるんですか？」

瑠衣はやや迫力に気圧されたように黙り込むと、やっぱり口を開いて

「そう、ですね。今初めて気付いたけど、私は、私のせいだと思ってるんだと思います」

と打ち明けた。

部長はちょっと優しさを見せるように笑った。

「そういうところは、やっぱり、前原さんとも似てるんだな。いいですか。他人の責任なんて、誰にも取れませんよ。それは精神の越境行為です。悔やんだり、不幸になったりして自分に酔っ払うことまで含めて、本人の自由ですから。他人の後悔する権利まで奪ったら、失礼ですよ」

後悔する権利、と瑠衣はびっくりしたように呟くと

「そんなふうに、視界が変わるようなことを言ってくれる男性に出会ったの、初めてです」

とワインのアルコールも手伝って高揚したように言い切った。

常連客の女性がすっとお会計を済ませて、帰っていった。

見送ってからカウンターの中に戻ると、海伊さんがこちらを見てきた。じっと熱心な視線を送

られて、どうも今夜はごちゃごちゃしてきた、と少し警戒する。

海伊さんはいつもの黒いポロシャツ姿だった。ごく普通の格好だが、会社員の感覚よりは短い髪に料理人らしさが滲んでいる。スーツ姿の部長と見比べると、まったく違う世界で生きていることが一目瞭然で、ふいに、分からなくなる。今どうして自分がこの場所に立っているのか。

瑠衣にお代わりを注ごうとしていた松尾君の上半身がぶれた。

まずい、と思ったときには彼はシンクに両手をついていた。瑠衣たちがどうしたのかという顔をした。

私は考えるより先に彼の手を引いていた。

すみません、と小さく謝るのを無視してバックヤードに連れていく。どうしたの、と尋ねる瑠衣を振り返り

「ちょっと持病があるから、休んでもらう」

と早口で説明して、暖簾で仕切った空間に引っ込むと、暗がりに座り込んだ松尾君は苦しそうに呼吸を繰り返していた。すみません、とか、僕はいつも、とか言いかけるのを制して

「いいから。なにも心配いらないから。安心して、休んで」

と強く言い聞かせると、彼の肩の力が次第に緩んで脱力したようになった。その大きいのに小さく見える背中を静かに摩る。恋でも性でもない。でも、大事だと、思った。この子のことは大事だから、この店が第二の居場所になったのだ。

「私は」

と丸くなった背中に呼びかけた。

「誰よりも松尾君を必要としているし、どんなに感謝したって足りないほどだから、気を遣わないで」

松尾君が頼りない声で、はい、と頷き、ほっとして顔を上げたら、暖簾の隙間からいつの間にか海伊さんが覗いていた。

その鋭い眼差しに怯みかけたとき、彼が

「葵ちゃん。お客さん来たら、俺が出ようか？」

と提案した。それはさすがに頼りすぎではないかと抵抗を覚えた。なにより海伊さんの発言に、松尾君が驚いたように身を硬くしたのが分かった。

「あ、ありがとう。でもワインの紹介とか」

「分からなかったら、訊くよ。エチケットを見せて紹介してから、注いで、ボトルはしばらく置いておく？」

「うん。お客さんから写真の希望があったら。あ、でも、やっぱり今すぐ私が戻るから。海伊さんはゆっくりしていて」

「了解」

と彼は答えて、暖簾の向こうに消えた。こだわりを感じさせるほど切り揃えた襟足が網膜に残り、あの人はたしかに私の恋人なのだという自覚と、松尾君の背から浮かせた手の熱とが上手く着地しないままでいた。

瑠衣が話したいというので、迷ったけれど、二人きりよりもいいだろうと思って、日曜日の午後に弓子さんのマンションまで来てもらった。

玄関の扉を開けると、彼女は濡れた傘を丁寧に畳んで傘立てにおさめてから

「この前は失礼なことを言って、本当にごめんなさい」

と靴を脱ぐ前に立ったまま頭を下げた。

私は、ううん、と小さく首を横に振った。

「こちらこそ、瑠衣の家にはずっと母が迷惑をかけていた。思っていたことを言ってくれて、ありがとう」

弓子さんがクラシカルな薔薇柄のカップに紅茶を淹れてくれた。ずっしりとした欅の赤茶色いダイニングテーブルに、瑠衣の持ってきたケーキに添えられた、銀のスプーン。この空間には懐かしくて安心な物が溢れている。

瑠衣もようやくほっとしたのか、紅茶を飲むと

「私も、幸村さんのこと、ショックだった。すっかり信用しきって、おねえちゃんに彼を長年すすめていたこととか、どんな気持ちだったんだろうと思って。それなのに松尾さんみたいに怒れなくて、とっさに、おねえちゃんの強さにぶつけちゃったんだと思う。ごめんなさい」

「あれは、混乱する話だったよ。私のほうこそ巻き込んでごめんね。ところで」

もう重苦しい話は十分だろう、と私は判断して、話を変えた。

「部長と連絡先、交換してなかった？」

途端に瑠衣は声を高くすると

「あ、それなんだけど。食事に誘われて、月末に行くことになったんだけど、どう思う？　おね

えちゃん、あの人って独身だよね？　彼女とかいないの。すごくモテそうだったけど」

矢継ぎ早に訊かれて、まるで思春期の女の子同士に戻ったようだった。

「独身には違いないよ。モテるみたいだし、彼女は分からないけど、部下の妹を遊び半分では誘わないんじゃない？　そういう立場は考える人だから」

安心させるつもりで言ったのに、瑠衣は真剣な面持ちで

「そっか。モテるんだ」

とだけ呟いていたので、笑った。

瑠衣が帰ると、居間のソファーに座って洗濯物を畳む弓子さんのそばで、私は取り込んだシャツにアイロンを掛けた。まるで母子のように。

「色々大変だったみたいね」

と弓子さんは眉根を寄せて、言った。

私は、うん、と頷いた。

「知り合いだけだったとはいえ、二度も店内でごたごたを起こしちゃったから、次からは気を付けないとだめだな」

深い皺の付いた袖にアイロンのスチームを当てていると、その湯気の向こうから、弓子さんが問いかけた。

「ねえ、根本的なことを訊くけど、そもそも葵ちゃんはお店をやりたかったの？」

私はアイロンをいったん立てて、置いた。

「やりたかったかどうかは、分からないけど、少なくとも、べつの人がやるよりはいいかな、と

は思ったから」

「でも、それで姉さんの保険金なんかも、設備や仕入れに使わないといけないわけでしょう？　貯金しておけば、その分、葵ちゃんはほかの好きなことができたのに」

私は考えたが、なぜかすぐに答えが出せなかった。

「たしかに一人暮らし用のマンションを買う頭金くらいには、なったかもしれないね」

「でしょう。葵ちゃん、仕事も頑張ってるし、お金のことだってきちんとしてるのに、なんだか、そのお金だけは性急に使ってしまいたがっているように見えたから。瑠衣ちゃんのことだって、葵ちゃんに言ったこと、私は正直さすがにちょっと失礼だと思ったわよ。あの子の気持ちも分かるけど、関わりたくないんだったら、べつに最初から交流を持つ必要なんてなかったわけだし。瑠衣ちゃんだって、つらいときには葵ちゃんに頼ってきたわけじゃない？　逆に葵ちゃんが瑠衣ちゃんに頼ることってあった？」

頼ること、という最後の問いに、軽く沈黙してしまった。

「弓子さん」

「うん？」

「ない。でも、それを言ったら、私はほとんど誰にも頼ったことない。お母さんが死んで、初めて松尾君とか弓子さんには頼っちゃってるけど」

「でも、それだって私にはちゃんとお金を払ってくれているし、松尾さんだって、やりたいことがやれているわけだから、対等な関係なのよ。葵ちゃんは」

ぐちゃぐちゃになっていたものが、突然、ほぐれていた。私は顔を上げた。

「対等って、なかった。幸村さんにも、港にも。母でさえ、私は育ててもらった恩よりも、なんだか上手く使われたり振り回された印象のほうが、強い」

「姉さんは、葵ちゃんのこと、すごく好きだったとは思うの。ただ、あのひとの愛ってそもそも都合の良いところだけ奪ったり、振り回したり、そういう偏ったもので、本人がそれを愛だって信じて疑っていなかったところがあるから。私だって、正直、子供の頃は姉さんのことが少し怖かったもの。自分とはまったく違っていて面白い人だから、なんだかんだで仲は良かったけど。それと、もう一つだけ、気になっていたことがあってね。言いづらいかもしれないけど、葵ちゃん、姉さんが亡くなって……悲しかった？」

　流れるような雨の音がして、窓の外が暗い分だけ、室内は明るく映った。

「まだ、そこまでの年齢じゃないひとが、事故で逝ってしまうことの悲しさは、あった」

「それって、肉親というよりは、人間としての思いやりよね。葵ちゃんは優しいから」

「いや、優しくはないよ。だって」

　ふいに腑に落ちた。どうして頑張っても、頑張るほど、報われなかったのか。道に迷うのか。

「なんとも、思えない。べつに嬉しくはないけど、人並みのショックや悲しみがあるかっていえば、ない、かもしれない……ううん。もしかしたら、少しだけ、ほっとしたかもしれない」

　弓子さんは大きな瞳にたっぷりと情を溜めてから、押し出すように、強くまばたきした。

「私も言おうか迷ってたんだけど。葵ちゃん、小学校から、ご飯がないから自分で作ったり、夜中まで留守番していたわよね。私、何度か、姉さんに言ったことあるの。ちょっと常軌を逸してないかって。そうしたら、葵はしっかりしてるし頑固だからなんでも自分でやるほうがいいんだ、て笑って受け流されて。私たちの母は、それは厳しい人で、一度でも靴を揃え忘れただけで、女の子なのにだらしないって腫れるほど扇子で手を打たれたりして。そのわりに、父親には上げ膳据え膳で、男は脱ぎっぱなし、やりっぱなしでも許されていて。姉さんは、女の子が理不尽な目に遭うことにもしかしたら慣れすぎていたのかもしれないけど、でも、だからって、やっぱり良くなかったとずっと私も思っていたの。あんなに小さな女の子を、ほとんど一人で生活させてるって」

普段着でお葬式に出かけていく母の後ろ姿が浮かんできた。見送りながら。なぜかとても悲しい気持ちになったことも。

自分の情の薄さにずっと罪悪感があった。それだけで、私に迷惑をかけた人たちがむしろこちらを責めることも受け入れてきた。

だけど、そもそも情を持つほどの優しさや愛情を、私は誰かから与えられたことなんて、あったのだろうか。

「いつだって私以外の人たちが、自分はかわいそうだって怒鳴っていて、だから助けてあげなきゃいけないって思い込んでた」

「それは、葵ちゃんが自立していて、立派に生きていけるからこそ、かわいそうな立場にならなかったら、葵ちゃんに必要とされないと思ったんじゃない？　でも、みんな、べつに好きに生きているだけだしねえ」

それならば、私はなにも負う必要はなかったのか。

「私、一人きりで生きているような気がずっとしてた」

弓子さんは膝に乗せたタオルに手を添えたまま、頷いた。

「そう、ね。葵ちゃんは実際、一人で生きてきたようなものだし。でも、これからはそういうふうに生きなくてもいいと思うの」

最後の台詞にはまだ私自身の実感が追いつかなくて、温かなシャツに両手で触れながら、途方に暮れた。真に空っぽになった体の、身軽な淋しさにはまだ慣れずに。


トレンチコートを羽織った私が成田エクスプレスのホームに着いたとき、海伊さんは自販機で飲み物を買っているところだった。

私が駆け寄ると、彼は銀色のトランクを引きながら近付いてきて
「いる?」

と温かいお茶のペットボトルを差し出した。うん、と私は頷いて受け取った。走った拍子に首に巻いたストールが外れかけていたのを、海伊さんがひょいとすくって直してくれた。

こういうところが恋人というよりは保護者のようだな、と内心思いながらお礼を言った。

成田エクスプレスの車内に乗り込むと、早朝ということもあって、心地よい眠気が押し寄せてきた。この旅までに相当頑張って仕事をすべて終わらせたり任せてきたりしたので、解放感は途方もなかった。

「着いたら起こすよ」

と海伊さんが言った。黒い革のジャケットにジーンズ。スニーカーに包まれた足は大きい。

「その前にちょっとスペイン語の復習する」

と本を開いたら、海伊さんが笑った。

「葵ちゃんは熱心だ」

「だって海伊さんが英語も全然できないっていうから。私だって海外は慣れてなくて緊張してるのに、のんきな」

ごまかすように微笑んだ彼の隣で、旅の行程表を確認する。バルセロナまでは直行便がないので、途中、オランダの空港で乗り継ぎがある。十六時間近い大移動だ。

私が勉強している間、海伊さんはスマートフォンで音楽を聴いていた。何年もそばにいたような穏やかさと静けさの中で。

エコノミークラスのシートに腰を下ろすと、私と海伊さんの体格の違いは歴然だった。ジーンズを穿いた彼の脚はいかにも窮屈そうだった。

飛行中、機内がひんやりとしていたので、配られたブランケットを肩まで引き上げてうとうとしていた。海伊さんはずっとモニターで映画を観ていた。

機内食が運ばれてきて、一口食べた私は苦笑した。

「このハンバーグあんまり美味しくない」

海伊さんもつられたように口にすると、笑って、ほんとうだ、と同意した。

やたらと喉ばかりが渇くので水を飲み、食事を半分残して、また目を閉じた。海伊さんが缶ビールを開ける音が鼓膜に届いた。

私はスペインに着くまで我慢しよう、とまだ見ぬ土地に想いをはせていると、ふいに、母も行きの飛行機の中ではわくわくしていたのだろうか、と思った。

事故を起こしたタクシーのトランクにあった、スーツケースとはべつの大きな袋。あれ以来、しまい込んでいる派手な色のニット。形見だからとダンボール箱に入れたままクローゼットの中にしまって、そのまま。

あれ、と思ったときには真っ暗な影に呑み込まれていた。死の匂い。戻せない時間。母だって買い物をしていたときにはきっと予感すらしていなかった。帰国の朝には普通に歯を磨いたり化粧をしていたはずの母がやけに生々しく浮かんだ瞬間、私は海伊さんの手を千切れそうなほど強く握っていた。

海伊さんがイヤホンを外して、驚いたようにこちらを見た。

私がその左肩に頭を預けるのと、彼の手が私の肩を抱くのとほぼ同時だった。呼吸が荒くなって、喋ろうとすると、彼が強めに私の背を摩った。無理に話さなくていい、と言われた気がして、やめた。熱い手のひら。無地のグレーのトップス越しの分厚い胸。ふるさとみたいだ、となぜかそんな言葉が浮かんできた。

幼かったとき、ごく短い間だけ大人に守られて、安心して笑ったり泣いたり頼ったりできた頃があった。

狭いシートで二人で身を寄せ合っていたら、いつの間にか動揺は去っていた。

一番不安だったトランジットは意外とすんなりいった。

もっとも海伊さんは本当に英語を喋れなくて、オランダのスキポール空港の職員相手に

「スペイン、スペイン行き、どこですか？」

と日本語で真顔で尋ねるので、私が隣から Excuse me と割り込んだりした。

機体が跳ねてバルセロナの空港の滑走路に到着すると、海伊さんは腰をそらして、低くうなった。バッグ片手にＣＡたちにお礼を言って飛行機を降り、流れてくるトランクをピックアップして、空港を出た。

夕暮れ時で、空気は乾いていて、ちょうどよい涼しさだった。

タクシー乗り場で、仏頂面の男性運転手にホテル名を告げると、早口でなにか言われた最後に

「ＯＫ」

はとりあえず聞き取れたので、乗り込んだ。運転は上手で運賃もごまかされなかった。

ごく現代的なホテルの前でタクシーは停まった。

トランクを降ろしてから、夜を迎えた街を見渡す。煉瓦造りの建物に、通りを照らすオレンジ色のガス灯。行き交う人たちはみな脚が長く、男女ともにレザージャケットにジーンズというシンプルな服装だった。

ホテルに入ろうとする海伊さんを私は追いかけた。

案内された部屋は、ダブルベッドが中央に配置されていて、壁やクロスや小物は赤と白と茶でコーディネートされていた。機能的で、良い意味でごく普通のシティホテルだった。カーテンを開けると、中庭が闇に沈んでいた。向かいのアパートメントのいかにもヨーロッパらしい出窓には、鉢植えが並んでいる。

夜空は東京よりもシンプルに青かった。月が冴え冴えとしている。

私は浅く息を吐いてから、カーテンを閉めた。

海伊さんはベッドに横たわっていた。私はその隣にそっと腰を下ろした。

「食事行く？」

彼が見上げながら尋ねてきた。

私はちょっと考えてから、うん、と頷いた。長旅で両足ともだるかったが、歩いたほうがかえってすっきりするかもしれないと考えて。

青い夜の中に出ると、空気が澄んでいることに気付いた。

「暗闇が濃い」

私は通りを見回しながら呟いた。

海伊さんはジャケットのポケットに手を入れたまま、ほんとうだ、と答えた。

背格好と服装の雰囲気がこちらの人々に近いからか、ヨーロッパの街角に立っている海伊さんは馴染んでいて、一昔前の洋画を観ているようだった。

近くで見つけたレストランに入り、感じの良い給仕の女の子に、アスパラガスのサラダとイカ墨のパエリアとラムチョップを注文した。二杯のワインはそれぞれのグラスになみなみ注がれた。

「これ一杯で十分に酔いそう」

と私が言ったら、海伊さんが目だけで笑った。対面だと少し緊張した。付き合って数カ月の男性と異国の地で二人、という事実の奇妙さが急に浮かび上がった。

やがて熱々のパエリアが出てきた。ラムチョップは本当にシンプルな塩味で、付け合わせのマッシュポテトも美味しく、二人でちょうどいい量だった。

さっと食べ終えたら、さっとお店を出た。チップを払うか否かで海伊さんと意見が分かれて軽く揉めたけど、結局、彼が引いた。

帰りにスーパーマーケットでビールとチーズを買い、ホテルに戻って、飲もうとしたけれど、やっぱり抱き合った。外国にいることもあって、盛り上がって激しくしている間にも眠気は忍び足で近付いていたのか、離れると同時に、寝巻きを着る間もなく裸のまま意識が途切れた。

あまり豪華とは言えないホテルなので期待していなかった朝食のビュッフェは、十分すぎるほど魅力的な内容だった。

ルッコラがたっぷりの瑞々しい葉野菜のサラダに、魚介のマリネ、さまざまなハムやチーズや前菜に、温かなスープ。スパークリングワインにキャビアのカナッペまであった。パンの種類も豊富で、なにを取ろうか目移りしてしまう。

海伊さんと向かい合い、朝からスパークリングワインで乾杯して、クリームチーズを添えたキャビアのカナッペを齧ったら、爽やかな塩気が舌に溶けて、思わず微笑んでしまった。

「朝からキャビアなんて初めて」

「キャビアは食べたことあったの？」

海伊さんがフォークとナイフをぎこちなく動かしながら尋ねたので

「間違えた、キャビア自体が初めてだった」

と答えたら、笑われた。満腹になると、部屋に戻ってベッドに寝転がった。出窓の向こうの空は青い。こんなにのんびりするのはいつぶりだろう、と放心した。

隣に寝転がった海伊さんのジーンズの脚は、膝が太くて、長い。

さっき朝食を取っているときにも思ったが、意外にも大柄な男性はおらず、ほかの宿泊客と並ぶと海伊さんのほうが目立つくらいだった。

この人って海外では意外とモテるかもしれないなあ、と考えていたら、寝返りを打った海伊さんがこちらを向いた。

「スペイン人って綺麗な女性が多いね」

「それ、私に言って、どうしろと」

私は苦笑して突っ込んだ。

「いやいや、そういうことじゃなくて」

無視して起き上がる。出かける支度をしていると、海伊さんがガイドブック片手に近付いてきて

「サグラダ・ファミリアの予約は、何時からだっけ?」

と訊いた。午後二時、と私は答えた。混雑すると書いてあったので、あらかじめ時間指定付きの入場券をネットで買っておいたのだ。

「どこか行きたいところってある?」

「市場とか行きたい。海伊さんもでしょう?」

うん、と彼は即答した。

「二人で海まで散歩してから、昼は市場で食おうか」

彼が言ったので、私は嬉しくなって、そうする、と答えた。

ホテルを出ると、空気は涼しく軽やかで、シャツにニットのロングカーディガンでちょうどよいくらいの気候だった。

街路樹も色づき始めていて、革のショートブーツを履いて石畳を歩いていくスペインの人々の髪と瞳の色によく合っていた。海伊さんがさくさくと歩くので、私も自然と歩調が速まった。

「葵ちゃんは食べるのも歩くのも速いよね」

と彼が言ったので、私は

「ずっと生き急いでたのかも」

と冗談を言った。長生きしてください、と真顔で返された。

「長生きか」

と呟きながら吐いた息に、母に言えなかった言葉が混ざり込んだように感じた。

「別れの言葉が言えることは幸せなのかもしれないね」

私が手をつなぎながら言うと、海伊さんが

「もしかして別れた彼のことを思い出してた？」

と訊いた。違うつもりだったけれど、無意識にはつながっている気もした。

死ぬときに、じつはけっこうな数の人がありがとうもさようならも言えないことにくらべれば、恋愛の、好きじゃなくなりました、さようなら、のなんて明るいことだろう。

「違うけど、たしかに、それもあるかも」

と言いつつも港のことをずいぶんと長い間思い出していなかったことに気付いて、それを海伊さんに伝えようとしたときに

「葵ちゃんには色々過去があるからな」

と苦笑されたことに違和感を覚えて、私は口を閉じた。

どうして男の人は今目の前にいる私ではなく、過去の私にばかり気を向けてしまうのだろう。

それは日々変化していく体には、なんだかとても窮屈なように一瞬だけ思えてしまった。

大きな動物園のあるシウタデリャ公園を通り抜け、清々しい気持ちでいっぱいになった頃に、視界がひらけて海へとたどり着いた。

波打ち際に立つと、水の綺麗さに見惚(みと)れた。こんなに街のすぐそばにある海岸なのに澄(す)んでいるなんて、と驚かされた。

すると海伊さんが片手を挙げて

「ちょっと散歩してくるね」

と告げた。え、と思ったときには、もう離れていってしまった。

私はぽかんとして、仕方なく、岩の上に腰掛けた。水平線は午前中の日差しを受けてうっすらと発光していた。波の音がおだやかで、気が遠くなる。

見渡すと、海伊さんの姿はもうどこにもなかった。かすかに、淋しくなる。まるで今ここにあるすべてが夢のようで。

まばたきしたら、港と暮らす部屋のベッドで目が覚める。長い夢を見たと首を傾げつつ、夜中のうちにスマートフォンに届いた、幸村さんからの未練たっぷりのメールを読んで、会社に行くために化粧を始める――。そんなことを想像したら、懐かしくなるよりも、急激にぞっとした。

ああ、と実感する。戻りたくないのだ。私は。だからこそさっき海伊さんの言葉にとっさに反発したのかもしれない。

振り返った過去の中に、今も自分が手にしていたいと思うものは一つもなかった。

風ではためくロングスカートの裾を押さえてバルセロナの海を眺めながら、思い出したのは海伊さんの顔ではなくて、なぜか面接の晩に白いマウンテンバイクで店の前にやって来た松尾君の笑顔だった。あの晩があったから私はここまで来ることができたのだと。

砂を払いながら立ち上がり、歩いて海辺のカフェに向かった。

カプチーノを注文して、赤い大きなマグカップ片手にテラス席に向かうと、ちょうど海伊さんが道の向こうで手を振っているのが見えた。

駆け寄ってきた彼に、軽く文句を言いかけると

「はい」

と彼が息を切らせながら、茶色い紙袋を差し出した。

「なにこれ」

と私がきょとんとしていると、海伊さんは街のほうを指さして

「今朝の食事のときに、葵ちゃんが、気に入ったって言ってた歯磨き粉。近くのスーパーで探したらあったから」

紙袋の中を見ると、たしかにチューブ状の歯磨き粉がごろっと入っていたので、置き去りにされたことも忘れて、笑った。

市場は街の中まで戻ったところにあった。むき出しの素朴でワイルドな市場を想像していたが、屋根付きの大きな建物で、中にはバルも入っていた。

野菜や果物が目にも美しく、かと思えば、毛をむしられたウサギがぶらんと吊るしてあったり、大きなエスカルゴがごろっと盛られていたりする。

バルのカウンターの向こうからは、肉の焼ける匂いや、魚介のスープのいい香りが流れてくる。食事を取っている人たちが手にしているワイングラスはあいかわらず大きい。

私たちもカウンター席に並んで、ちっとも読めないメニューと格闘した末に、近くのテーブル席を指さして、あれとあれ、と適当に注文した。

軽めのビールを飲んで、焼いたパプリカを分け合い、海老やムール貝の出汁がぐっしょりと染みたリゾットを食べた。

「なに食べても美味いね」

と海伊さんがしみじみ言った。ほんのり酔って気持ちよくなっていた私も同意した。

食事を終えると、私たちは旅の計画を立てていたときから一番行きたいと話していたサグラダ・ファミリアに移動するため、市場を出た。

地下鉄の階段を上がると、突然、出現したサグラダ・ファミリアに動揺した。

それは唐突とも言えるほどの存在感だった。無数の曲線をまとった教会は、端正なのかグロテスクなのかさえも判別がつかない。強烈に惹きつけられた。

晴天のサグラダ・ファミリアの周辺はとてもにぎやかだった。いかにも観光地らしく趣味の悪い土産物屋や、あまり美味しそうに見えない外観のレストランが軒を連ねている。それでも、どの店もそれなりに観光客が入っていた。こういうところは万国共通なのだ、とちょっとおかしくなった。

案内に従って教会内に足を踏み入れると、溢れんばかりの光に圧倒された。オレンジ色と黄色の光がいっぱいに差し込む聖堂は、明るさに満ちていた。ステンドグラスの効果がここまで発揮されているとは想像していなかった。素人目にも建築家の偉大さを実感させられた。

塔のてっぺんまで上がってから、今度はゆっくりと狭い階段を下りた。

上空の風が吹き込んで、柱の隙間からスペインの街を見下ろすことができた。思わずぼうっとしていたら

「葵ちゃん。大丈夫？」

振り返った海伊さんに頷いて、また階段を下りていく。海伊さんのうなじがずっと見えていた。レストランで向かい合っているときよりも、ホテルで抱き合うときよりも、ああ、私は海伊さんと異国の地にいるのだ、と感じた。それなのに、どこか淋しかった。

サグラダ・ファミリアは隅々まで素晴らしく、私たちは満足していたけれど、その引っかかりは奇妙に心に残った。

翌日は雨が降っていて、街もだいぶ冷え込んでいた。

折りたたみ傘を差して、首にはストールを巻いた。せっかく初めてのスペインだから、と海伊さんとは別行動をとることにした。

一人で小さな美術館を訪ねたり、ワインショップを回ったり、調味料を買ったりしていると、

それはそれで楽しかった。

港のときもそうだったけど、やっぱり他人といると気を遣うんだなあ、とパン屋に並んだ綺麗なパンや焼き菓子を眺めながら、納得した。

昼前には雲の切れ間から、太陽の光が差した。

通りかかった広場に、ガイドブックにも載っていたサンタ・エウラリア大聖堂が建っていたので、昨日のサグラダ・ファミリアの感動を思い出して立ち寄ることにした。

扉を開くと、薄暗い中で蠟燭（ろうそく）の炎が揺れていた。ゴシック様式の重厚な造りの聖堂には、長い月日の陰影が映り込んでいた。

キリスト像の前で、膝をついて祈っている人がいた。その背中には無心の美しさがあった。奥の扉を開けると、また明るくなった。

回廊で囲まれた中庭から仰ぎ見る青空は澄んでいた。小さな泉のそばには鳥たちが集まっている。近くの教会の屋根が見えていた。平和で美しくて、小さな楽園のようだった。

海伊さんを呼ぼうと思った。こんなに素晴らしい場所があることを教えてあげたい、と。だけどなぜか彼の携帯はつながらなかった。

少しがっかりして、スマートフォンをしまった。

柱に寄り掛かっていたら、正面から革のコートを着た男性が遠くから近付いてきた。もしかして、と私は驚いて背中を柱から離した。

だけどその男性は茶色い瞳を輝かせながら、私の背後からやって来た金髪の女性の肩を抱いた。当たり前のように体を密着させて遠ざかっていく男女の後ろ姿を、静かに見送った。

ベッドで目覚めると、海伊さんが私の肩をゆすっていたので、反射的に体が痙攣したようになった。

彼がびっくりしたように、葵ちゃん、と小声で呼びかけた。

「変な夢でも見てた？」

私は首を横に振った。

「ううん。ちょっと、死んだ母の夢を見ていたかもしれないけど。私、そんなに変だった？」

「うん。ぶつぶつ喋りながら寝てた」

「そう」

黙り込むと、彼は窓へと視線を向けた。夕焼けも消えて、ガス灯の明かりが滲んだ夜がまた訪れていた。軽く休むつもりが二時間ぐらい眠り込んでいたようだ。

「飯食いに行く？　そろそろバルも開く時間だから」

私は頷いて、立ち上がった。

洗面所にこもって化粧をする。普段お店に出ているときには使わない濃いめのオレンジ色のリップを塗ってみると、少し表情がくっきりした。

ホテル近くのバルでビールを飲みながら、イカのソテーを突いた。海伊さんとこんなに長時間一緒にいるのは初めてなので、会話もさすがに途切れがちになる。

もともと寡黙な海伊さんが話を盛り上げるわけもなく、私が質問をしては、返してもらうというラリーが続いて、ふと力を抜くと、テーブルは静かになっていた。

「海伊さんのご両親って」

と私はふと思いついて尋ねた。

「普段から会話が多かったりする？」

ううん、と彼は即答した。

「親父は普段ほとんど喋らないよ。そういうところが男らしくて、俺は好きだけど。おふくろは陽気なタチだから、一人でもテレビ観ながら喋ってる」

あまりに想像がつきすぎて、逆にどこか作り物めいて感じられるほどだった。そういう家庭もあるのだな、としみじみ感じ入った。幼いときには憧れたものだ。それなのに、実際にそういう生活を送ると思うと、現実感がない。

バルからの帰り道に、煙草を吸いながらぶらりと歩くスペイン人と擦れ違った。紫煙がたちのぼっていく。以前は日本でも夜の路上でよく見かける光景だった。

便利で機能的で速度重視の未来を追い求めた先には、なにが待っているのだろう。

海伊さんは手をつなぐこともなく、まっすぐにホテルを目指した。またうなじばかりがよく見える後ろ姿を追いながら、愛情があることは分かっているのに、どこかもの悲しかった。

そこまで饒舌でも陽気でもないからこそ、彼の実直さは重みがあって響くのだし、真面目で男らしい人なんだ、と理解していても、距離を感じてしまう。

二人でも、とホテルの自動ドアを通りながら、心の中で呟く。一人、なのだ。人間なのだから。

海伊さんは洗顔を終えると、一足先に就寝してしまった。

私は薄明かりの中、スーパーマーケットで買った缶ビールを飲んだ。あっさりとしていて、喉の渇きが癒やされた。

椅子に腰掛けたまま膝を抱え込む。彼の寝顔を遠目に見た。

このまま二人で時間と年齢を重ねていく。毎日似たような会話をして、似たような日々を送りながら。幼い頃から半ば飢えに近いほど求めていた平穏な結婚生活のはずなのに、思い描くほど、しっくりこない。

そういえば、さっきのバルで、海伊さんが私に一つ質問した。

「葵ちゃんは、結婚している人とも恋愛したことがあるの？」

弓子さんの話から、そんな話題になったのだった。

私は軽く迷ってから、うん、と素直に認めた。

「短い間だったし、体の関係すらなかったけど。それでも気にする？」

私がイカにフォークを突き刺しながら訊き返すと、海伊さんは考えてから、言った。

「ごめん。葵ちゃんも後悔していることだろうし、この話はやめよう」

そこでビールグラスを持つ手が止まった。

どうして自分の責任でしたことを後悔しなければいけないの？

とっさに言い返せなかったのは、海伊さんがその発言に疑いを持っていなかったからだ。

不倫まがいの恋愛なんて威張れることではないが、それでも部長が瑠衣に言った、精神の越境行為、という台詞が思い出されると、複雑な気持ちになった。

海伊さんが不思議そうな顔をしたので、なんでもない、と締めくくった。

ホテルの部屋で缶ビール片手にそんなことを振り返っていたら、海伊さんがうなった。

ベッドに近付いていったら、抱き寄せられた。大きな体に押しつぶされるようになって、息を潜める。

「起きてた？」

と訊かれて、頷く。

「寝れないの？」

と私に問いかけながら頬に触れる手のひらも、口づけたときの唇も、やっぱり愛情深くて、溺れかける。だけど気付き始めていた。

「俺は、葵ちゃんがいれば幸せだ」

と言ってくれる彼の正しさや優しさが少しだけ苦しいことに。

海伊さんからは愛情を感じるし、スペインは美しくて食べ物も美味しくて楽しい。それでも私は日本に帰りたくなっていた。

帰国する前日、海伊さんの元同僚が営んでいる日本料理店に行った。

海伊さんは男同士でずっと話をしていた。人前だから意識しているようにも見えた。

やけに雄々しく振る舞う彼を横目で見ながら、料理人は男の世界で年功序列、という言葉をふいに思い出す。

薄い髪をオールバックにした元同僚の彼から

「結婚したら、奥さんも一緒に店をやるんですよね？」

と当たり前のように言われて、私は軽く口ごもった。できませんよ、私も仕事がありますから、と言えなかったのは、海伊さんがいきなり

「いずれは、それも考えてる。今も葵の店には、共同経営者がいるし」

と呼び捨てにして説明したからだ。そんな話はしたことなかったし、そもそも松尾君は共同経営者じゃない。

帰りの飛行機でも、やっぱり海伊さんはずっと映画を観ていた。私は眠り続け、食事のときだけ起きて、あまり美味しくない機内食を少しずつ食べた。

夕方に成田空港に到着して、流れてきたスーツケースを回収すると、海伊さんがこちらに向き直って

「どうする？　一緒にうちに帰る？」

と訊いた。私は、いったんマンションに帰ろうかな、と告げた。

「分かった」

と彼が言った。

新宿駅まで一緒に戻って、改札口で別れた。

人波に紛れた途端にどっと気が抜けた。一人になった淋しさと解放感とがないまぜになって全身を満たしていく。

私は荷物を置きにマンションへ帰ることなく、まっすぐに自分の店へと急いだ。

うっすらと夜の気配の立ち込めた千駄ケ谷駅からスーツケースを引っ張っていると、まだ close の看板が出た店内で松尾君が準備をしているのが見えた。

扉を押すと、彼が素早く顔をあげた。

「わ！　お帰りなさい。どうでした、スペインは」

私は困りながら笑って、楽しかったけど、と言いながらスーツケースを店内に引っ張り込んだ。

「いったん帰らなかったんですか？」

「調達した食材や調味料を店に持って来たかったから」

と説明しながら私は足元にスーツケースを倒して、鍵を開けた。松尾君が期待したように私の手元を見つめている。

「いいなあ。新婚旅行、じゃなくて婚前旅行でスペインなんて最高ですよね」

「結婚はしない」

口にした一言があまりにはっきりとしたものだったので、松尾君よりも、私自身がびっくりしてしまった。振り向くと、松尾君が小声で

「今、宣言しましたよね」

と念を押すように訊いた。うつむいて、うん、と相槌を打つ。

「や、でも、なんとなくそうなるんじゃないかって思ってたんで」

私はハーブやオリーブオイルの瓶の包装紙を取りながら、そうだったの？　と訊き返した。

「伊藤さんがいい人なのは分かるんですけど……や、違います。すみません、じつは僕、あのとき、けっこうムカついたんですよね」

松尾君の口から耳慣れない表現が飛び出したので、私は手を止めた。

「それ、もしかして前に松尾君が調子を崩して、彼がカウンターの中に入って来たとき？」

はい、と松尾君は正直に頷いた。

「僕が悪いんで仕方ないですけど、そもそもマナー違反だろ、とも思ったのと、なんか前原さん

のものは自分のものって思ってそうな感じがして怖かったんですよね。その感じってちょっと、あの前の店のヤバい常連の男性に似てるなって。勝手なことを言ってるかもしれないですけど」

「海伊さんに、悪いところはなかったよ。それは、本当に」

などとすでに過去形で語っている自分がいて、だけど恋人同士じゃなくなることを想像したら悲しかった。すごく悲しかった。それは海伊さんへの未練というよりは、自分を求めてくれる相手と物理的に離れてしまうことへの強烈な淋しさだった。

私はちっとも変わっていなかったのだ。たくさんの依存交じりの関係から抜け出したと思っていたのに、また新しい束縛や依存に戻ろうとしていたのだから。

そういう幸せだってあるのかもしれないけど、せっかくならもう少し、自由になってみたいのだ。

売れ残って酸化が進んだ白ワインをサングリアにするために、大量の林檎を剝いていたら
「じつはあれから瑠衣さんと連絡取るのを遠慮してたんですけど、ひさしぶりにメールしたら、きっぱりフラれました」

と松尾君が打ち明けた。

「ごめんね。もとはといえば、私が変に焚きつけたから」

そう謝ると、松尾君は笑って、いいえ、と言った。

「瑠衣さんを素敵だと思ったのはたしかですから。ただ、僕にはやっぱり手の届かない人だと思っていたところもあって。前原さんと瑠衣さんが喧嘩した夜に、ご飯行ったときの話って聞いてますか？」

私は、ううん、と答えた。さすがに、部長の話しか聞いていない、とは言えない。

「僕、じつは途中からけっこう話すことなくなっちゃって。屋上のバーベキューが楽しかったって言ってくれたんで、またやりましょうって誘ったんです。そうしたら、来年の夏はまたグランピングに行くけど、ああいうのも数年に一度くらいはいいですね、て。や、べつに悪気があったわけじゃないと思うんですけど。トイレで試しにそこの値段ググったら、みっともないんですけど、ビビっちゃって」

「それは……妹が失礼しました」

松尾君は苦笑して目頭の横を掻きながら、僕こそ情けなくてすみません、と返した。

「そんな感じだったんで、すっぱり仕方ないって思えました。瑠衣さん、今はあの部長さんと付き合ってるんですかね」

「どうだろう。私も上司だから詮索しづらくて。もともと部長ってプライベートなことをそこまでオープンに話したがらないから」

「うわ、マジか。結局そういう人がモテるんですよね。そういえばモテるといえば、瀬名さん、最近お見かけしてませんね。お元気ですか？」

私は、それね、と苦笑した。もう時効だろうと思って色々あったことをさらっと打ち明けたら、松尾君は大層びっくりしたみたいで

「マジですか⁉ うわー、そっか。僕、やっぱりもうちょっと気を付けないとだめですね……試飲会のときだって、半ば僕が二人きりにしちゃったわけですし」

と一人で反省していた。

お客さんが帰って閉店時間になると、私は看板を片付けながら松尾君に告げた。

「あとは私がやるから帰っていいよ。三日間一人きりだったんだし」

松尾君は笑って、ありがとうございます、と素直にエプロンを外した。白いマウンテンバイクが走り去るのを確認してから、私は海伊さんにメールを送った。会ってアパートまで行って、あのしがみ付くような強い腕の中に戻ってしまったら、私はまた揺らぐだろうと思った。

すぐに電話がかかってきて、軽く息を吸い込む。

海伊さんが半ば怯えたような声で、葵ちゃん、と訴えかけた。

出会って別れて、別れてまた出会って、別れて、別れて——あと死ぬまでに何度繰り返すのだろう。

「ごめんなさい。色々考えて、やっぱり、違うと思った」

これが最後だと毎回信じながら。

銀座のカフェの店内で、窓辺の席に腰掛けた彼女は、真剣に紅茶のメニューを眺めていた。

私が近付いていって

「芹さん、ひさしぶり」

と声をかけると、彼女は明るい笑顔をこちらに向けて

「おひさしぶりです。ごめんなさい、急に呼び出して。本当だったら葵さんのお店に行ってみたかったんですけど、夕方からどうしても外せない予定が入っちゃって」

と腕のブレスレットを揺らしながら謝った。その爪には秋らしくこっくりした色のネイルが塗

られていた。私は首を横に振って、ガラスケースの中のケーキを振り返った。

「ここのケーキ、どれも美味しそうですね」

「ここのガトーショコラ、都内で一番だと思うんです。チョコって甘すぎても苦すぎても美味しくないでしょう。固形のコーヒーを飲まされてるような気分になるから」

と芹さんは真顔で言った。その真剣な様子がいかにも彼女らしかったので、笑った。

目配りが行き届いた店内で、上等な香りの立つ紅茶を飲むのは至福の時間だった。

芹さんが近況を聞きたがったので、松尾君には悪いけど、女同士の特権で話せることぐらいはこっそり語ってしまった。

彼女は頬杖をついて、目を丸くすると

「お嬢様の妹さんと、松尾君が。でも上手くいかなかったのは、残念ですね」

という感想を述べた。

「そうですね。本当の身内になれたら楽しいだろうな、と私も思ってたんですけど」

「まあ、松尾君は頑張り屋だけど、どこか地に足のつかないところがあるから、もっと現実感のある年上の人がいいかも。葵さん、もらってくれません？」

彼女が言うと、どこまでが本気だか分からない。私は運ばれてきたレモンケーキにフォークを入れながら、苦笑した。

「そういえば結婚してる彼は？」

「うん。あの人は、深くなる前になんとなく綺麗に終われた感じかな。そう、先日、ちゃんと独身で結婚を考えてた人とスペインを旅行してきたんですけど、結局、上手くいかなくて」

と語ったら、目の前のガトーショコラを愛おしそうに眺めていた彼女が顔を上げて、半ば感心したように

「展開が早すぎて、ドラマみたい。やっぱり面白い人ですね」

と言った。

私が、芹さんは、と尋ねると、彼女はさらっと、なにも変わってないです、と答えた。

「一人で働いて、溺愛してるフェレットと休みはのんびり過ごして、美術館やカフェをまわったり、たまに旅したり。充実してます」

フェレットですか、と私が訊き返すと、彼女はすぐさまスマートフォンを出して写真を見せてくれた。上品なようでいて野性の残る感じが芹さんにそっくりで、ふいに気付く。恋愛だけじゃない。家族、友人、ペット——誰しもがどこかで分身を欲しているのかもしれないと。それは日々を生きていくためのごく自然な欲求なのかもしれない。

私は、可愛い、と笑って手を離した。

「芹さんは充足してますね。私なんて、この半年間くらいずっとふらふらしてたから」

「葵さんは、私にとって冒険家みたいなイメージだから」

と言われて吹き出してしまった。あいかわらずこの人は時々イメージの飛躍がすごい。

「だって恋愛なんて怖いじゃないですか。よくそんなに恐ろしいことに挑戦できるな、と思います」

彼女がそう続けたので、私は首を傾げて

「怖いって、相手がいなくなることが？」

と質問したら、彼女は素早く否定した。

「そうじゃなくて、自分が、相手のことを好きじゃなくなる日の来ることが。そんなに全身で信じた感情があっけなく消えてしまうなんて、それほど怖いことってなくないですか？　私はずっと変わらずに形あるものが好きだから。恋や結婚だってそうだって言う人がたまにいるけど信じられない。恋愛なんて、こういう指輪とは対極にあるものだと思ってます」

と彼女は以前も身に着けていた人差し指の指輪を見下ろした。

「私も、指輪買おうかな。自分で」

「えー、今はお腹いっぱいかもしれないけど、面白いから、葵さんはぜひまた恋に挑戦してください」

「そんな大食いチャレンジみたいな言い方して」

結局、恋人もまたいなくなったし、結婚だって出産だってもしかしたらしない可能性も出てきた。でも、それもまた人生だ、と思う。遠いからこそ憧れていたものと実際に心地よいものは違うことを知った今なら。

「旅と言えば、今度、ワイナリー見学に行きません？　京都にもいくつかあって、一度行ってみたかったんです」

「あ、いいですね。行きたい」

「そこで出会って恋してもいいですよ。私にはかまわずに」

「まだそんなことを」

芹さんには芹さんの生き方があって、私には私の生き方がある。そしてお互いがそのことを知っていられたら素敵だな、と思った。

弓子さんの離婚が取り止めになった。

長引くことを覚悟していた私は心底驚いて

「いったいどういうこと？」

とコーヒーカップを握ったまま訊いた。

「じつは葵ちゃんには黙ってたけど、離婚はしない方向で話し合いをお願いしていたの」

へ、と私がびっくりして顔をあげると、弓子さんは広いリビングをゆっくりと見回した。

「向こうで仲良くなった奥さんたちにも色々メールで訊いてみたら、どうも夫が仕事で知り合った若い女性に一方的に騙されてる感じだったから」

そんなことを言われたので、私が黙っていると

「葵ちゃんを見ていてね、ああ、私ももっとしたいようにしよう、て思ったの。でもそうやって考えたら、やっぱり私には結婚生活が一番向いていると思って。あの人も最後は踏みとどまって、戻って来てほしいって言ってくれたしね」

そんなふうに淡々と語る弓子さんはなんだか知らない人のようだった。

灯油の匂いがして、振り返ると、いつ出したのかストーブの火が燃えていた。

平和な平日の朝に、光景に馴染んだ布製品や食器や家具は矛盾なく調和していて、微笑んでいる弓子さんさえもその一部のようだったので

「それならこのマンションはどうするの？」

私が呟くと、彼女は

「また賃貸に出そうかと思って」

と憑き物が落ちたような顔で言ったので、私ははっとした。

私にとっては日常だった時間が、弓子さんにとっては違ったのだ。それが正しいか否かは分からない。ただ結婚が人生だという人もいるのだ、と悟った。

私は二杯目のコーヒーに付き合いながらスマホを取り出して、試しにできるだけお店に近い沿線の賃貸物件の検索をしてみた。

弓子さんが買い物に出かけたタイミングで、私は叔父さんの部屋に戻って、クローゼットを開けた。

積み重なった段ボール箱を、まるで過去の自分の遺品のように感じた。でも身構えていたよりは悲しくならなかった。きっと私もまた忘れるのに必要な時間を過ごし終えたのだろう。

一つを開いてみると、母のお土産の赤いニットが入っていた。持ち上げかけると尖ったものが指先に触れたので、引っ張り出して、びっくりした。どうしてこんなものがここに紛れていたのだろう。

それは旅先から私に送ろうとしたらしき、母の絵葉書だった。

「　葵へ

元気ですか？　こちらは快晴で、景色が素晴らしいです。ワイナリーは最高。帰りたくないけどお店のこともあるので、予定通り10日に帰国します。

こっちに来てからというもの、私にとっていかに日本が窮屈かを日々実感しています。日本にいると、私はいつの間にか「果乃」じゃなくて「愛人」っていう名前に改名したんじゃないかと錯覚するときがあります。まあ、後悔なんてしていないけどね。新しいお店だってまた一から軌道に乗せなきゃいけないし。

とはいえ、こちらで毎日のんびりワインを飲んで青い畑を眺めていると、時々、自分の人生というものが不思議に思えてきます。見事になんの生産性もない人生で、唯一まともなことといえば葵を産んだことくらい。だから、感謝しています。

お土産にはセーターを買いました。葵はまだ若いのにいまいち地味なんだから、もっと華やかな格好しなきゃね。

それでは10日の再会を楽しみにしています。

母より」


心揺さぶられて泣いたりは、しなかった。うっすらと鼻は詰まったけれど、私はそれ以上に呆れてさえいた。

他人事みたいな言い方とか、刹那的な人生観とか、それでも後悔していないと言い切る強気とか、すべての文章が彼女らしさに満ちていて、懐かしさ以上に面倒臭さを覚えたことも含めて、あまりに生きているときと変わらなかった。自分は黒しか着ないくせに、若いのに地味とはなんだ。まわりからは青が似合うと言われる娘に、赤いセーターって。そもそも私はあまり赤い色が似合わないのに。

本当に、肉親だということも関係なく、他人のことなんて見ていないし、身勝手な人だった。

だから、感謝しています。

そこだけ妙にぎこちなく綴られた一文に、込み上げてきた言いようのない気持ちを吐き出すようにしたら、ふるえる息だけが、静かな午後の室内に消えていった。

仕込み中、松尾君にどこか元気がないと指摘されたので

「そういうわけじゃないんだけど、これ、今日見つけて」

私はいったん手を休めて、ポケットに入れていた母の絵葉書を見せた。なんとなく松尾君は読みたいかもしれないと思ったのだ。

文面を読んだ松尾君は真面目な顔で、個性的な人だったんですね、前原さんのお母さんって、という感想を述べてから

「ああ、でもなんかちょっと生き急いでるような感じもしますね。こういう女性って」

と付け加えた。

「生命保険の件といい、もしかして、本人が長生きしたいとは思ってなかったのかな」

なにげなくこぼすと、松尾君が自分を指さして、僕は長生きしたいので安心してください、と唐突に言った。数秒遅れで元気づけようとしたのだと分かって

「ありがとう」

と私はセロリを刻みながら、笑って返した。

「ああ、そう言えば、弓子さんがまた海外に戻ることになって、マンションも近いうちに賃貸に出しちゃうから、今度こそ本格的に一人で暮らす部屋を探してるんだよね」

と説明すると、松尾君が大鍋の中のスープをかき混ぜながら黙り込んだ。

こちらの気持ちを慮っているのだろうか、と考えて
「でもまだ貯金はあるから、引っ越し代くらいはなんとか」

そう続けたら、彼は我に返ったように
「あっ、そうですよね。前原さんは僕とは違いますよね」

と謎の言葉を口にした。

私は、どういう意味？　と訊き返した。

「僕が住んでる代々木八幡のアパート、二年の契約で更新無しの約束なんですよ。それで年明けには引っ越さなきゃいけないんで」

「あ、そうなんだ」

「はい。僕の稼ぎだと、このへんだと訳アリ物件しか借りれないんで。今の部屋は二口コンロだし、お風呂とトイレ別だしで、住みやすくて、かなり気に入ってたんですけどねー。だからじつはけっこう悩んでて。敷金礼金も馬鹿にならないですし」

私は数秒間、宙を見つめてから、目線を戻した。

「松尾君、ちょっと、考えたことがあって。もし、もし仮にだけど。身内の物件だったらそのへ

んって少し安くなるんじゃないかな……」

そこまで言うと、勘の良い彼は即座に察したように

「あ……なるほど。つまり、二人でシェアして代々木のマンションを借りないかって話ですよね？」

と返した。

「いや、でも、嫌なら全然」

「いや、嫌とかでは全然。でも前原さんは一人のほうが」

「じつは、スペイン旅行もあったし、私もさらに貯金減らすのは正直あんまり」

「なるほど。です、よね。まだまだ店の売り上げも不安定ですし」

顔を見合わせた私たちはしばらく言葉を選んでいた。

やがて松尾君が切り出した。

「前原さんがストレスにならないなら、僕としては正直ありがたいんで、よかったら今度、弓子さんに相談してもらってもいいですか？」

私は数秒かけて、うん、と頷いた。

「でも本当に松尾君こそストレスにならない？」

「僕は、大丈夫だと思います。ていうか前原さん、僕が弓子さんの家に泊めてもらった晩にも、発作を起こした僕を介抱してくれましたよね。じつはずっと夢の中の出来事だと思ってたんです。だけどこの前助けてもらったときに、あれはやっぱり現実だったんだって再確認して。前原さんは否定するかもしれないんですけど、僕、やっぱり前原さんってすごく優しいと思うんです」

「そんなことないよ。結局、海伊さんとだってすぐに別れちゃったし。薄情だって自分でも」

と言うと、松尾君は途端に砕けたように笑って
「そりゃあ、海伊さん、気難しそうですから！」

と言ったので、私は苦笑してしまった。

「僕は前原さんと一緒に働かせてもらって、嫌なことは一つもなかったです。だから、前向きに検討してもらえるなら嬉しいです」

大鍋の中では鶏挽き肉と黒コショウのコンソメスープが煮えている。到着したときには寒かった店内もすっかり暖かくなっていた。松尾君が初めてここに来た晩のことを思い出した。

彼はあのときも明るい顔で、ぜひ採用してもらえたら嬉しいと言ったのだ。そして店がオープンしてから欠勤も遅刻も一度もないままに今日までここにいる。

「よし。それなら弓子さんに訊いてみる」

松尾君は、はいっ、と返事をすると、

「今よりいい部屋に住めるの、楽しみになってきましたよ」

と調理台に両手をついて笑顔で言った。

「前原さんは今なに考えてましたか?」

エプロン姿の松尾君が腰に手を当てて、カウンター越しに、問いかけた。

いつかの朝のこと、と私は答えた。ここ一週間の売り上げの帳簿を見つめながら。弓子さんのマンションで朝食を取ったこと、あったでしょう。

「ああ、僕、すげえ覚えてます。けっこう前ですよね」

そうだね、と頷く。店をまだ始める前だから、たしかもう二年も前のこと——使い込んで黒ずんだフライパンや傷のついた調理器具が並んだカウンターの中はすっかり第二の部屋のように馴染んでいる。

「そっか。なんか、幸せ、ていうか、幸せを映像化したらこんな感じだろうなっていう朝だったんですよね。僕の中で」

幸せを映像化、という表現がしっくりときて、軽く微笑みながら、扉のガラス越しの通りへと視線を移す。千駄ヶ谷の夜の暗さがここ数日はいっそう深まったようだった。

年明けから世界中で感染症が猛威をふるい、日に日に死者数は増加していき、日本はまだそこまでの感染者を出してはいないものの、一定期間、自由に外出できないようになる。こんな20

２０年のオリンピックイヤーを誰が予想していただろう。

昼間はまだ出社している人もいるが、この時間帯はもはや田舎道と区別がつかないくらいに静まり返っている。

私たちが開店の準備をしながら想像した、単純な高揚と混乱に満ちた未来の東京は今や見る影もない。

「前原さんの会社は影響どうですか？」

唐突に訊かれて、私は、そっちは大丈夫、と言い切った。

「工場が稼働しているかぎりは、注文はまだ安定してる。営業に行けないから、来期以降の商品の受注が減ってるのは不安だけど、当分はまだ大丈夫だと思う」

「そっか、良かった」

松尾君は本当にほっとしたように言った。

「なにかあれば、本当にすぐに言ってください。前原さんの迷惑にだけはなりたくないんで」

と彼が訴えるので、私はその深刻な面持ちを見つめ返した。

いくら人好きがするとはいえ、三十代まで飲食業の経験しかない彼が今からどう生きていくかと考えたときに、不安を覚えないわけはない。

それでも、彼はまず私の心配をするのだ。自分が迷惑をかけないようにと。

「それなら、松尾君。一つ提案がある」

なんですか、と彼は顔を上げた。

「扉を全開にして、椅子の間隔をもうちょっと空けて、常連さん限定で三日間飲み放題やらない？　それで開封済みのワインだけ、いったん消費しちゃおう。金額的にはマイナスでも、いいワインがこのまま無駄になるのは悲しいから。その後はしばらく店内営業をやめて、デリ形式に変える。私も来週くらいからはほぼほぼリモートワークになるから、店にパソコン持ち込めば、ここでも仕事できるし。あと給付金の申請ね。そういうのは私、得意だから」

松尾君は驚いたように立ち尽くしていた。

「アルコール類で採算取ってることを考えたら、売り上げ的にはそれでもかなり落ちるだろうけど、やらないよりはいいと思う。あと稲垣さんに家賃の交渉してみたら、今退去されるとどちらにしても赤が出るから、待ってくれるって。それでいいかな？」

「それは、いや、僕はもちろんいいんですけど、前原さん」

彼がなにを言おうとしているかは、それなりの付き合いの中で、もう察していた。

「前原さんには昼間の仕事があるから、本当は店を続ける必要ないんじゃないかと、思って」

「状況次第では、店を閉めることもあるかもしれない。でも、今は可能なかぎり、できることをやろうと思う」

と私は冷静に伝えた。彼は黙った。

「それに、あなた一人で作った場所じゃないし」

「もちろん、元々は前原さんと」

「母のものでも、今は、ないよ。私たちの。松尾君が飛び込んできて、私が決めた」

グラスを拭いていた松尾君の手が止まった。私は顔を上げて、ほんの少し、躊躇って、それからわざと笑って言った。

「そんな深刻な顔しないで」

「僕は、ここで、役に立ててますか」

そう問い続けることは、彼にとって、生きることそのものなのかもしれない。

だから私は答えるのだ。

「うん」

何百回でも。彼が認めるまで。

冷蔵庫を開けると、オレンジジュースが切れていたので

と伝えて、カウンターの中から出た。

「私、ちょっと買ってくるね」

坂道を下っている最中、路地から黒いセーター姿の男性が出てきたので、私は反射的に呼吸を止めていた。

視界の端を横切っていく男の子たちが、ここやってるじゃん、と通り向かいの居酒屋を指さしただけで、すぐにコンビニへと入ってしまった。

海伊さんは戸惑いを滲ませたまま、私を見て立ち止まった。私も足を止めた。向かい合ったままの沈黙は、融和なのか拒絶なのかすぐには判断がつかなかったので、彼のほうから口元の白いマスクをずらして

「スペインも、渡航制限がかかりましたね」

多少よそよそしい態度を取りつつも話しかけてきたことが意外だった。私は白いマスクを着けたまま、そうですね、と頷いた。

「『伊藤伊』は、どうですか？」

「正直、厳しいです」

畏まってはいるものの、表情は思ったよりも穏やかだった。時が経ったからかもしれない、と思ったら、つい懐かしくなってしまって

「そっか。うちも厳しい。デリ形式にして、しばらく頑張るつもりだけど。海伊さんは通常営業のまま？」

そう訊き返したら、彼はとっさに表情を硬くしたけれど、私が慌てて

「海伊さんのお店で食事できなかったら、淋しい人が、たくさんいるだろうから」

本心からそう告げると、ふっと強張りをといて、言った。

「ありがとう。葵ちゃんも、時間があるときには、また食べに来て」

名前を呼ばれると、切なかった。気持ちが戻るからではなく、どんなに以前と同じように呼び合っても、今は決定的に遠いことを再確認しているようだった。

「といっても、しばらく閉めるけど」

私が驚いて肩をすくめると

「実家に帰って、家業を手伝いながら、様子を見守ることにする。いつ戻るかは、まだ決めてない」

彼があまりに淡々と言い切ったので、私も、そう、としか言えなかった。たとえ暖簾をくぐることはなくても、あの路地に店があることで安心していたのだ、と気付く。

飲食店とは、文字通り、飲んだり食べたりする場所だと思っていた。でも、違った。居場所な

のだ。たとえ疎遠になっても、あそこにまだあの店がある、と思うだけで、なんとなく待ってもらえるような気持ちになれるもの。

「なにより自分は独り身だから。なにかあっても、助けてくれる人がいるわけじゃないし」

という言い方がやけに強く響いて、私に対する恨みの念も感じ取れたので

「そうですよね。くれぐれも体に気をつけて」

と私は短く言った。

「ありがとう。葵ちゃんも、体には気をつけて」

そのとき、海伊さんが私の背中に呼びかけた。振り向くと

「葵ちゃんは」

と彼は訊いた。

「今、付き合ってる人はいるの」

私は一言だけ返した。

「うん」

「そうか」

とすぐに彼は納得したように呟いた。

海伊さんの背中が夜風にさらわれるようにして路地に消えると、私はそのまま店には戻らずに気分転換を兼ねて歩き出した。誰も歩いておらず、休業の張り紙だけが時折、店舗の窓ガラスに浮き上がっていた。

この街は果たしてまだ生きているのだろうか、と途方に暮れかけたとき、突然、大きな歌声が

聴こえてきて、縁石に躓(つまず)きそうになった。

薔薇の垣根の向こうのマンションの室内から、ギターを奏でて歌う男女の声が、聴こえていた。そのそばには桜の木が立っていた。満開で、薄紅色の花びらはどんどん散っていた。

私は初めて音楽に触れた赤ん坊のように、全身で、聴いていた。ただそこに人がいて、一緒になにかを楽しんだり発散しようとしたりしていること。ただそれだけで、救われる人がいるのだと、途方もない実感に包まれていた。

千駄ケ谷駅にたどり着くまで、擦れ違った人は両手で足りるくらいだった。

津田塾大学近くの駐車場に差しかかると、紺碧の空には裾の消えかかった半月が取り残されていた。

東京体育館の向こうの新国立競技場はまるで防波堤のようだった。だけど私たちはいったいなにを守られているのだろう。

指で白いマスクをずらすと、吸い込んだ空気には香りがなかった。けれど、まぎれもなく春の夜風だった。

広々としたティーラウンジは、フォーマルに着飾った男女が席を埋めていた。ホールの中央には巨大なクリスマスツリーが光っている。

兄妹揃ってホテルのラウンジ好きなのは親譲りかな、と思いながら、紅茶のカップを持ち上げる瑠衣を眺める。

彼女は美容室帰りの綺麗な顔を向けて

「緊張してきちゃった。彼のご両親ってどんな人だか、おねえちゃん、訊いたことある？」

と質問してきた。

「ほとんど、ない。あれだけ自由な人だから、むしろ家族なんて本当にいるのかくらいに思ってた」

「そんなわけないでしょう」

と瑠衣はあっさり否定してから、はっとしたように、ごめんね、と付け加えた。

「いいよ。でも本当にそんなに緊張することないんじゃない？　瑠衣の実家なんて、裕福でちゃんとしてるんだから」

「でも、子供がいるなんて、普通は反対するでしょう」

「部長との年齢差を考えれば、今から産むよりも、ちょうどいいんじゃない？」

　私があまり真面目に取り合わないので、瑠衣はアテが外れたようにオレンジジュースを啜る波瑠をちらっと窺い見た。

「今日はいい子にしててよ」

「いつもいい子でしょ」

　と生意気な口をきく波瑠は来年の春から小学生だ。独身の自分と違って、子供は確実に成長を刻む。

　年上で仕事のできる夫を持ち、一児の母として、裕福な環境の中で教育や家事に専念する。そんな瑠衣とはいずれ少しずつ疎遠になっていくのかもしれない。互いの家庭環境を考えれば当たり前のことだ。今まで上手くやっていたことが奇跡だったのだ、と思いながらも、やはり少し淋しかった。

　窓の向こうに気を向けると、真冬の濃紺の夜空が広がった東京の街に、明かりが灯り始めていた。

「そろそろ行くね。ご両親来るんでしょう」

　とバッグを手にして立ち上がった。

「うん。よかった、偶然タイミングが合ってお茶できて。あ、お店の資金の件は、私がお父さんに言っておくから。お兄ちゃんってば、ひどいよね。ようやく一年以上経って軌道に乗ったからって、やっぱり家賃で払えだなんて」

「まあ、たしかに利益は出るようになったし、私も借りは嫌いだから、考えてみるよ。でも本当に有楽町の取引先からの直帰で、微妙な時間帯だったから、会えてよかった。会社に戻って両家の顔合わせ前の部長になんて会ったら、笑っちゃいそうだし」

瑠衣は照れ臭そうに微笑むと、気を遣ったように
「おねえちゃんは今夜はどうするの？　お店、遅番なんでしょう」

と尋ねた。

「や、べつに用事もないし、クリスマスなんて稼ぎ時だから、このままお店に向かうよ」

「終わったら、松尾さんと過ごすの？」

「いや、むこうは閉店後に友達のお店に行くみたいなことを言ってたし、私も明日は会社の忘年会だから、体力温存しようかな」

現実的、と瑠衣が苦笑した。

「本当になにもないんだね。一緒に暮らし始めて、だいぶ経ったよね」

「全然。日々感謝はしてるけどね。松尾君のご家族には当たり前のように付き合ってると思われてるのだけは気がかりだけど」

「そのまま本当に付き合ったりすることはもうないの？」

と尋ねる瑠衣に、私は首を横に振った。

「むしろ距離が近くなったら、白髪見つけたとか、トイレットペーパー使い過ぎとか、そういう話まで平気でできるようになって、ますます恋から遠ざかった気がするよ。それに松尾君も最近好きな子いるみたいだしね。お客さんだけど」

瑠衣は続きを聞きたがったが、稲垣さんの本妻さんと鉢合わすわけにもいかないので、私はそ

の前に退散することにした。小さなネクタイを締めた波瑠が、葵ちゃんまたねー、と手を振る。にぎわいに背を向けて遠ざかり、奥まったエレベーターの前にたどり着く。

壁に寄りかかり、両方の家族が揃って緊張気味に語り合う姿を想像した。きっと部長はそつなくこなすだろう。瑠衣はあちらのご両親に気に入られるだろう。そして義理の家族がまた一組出来上がり、それはとても面倒だけど強固な形を作る。でも、その流れの中に私はいない。

あの秋の別れ以来、海伊さんの店に行くことはなくなった。

常連さんからの風の噂で幸村さんには子供が生まれたことを知った。瀬名さんはごくたまに店に飲みに来る。港にいたっては消息すら知らない。

母が亡くなった一年が私に残したものは、あのお店と松尾君だけだった。でも、上等だ、とも思う。

以前は心もとない人生だと思っていた。そして、それは変わらない。それでも今はたしかに選んだのだと思う。それに伴う淋しさも認めた上で。

クリスマスムードにあてられて松尾君に弱音なんて吐かないようにしないとな、と思い直していたとき、背後から誰かに呼び止められた。

「はい」

と振り返ると、スーツを着た人の良さそうな青年が立っていた。

「あの、お一人ですか?」

唐突に真顔で訊かれて、びっくりした。いきなり男性から声をかけられるなんて瀬名さん以来だと思いながらも、一応、答える。

「そうですけど」

「あ、すみません。もしかしたら、と思ったんです。ちょっと物憂げな感じだったので」

物憂げ、と呟いてから数秒遅れで納得する。クリスマスの夕方にホテルのロビーで女が一人ぼんやりしていたら、どう見てもわけありだ。

心の隙につけ込んで勧誘したり騙す気では、と警戒しつつ彼の顔をあらためて見た。造作のしっかりした男顔で、そのわりに穏やかな目をしている。ダークブルーのピーコートも似合っていた。

「こんなこと言ったら、さらに怪しまれるかもしれないんですけど……じつはこれから上のレストランで二名分のワインと食事のコースを予約していて、よければ、ご一緒してもらえませんか？」

感傷もいっぺんに吹き飛び、目が点になった。

「え？　どういうことですか？」

私の喋り方が砕けたからか、彼も気を許したように苦笑して、語り始めた。

「恥ずかしい話ですけど、さっき、約束していた女性からドタキャンのメールが来たところだったんです。どうせ当日キャンセルで全額支払うなら、これから一人でも行くかと迷ってたところで、て、すみません。よかったら、これ名刺です」

そう言って懐の名刺入れから、会社名が入った名刺を出した。半導体を作っているという会社の営業部の藤井誠一（ふじいせいいち）という名前を見て

「いいお名前ですね。落ち着いていて」

と接客業の性(さが)もあって誉めると、彼は驚いたように

「初めて言われました」

と照れたように笑った。

「デートをすっぽかされた代わりなんて失礼だってことは分かっているので、本当に食事だけで、連絡先も無理には聞いたりしないので、いかがですか？」

私は名刺と彼の表情を交互に見比べて、しばらくの間の後、これもなにかの勉強になるだろう、と頷いた。それから私もたぶん近い業種だということを伝えた。

彼がまた驚いたように、本当ですか、とまた笑った。よく笑う人だ、と思った。表情が明るい。

「ちなみにご結婚はされてないですよね？」

と念を押すと、彼はびっくりしたように目を丸くした。

「もちろん。それで婚活していて、今日の女性を紹介されて二回目の食事をする予定だったんです」

瀬名さんが既婚者だと知ったとき、過剰になんでもないふりをした私は本当はすごくショックだったのかもしれない、と思い至る。

いつだって後になって気付くのだ。おざなりに扱った自分の本音に。

「ああ、ほっとしました。じつはその女性とはあまり共通の話題がなくて、それもあってよけいに緊張していたので」

安堵したような声に、私は、わりと好みかもしれない、と思った。名刺を差し出した手は大きかった。だけど、まだ知らない。この人のこと。たくさんのこと。自分のことも。

目が合うと、彼が遠慮がちに訊いた。

「よかったら、お名前を教えてもらってもいいですか?」

もしかしたら私はまた始めてしまうのだろうか、と考える。お店はようやく常連さんで安定してきたし、日々仕事とワインの勉強で時間が過ぎていく。恋なんてもう必要としないと思っていた。数分前までは。

「私の名前は、前原葵です」

そう名乗ってから、してもしなくてもいいのだ、と気付いた。恋なんて。誰に強いられることもなく自分が望んだのなら、どちらだって。ましてや大事なものは一つじゃなくてもいい。どうなるか分からない人生なんて嫌だった。でも、生きていれば幸も不幸も容赦なくやって来る。

だから、守ったり叶えたいなら、ただ一つ「私」を手放さなければいいのだ。

私は寄りかかっていた壁から背中を離しながら、忘れることのない、対等、の一語を胸の中で唱えた。今はもう永遠にいらないものたちを見送りながら。

【取材協力】

MGVsワイナリー
天橋立ワイナリー

本書の執筆にあたり、飲食店含め多くの方にご助言をいただきました。
お世話になった皆様に、改めて心より感謝申し上げます。

この作品は「2020年までの恋人たち」の題名で『婦人公論』に連載されました。
（2017年６月27日号〜 2019年１月22日号）
単行本化にあたり、加筆、改題しました。

カバー写真：中島慎治
装幀：高柳雅人

日本音楽著作権協会（出）許諾第2001373－001号

島本理生

1983年、東京生まれ。2001年『シルエット』で第44回群像新人文学賞優秀作、03年『リトル・バイ・リトル』で第25回野間文芸新人賞、15年『Ｒｅｄ』で第21回島清恋愛文学賞、18年『ファーストラヴ』で第159回直木賞を受賞。主な著書に『ナラタージュ』『大きな熊が来る前に、おやすみ。』『あられもない祈り』『夏の裁断』『匿名者のためのスピカ』『イノセント』『あなたの愛人の名前は』『夜はおしまい』などがある。

2020年の恋人たち

2020年11月25日　初版発行

著　者　島本理生
発行者　松田陽三
発行所　中央公論新社
〒100-8152　東京都千代田区大手町1-7-1
電話　販売 03-5299-1730　編集 03-5299-1740
URL http://www.chuko.co.jp/

ＤＴＰ　嵐下英治
印　刷　大日本印刷
製　本　小泉製本

Published by CHUOKORON-SHINSHA, INC.
Printed in Japan　ISBN978-4-12-005279-8 C0093

定価はカバーに表示してあります。落丁本・乱丁本はお手数ですが小社販売部宛お送り下さい。送料小社負担にてお取り替えいたします。